AF200754

Tod in der Buchhandlung

INGEBORG WIESELHUBER

Tod in der Buchhandlung

Bibliografische Information der Deutschen Nationalbibliothek:
Die Deutsche Nationalbibliothek verzeichnet diese Publikation
in der Deutschen Nationalbibliografie; detaillierte bibliografische
Daten sind im Internet über http://dnb.dnb.de abrufbar.

© 2020 Ingeborg Wieselhuber
Grafik: MOHYTYCH YUSTYNA/ Pattern image/ SimpLine/
Shutterstock.com
Satz, Umschlaggestaltung, Herstellung und Verlag:
BoD – Books on Demand, Norderstedt

ISBN: 978-3-7504-7546-5

Teil eins

Kapitel eins

Als Rosi an dem kalten Januarmorgen fünf Minuten nach halb neun vor ihrem Geschäft stand, wunderte sie sich, dass nur die Nachtbeleuchtung im Laden brannte. Der Hauptraum der Buchhandlung *Zum Eckstein* lag im Erdgeschoss des Neuen Kollegiengebäudes und musste Tag und Nacht beleuchtet sein. Dann fiel ihr ein, dass Inventur angesagt war und die Belegschaft diese lästige Prozedur mit einer Lagebesprechung im Café Holbein gegenüber einleiten wollte. Das Beste war, dass es heute noch ein prima Mittagessen auf Kosten der Chefin geben würde.

Rosi hüpfte zwei oder dreimal von einem Fuß auf den anderen. Sie war mit allem einverstanden, was nicht nach Routine roch. Erst jetzt entdeckte sie das in schwungvoller Handschrift gestaltete Plakat in der Glastür: Wegen Inventur am 3. und 4. Januar geschlossen. Bitte haben Sie Verständnis!

Das Plakat war nicht gut zu lesen. Jemand hatte wohl in der Nacht vom Sonntag auf den Montag quer über die Scheibe gesprüht: MACHT KAPUTT, WAS EUCH KAPUTT MACHT!

Rosi stellte sich vor, wie die Chefin tobte, als sie die Schmiererei entdeckte. Wohl kaum aus moralischer Entrüstung, sondern weil sie wieder ein paar Mark für die

Reinigung ausgeben müsste. Womöglich würde sie deshalb selber mit Schrubber und heißem Wasser kurzatmig und erfolglos dem Zeitgeist auf den Leib rücken. Oder aber sie schickte Franz, das Faktotum. Am wahrscheinlichsten war, dass die Arbeit an Rosi hängenblieb. Denn Rosi, fünfzehn Jahre alt, mit Hauptschulabschluss, hatte ihre Lehre als Buchhändlerin gerade erst begonnen und musste noch einen Monat Probezeit überstehen.

Sie winkte kurz hinüber zur anderen Straßenseite, wo der Besitzer der Edelsteinschleiferei gerade die Rollläden hochzog, und schrie fröhlich:

»Gutes Neues Jahr, Herr Wintermantel! Sind *Sie* das gewesen?« Sie deutete auf die provozierende Inschrift. Der Nachbar lachte und drohte ihr mit dem Finger.

»Das warst doch eher du«, rief er heiter zurück. Er konnte das Mädchen anscheinend gut leiden, die Chefin hatte so etwas mal erwähnt. Rosi streckte beide Daumen in die Höhe. Dann kratzte sie schon einmal an der roten Sprühschicht. Zufrieden bemerkte sie, dass die Farbe ganz leicht abging. Nun setzte sie sich mit ungetrübter Laune in Trab, so dass der enge karierte Minirock, den sie trotz der Kälte über schwarzen Strumpfhosen trug, bis zum Po hinaufrutschte. Sie stieß schwungvoll die Tür zum Café auf und schlüpfte in die wohlige, leicht verräucherte Wärme. Unbekümmert um die vorwurfsvollen Blicke bestellte sie erst einmal eine Cola. Noch drei Stunden bis zum Mittagessen. Die würde sie schon überstehen.

Der Rauch stieg in trägen Schwaden zur niedrigen Decke des Nebenzimmers. Rita Bruder, Eigentümerin der Buchhandlung *Zum Eckstein,* hatte es für die Belegschaft gemietet, um sie bei Laune zu halten. Am ersten Tag der Inventur sah es immer so aus, als ob mindestens eine Woche nötig sei, bis jedes Buch gezählt, registriert und wieder eingeordnet war. Zeitschriften, Postkarten, Briefmarken, Bleistifte, Verpackungsmaterial, alles musste in die Hand genommen werden. Eine langweilige, monotone Arbeit, die dennoch Sorgfalt und Ausdauer abverlangte. Außerdem war sie verheerend für die Fingernägel und das Selbstwertgefühl, erst recht, wenn man sich wie Fräulein Elisabeth Walter und Frau Ute Mann-Schmitt nicht nur als Buchverkäuferinnen, sondern als schöngeistige Mittlerinnen zwischen Autoren und literaturkundigem Publikum verstand. Beide Damen waren schon seit mehr als zehn Jahren die Eckpfeiler der Buchhandlung.

Elli war mit der Chefin per Du und betrachtete sich als mit ihr befreundet. Daher beanspruchte sie das attraktive Touristengeschäft und die Belletristik im Erdgeschoss. Bei der Belegschaft galt sie als Nachfolgerin, wenn die Chefin von Zeit zu Zeit dunkel andeutete, sich aus dem Geschäft zurückzuziehen.

Ute Mann-Schmitt durfte sich als Herrin des Souterrains fühlen, dem Reich der Taschenbücher und wissenschaftlichen Buchreihen. Sie besaß einen Ruf als anerkannte Ratgeberin für Doktoranden und war unersetzlich als Kontaktperson zu den Instituten in den angrenzenden Universitätsräumen.

Beide Frauen hatten wieder einmal gemeinsam vorgeschlagen, für drei Tage ganz zu schließen und bei der Gelegenheit ein paar dringend notwendige Umgestaltungen vorzunehmen. Die Buchhandlung bestand im Wesentlichen aus zwei langgezogenen rechteckigen Verkaufsräumen, verteilt auf zwei Ebenen.

»Wir müssen was tun! Nochmal ein Weihnachtsgeschäft stehen wir in dem vollgestopften Laden nicht mehr durch.« Elli blieb beinahe die Stimme weg, so empört war sie über die Sturheit der Chefin. »Das Regalsystem muss ganz neu gestaltet werden. Die langen Tische sind einfach überholt. Für die Neuerscheinungen brauchen wir attraktive Präsentationen an kleinen Tischen, möglichst mit Sitzgelegenheiten. Und eine Polsterecke für die Kinder. Die schmökern gern und die Eltern könnten sich in Ruhe umsehen.«

»Frau Walter hat ganz recht«, mischte sich Ute Mann-Schmitt ein. »Auch unten müssen wir dringend was unternehmen. So wie es jetzt ist, habe ich keinerlei Kontrolle. Sie wissen, was ich meine. Ich kann nicht jedem Dieb hinterherspurten.«

Aus der Mitte des oberen Raumes führte eine geschwungene Treppe ins Souterrain, links und rechts durch einen Handlauf gesichert. Dort gab es die gleiche Anordnung wie im Erdgeschoss, nur dass an den Wandregalen unten schmale Sockel hervorstanden, auf denen Taschenbücher und kleinere Paperbacks aufgetürmt waren. Drei winzige, recht dunkle und spärlich möblierte Räume schlossen sich an. In einem davon residierte die Chefin. Ein anderer Raum mit einer gelegentlich durch einen Tapeziertisch blockierten Brandschutztür führte in die Kellerräume des KG II. Er diente als Werkstatt und Verpackungsraum. Ein ungemütliches Loch, in dem man es nach Ansicht der Belegschaft unmöglich länger aushalten konnte, ohne einen seelischen Schaden davonzutragen. Der Durchgang zum KG II erwies sich aber als äußerst praktisch. Nicht nur verkürzte er für Franz die Lieferwege, sondern erlaubte vier Frauen aus der Universitätsputzkolonne den Zutritt zur Buchhandlung, auch wenn diese geschlossen hatte. Rita Bruder hatte diesen pfiffigen Deal mit der Univerwaltung ausgehandelt. Es ersparte ihr die lästige Suche nach geeignetem Reinigungspersonal. Franz sollte ein wachsames Auge auf die Frauen haben und, wenn nötig, auch selbst mit anpacken.

Der dritte Raum – das Kabuff – war der Personalraum. Daneben gab es eine Toilette. Da in der Buchhandlung *Zum Eckstein* auch ausgebildet wurde, diente das Kabuff als gesetzlich vorgeschriebener Pausenraum. In dieser Funktion wurde er nur selten benutzt, denn das Personal verbrachte seine Pausen – wann immer das Wetter es zuließ – am liebsten im Freien. Dies war angesichts der Nähe zu den reichlichen Grünanlagen in der Nachbarschaft kein Problem.

In beiden Verkaufsräumen gab es keinerlei Komfort, die einen unentschlossenen Leser dazu verführt hätten, sich doch noch auf den einen oder anderen teuren Bildband einzulassen. Keine Café-Bar, an der sich ein interessantes Literaturgespräch hätte entwickeln können. All das fand sich bei der Konkurrenz an der nächsten und übernächsten Straßenecke. In der beliebten Universitätsstadt gab es mehr als ein Dutzend Buchläden, Tendenz steigend, wenn man das Sortiment der großen Kaufhäuser dazurechnete. Es war ein Wunder, dass am Umsatz bisher immer noch alles stimmte.

Elli und Ute hätten nur zu gerne ein Wochenende für die Renovierung geopfert, wenn auch aus verschiedenen Gründen. Bei Elli wartete zu Hause niemand und überhaupt betrachtete sie die Buchhandlung mit den Augen einer Kronprinzessin. Ute wiederum hatte keine Lust auf eine weitere Diskussion zuhause über ihre verkorkste Ehe.

Und außerdem ging es im Souterrain wirklich besonders eng zu.

Rita Bruder lehnte jede weitere Diskussion kategorisch ab, wie immer in dem für sie typischen, leicht ordinären Tonfall.

»Ihr habt vielleicht Nerven!«, sagte sie und blies den Rauch ihres Zigarillos geräuschvoll gegen die Decke. »Soll ich riskieren, dass die Leute vom Linguistenkongress zur Konkurrenz rennen? Wozu habe ich dann mit Professor Diemer ausgemacht, dass er die Leute zu mir schickt, wenn sie nach einer guten Buchhandlung fragen?«

Sie legte eine Kunstpause ein. »Und überhaupt weiß ich gar nicht, wie lange ich den Laden noch halten kann. Erst gestern hat mir der Doktor wieder ins Gewissen geredet.«

An dieser Stelle der Ansprache hustete sie ausgiebig.

»Seid nicht so wehleidig! Wenn ich damals so zimperlich gewesen wäre, gäbe es den *Eckstein* überhaupt nicht. Dabei setzte sie dieses schiefe Grinsen auf, das, zusammen mit einem deutlich schielenden linken Auge, den Ausdruck charmanter Hinterhältigkeit hervorrief. »Und jetzt dalli, dalli, um eins gibt es Mittagessen. Rosi, mit dir habe ich noch ein Wörtchen zu reden.«

Nun also saßen sie im Hinterzimmer der *Harmonie* und stärkten sich nach dem ersten strapaziösen Halbtag mit dem Mittagessen. Diesmal hatte die Chefin etwas tiefer in die Tasche gegriffen. Es gab ein typisch badisches Menü, bestehend aus Rinderbrühe mit Markklößchen, Ochsenfleisch mit Meerrettichsoße, Salzkartoffeln und Preiselbeeren. Der Nachtisch war eine Spezialität des Hauses, eine hausgemachte Weincreme. Die Chefin spendierte auch die Getränke. Geradezu eindringlich ermunterte sie alle, den erstklassigen Rotwein vom Kaiserstuhl zu probieren. Wahrscheinlich wusste sie, warum. Es konnte nicht schaden, wenn sie der Truppe zu einer entspannten Stimmung verhalf. Wie so oft hatte sie den versprochenen Betriebsausflug Monat für Monat verschoben, bis das Jahr herum war.

Beim Kaffee rauchten alle. Franz Seeler, der einzige Mann in der Runde, mühte sich mit einem Zigarillo ab. Ungeschickt paffte er vor sich hin. Man konnte ahnen, dass es ihm später schlecht werden würde. Aber um keinen Preis hätte er es gewagt, die Lieblingssorte seiner Chefin abzulehnen. Beklommen merkte er, wie sie ihm gelegentlich einen spöttisch interessierten Blick zuwarf.

Franz oder Franziskus, wie er von allen halb mitleidig, halb ironisch genannt wurde, war in der Tat eine arme Seele. Seit vierzehn Semestern war er Student der katholischen Theologie. Von den sieben Jahren verbrachte er die meiste Zeit in den Kellerräumen der Buchhandlung. Als Laufbursche und Hausmeister verrichtete er kleinere Reparaturen, transportierte Zeitschriftenremittenden zurück, verpackte Bestellungen der Institute und diente als Blitzableiter für die Launen seiner Herrin. Rita Bruder beutete ihn schamlos aus, schikanierte ihn und ließ ihn für einen Hungerlohn arbeiten. Es war völlig klar, dass Franziskus niemals ein einziges Examen ablegen würde. Man orakelte, sein Leben werde in der sprichwörtlichen Armut des berühmten heiligen Namensvetters enden.

»Armes Luder«, seufzten die Damen Elli und Ute mitleidig und warfen einen empörten Blick auf seine schäbigen, ungepflegten Klamotten.

»Arme Sau!«, titulierte ihn die Chefin, zahlte ihm aber

keinen Pfennig mehr. Dafür schenkte sie ihm Jahr für Jahr zu Weihnachten ein Mängelexemplar, diesmal eine Märchensammlung, in der es nur so wimmelte von Burschen, die sieben Jahre treu und bescheiden gedient hatten und dann ihr Glück machten.

Nur die Jungbuchhändlerin Gesine Petersen, vor einem Jahr in die Breisgaumetropole gekommen, hatte den vergeblichen Versuch unternommen, den verkrachten Studenten zu ermuntern, das demütigende Arrangement zu beenden und für bessere Bedingungen zu kämpfen.

Gesine, ganz rebellische Pfarrerstochter, konnte eine so auf der Hand liegende Ausbeutung nur schwer ertragen. Dem Engagement für den armen Franziskus hätte sie beinahe ihren eben erst angetretenen Arbeitsplatz geopfert. Rita hatte mit einer Abmahnung gedroht. Aber Gesine war jung, hübsch und außerordentlich tüchtig; ein richtiger Magnet für das studentische Publikum. Außerdem bewirkte ihre Anwesenheit, dass die beiden älteren Angestellten sich mächtig ins Zeug legten, um ihre Positionen zu verteidigen. Die Chefin verstand es meisterhaft, die unterschwellige Konkurrenz zwischen den »Weibern« ihres Geschäftes gewinnbringend zu steuern.

Rita Bruder schob sich ächzend in die Höhe. Ihr schwerer Busen, betont durch eine voluminöse Achatkette, fegte den Aschenbecher vom Tisch. Mit dem Messerrücken schlug sie kräftig gegen ihr Weinglas.

»Alle mal herhören!« Ihre heisere Stimme kippte um und sie musste erst Luft holen, um den Lärmpegel der Tischrunde zu übertönen.

»Hört alle mal her!« Sie wedelte mit ein paar handgeschriebenen Blättern den Rauch vor dem Gesicht weg und wartete einige Sekunden, bis alle schwiegen. »Wir haben im letzten Jahr gar nicht mal so schlecht abgeschnitten. Es hätte natürlich noch besser sein können. Die Touristen lassen zu wenig liegen. Ich habe beobachtet, dass zwar viele mal durch die Tür reinblinzeln, dann aber weitergehen. Das spricht nicht für uns.«

Elli zuckte zusammen ob dieser Ungerechtigkeit. Wie sollte sie den Eingangsbereich und die Schaufenster verlockender gestalten, wenn die Chefin jede Veränderung, die etwas kostete, abschmetterte? Sie lehnte sich beleidigt zurück.

»Im wissenschaftlichen Bereich haben wir zu viele Rückläufe. Das kostet Zeit und Geld. Ich bin überzeugt, hier könnte man geschickter organisieren. Und bei den Taschenbüchern wird ungeniert geklaut. Ihr werdet da in Zukunft gefälligst besser aufpassen! Man muss halt auch einmal einen Blick in die Taschen werfen. Der Buchhandel ist in erster Linie ein Geschäft und keine karitative Einrichtung.«

Dieser Teil der Rede, vor allem an Ute und Gesine adressiert, rief unterschiedliche Reaktionen hervor.

Ute verschränkte die Arme, aber sie schwieg. Das fehlte gerade noch, dass sie wie ein Hausdetektiv hinter den Kunden herschnüffeln sollte. Wieder einmal wurde ihr schmerzlich bewusst, dass sie nichts Besseres als eine Verkäuferin war. Warum aber hatte die Chefin ihr zum ersten Mal ein volles dreizehntes Monatsgehalt bezahlt mit einem ausdrücklichen Lob für ihren Einsatz? Natürlich hatte sie versprechen müssen, den Mund zu halten. *Mein Gott, ist diese Frau primitiv*, dachte Ute resigniert, *aber es ist völlig zwecklos zu diskutieren.* Und außerdem stimmte es leider: Die Diebstähle, besonders im Taschenbuchbereich, hatten drastisch zugenommen. Ute war – zusammen mit Elli – zuständig für Rosis Ausbildung. Ob da ein Zusammenhang bestand? Hier müsste sie mal genauer hinschauen.

Gesine überlegte einen Moment, ob sie den Mund aufmachen sollte, um gegen die so unverhüllt auftretende Kapitalistenrede zu protestieren. Sie hätte da schon ein paar provozierende Thesen auf Lager. Zum Beispiel den Klassiker: *Eigentum ist Diebstahl.* Aber das war zu gefährlich. Denn ein Teil der sogenannten Diebstähle ging tatsächlich auf Gesines Konto. Ohne ernsthafte Gewissensbisse ließ sie zu, dass einige befreundete Studenten so nach und nach ihre Bibliothek ergänzen durften, natürlich nur Leute, deren prekäre finanzielle Lage sie kannte. *Als ob man mit BAFÖG allein auskommen könnte,* dachte sie empört, *überhaupt sollten Bücher geistiges Gemeineigentum sein.*

»Alles in allem bin ich aber nicht unzufrieden.« Ritas Stimme bekam tremolierende Untertöne. »Wir sind bisher eine gut zusammenarbeitende Betriebsgemeinschaft gewesen, eine *family,* wie die Amerikaner sagen. Darauf sollten wir mal anstoßen.«

Sie erhob ihr Glas und nahm einen kräftigen Schluck. Ohne sich zu setzen, wartete sie, bis alle die Gläser wieder abgestellt hatten und Ruhe einkehrte. Dann räusperte sie sich ausgiebig.

»Ach ja, in zwei Monaten wird es eine Veränderung geben. Ich … Ich habe mich nun doch entschlossen, einen Teil meiner Verantwortung abzugeben. Elli, du weißt ja am besten, dass es Zeit für mich wird, einen Nachfolger zu bestimmen. Also nun … Also ich werde einen Geschäftsführer einstellen. Es ist mein Neffe Karl, den ich endlich dazu überreden konnte, aus Amerika zurückzukommen.«

Sie legte eine Pause ein und sah in die Runde.

»Was ist? Schaut nicht so belämmert! Ihr habt ja keine Ahnung, wie sehr ich mich darüber freue. Aber Genaueres gibt es dann nächste Woche. Los, es wird Zeit, alle wieder an die Arbeit! Rosi, hol mir den Mantel!«

Das Mädchen leerte in einem Zug die Kaffeetasse und stürzte zur Garderobe. Eilig hatten es auch Gesine und Franz. Die leicht beschwipste Pfarrerstochter packte den inzwischen grünlich angelaufenen Theologiestudenten energisch beim Arm und zog ihn aus dem Wirtshaus. Draußen schneite es sacht. Gesine redete lebhaft auf Franz ein, der aber schüttelte nur immer wieder den Kopf.

In der kalten Januarluft kam der Alkohol erst richtig zur Wirkung. Franziskus torkelte ein paar Meter, umklammerte eine Straßenlaterne und übergab sich. Gott sei Dank landete das halb verdaute Mittagessen in einem der berühmten *Bächle*. Die führten in den Wintermonaten zwar kein Wasser, aber dennoch achtete ein echtes *Bobbele* sorgfältig darauf, ja nicht hineinzutreten. Franziskus gelang es mit Gesines Hilfe, das Bächle zu überspringen. Es ging ihm jetzt besser. Der Schnee würde bis zum Abend alles zudecken.

Ute fasste beim Hinausgehen ihre Arbeitgeberin beim Ellenbogen und sagte steif:

»Das kommt ja nun wirklich sehr überraschend. Wir sollten doch noch etwas mehr darüber wissen. Im März schon, haben Sie gesagt?«

»Nicht jetzt! Lasst mich in Ruhe! Ihr erfahrt schon noch alles rechtzeitig. Jetzt muss ich dringend nach Hause. Da gibt es auch einiges zu regeln. Bis morgen dann.«

Rita Bruder schüttelte die Hand auf ihrem Arm ab wie eine lästige Wespe und walzte davon, Richtung Straßenbahn.

Elli war einfach sitzengeblieben. Mechanisch rührte sie im Kaffeesatz und ignorierte den Kellner, der den Tisch abräumte. *Es ist so gemein*, dachte sie, *wie kann sie mir das antun? Nach all dem, was ich für sie getan habe ... Das werde ich nicht hinnehmen ... Nein, diesmal nicht!* Den letzten Satz stieß sie laut heraus. Der Kellner zog die Augenbrauen hoch und machte sich an einem anderen Tisch zu schaffen. Flüchtig dachte Elli daran, einfach nach Hause zu gehen und sich ins Bett zu legen. Es wäre das erste Mal, dass sie, ohne wirklich krank zu sein, ihre Pflichten vernachlässigt hätte. Dann siegte die gewohnte Arbeitsmoral. Auch trieb sie die Neugier, wie denn die anderen mit der frohen Botschaft zurechtkämen. Zwei Monate! Da war das letzte Wort noch nicht gesprochen. Schließlich lagen viele Jahre enger Zusammenarbeit und noch vieles mehr auf ihrer Seite der Waage.

Kapitel zwei

Karl Eisele stand vor dem Spiegel und betrachtete sich wohlgefällig. Mit seinen dreißig Jahren fand er sich so attraktiv wie noch nie in seinem Leben. Zum Glück konnte er nicht viel Ähnlichkeit entdecken mit den gedrungenen, grobschlächtigen Formen seiner Mutter Anna oder gar denen seiner Tante Rita. Allenfalls in deren schrägem Grinsen und einer Neigung zur Kurzatmigkeit schlug wohl das Familienerbe durch. Nun ja, seine Mutter war an einem Lungenemphysem gestorben und seine Tante, so hoffte er ungeniert, würde es auch nicht mehr lange machen, so wie sie schnaufte. Karl oder Charly, wie er sich selbst nannte, knetete seine nassen naturkrausen Haare, die er – der Mode entsprechend – im Afrolook trug. Die Sonnenbräune gab ihm zusätzlich ein mediterranes Aussehen, was sich, wie er genau wusste, keinesfalls als Nachteil erwies. Sorgfältig prüfte er das Profil seiner Bauchlinie. Alles makellos, kein Ansatz von Fett, die Bauchmuskeln gewellt wie ein Waschbrett.

Das war nicht immer so gewesen. Mit gemischten Gefühlen erinnerte er sich an die Jahre ziellosen Herumstreunens in Kalifornien und Mexiko. Dorthin hatte es ihn verschlagen, nach einer überstürzten Flucht oder vielmehr Vertreibung aus Deutschland. Irgendwie witzig, dass er nun wieder im selben schäbigen Zimmer stand, in dem er den letzten Streit mit seiner Tante geführt hatte.

Im Haus war alles wie früher. Wenn er hinausschaute, blickte er in den Garten, der einmal der ganze Stolz seiner Mutter war. Jetzt sah er total verwildert aus. Die einst akkurat gezogenen Wege zwischen den Gemüsebeeten waren von Unkraut überwuchert. Der kümmerliche Rasen verdiente kaum seinen Namen. Die Ligusterhecke um das Grundstück herum hätte dringend einen Formschnitt benötigt. In einem Verschlag war Holz gestapelt. Charly dachte mit Grausen daran, dass das Haus noch mit Öfen beheizt wurde. Wenigstens sorgte der alte Kachelofen in der altmodischen guten Stube für angenehme Temperaturen, wenn jemand dazu bereit war, das Brennholz dafür herbeizuschaffen und die Asche zu entsorgen. Ein Glück, dass Charly nur vorläufig seine Abende in dieser Bruchbude verbringen musste. Eine Unterkunft in der Innenstadt war ein *essential* fürs Überleben.

Während er ein frisches Hemd zuknöpfte und in die engen Jeans stopfte, betrachtete er das Schwarz-weiß-Foto an der Wand, auf dem er als Elfjähriger mit Mutter und Tante frech in die Kamera grinste. Ein hübsches Kerlchen, ohne Zweifel. Zwölf Jahre lag der Streit nun zurück, aber er erinnerte sich Wort für Wort an die Vorwürfe wegen der Schande, die er angeblich über die beiden Frauen gebracht hatte. Verdammt merkwürdig, wie seine Mutter alle Entscheidungen ihrer Schwester Rita überlassen hatte. Anna hatte ihr Kind in das Elternhaus im Freiburger Westen mitgebracht. Es war gottlob von der Bombardierung im November 1944 verschont geblieben. Rita war nie ausgezogen. Karls Vater Friedrich galt seit 1942 als vermisst. An Großeltern konnte sich Charly gar nicht erinnern, überhaupt wurde nur wenig über die Familie gesprochen.

»Sie sind alle beim Angriff umgekommen, bei Freunden in der Merianstraße«. Mehr Auskünfte gab es nicht. Tante Rita hatte meistens hinzugefügt: »Bub, schau in die Zukunft, die ist wichtiger als die Vergangenheit.«

Sie selbst hatte nach dieser Devise gehandelt und munter am Wirtschaftswunder partizipiert. Nicht schlecht, was sie aus einem winzigen Handel mit alten Büchern innerhalb kürzester Zeit aufgezogen hatte.

Darum verstand er bis heute nicht, warum sie damals wegen der paar Kröten so ein Theater machte. Rita hätte das Problem mit links erledigen können. Sie war mächtig stolz auf ihre erstklassigen Verbindungen.

Aber wahrscheinlich war es doch besser gewesen, dass sie ihn mit drei Adressen und einigen Hundertmarkscheinen ausgerüstet nach Übersee geschickt hatte. Das Geld hielt allerdings nicht lange vor. Die Figuren hinter den Adressen entpuppten sich als spießige Ladenbesitzer oder Handwerker aus der zahlreichen Verwandtschaft, die im 19. Jahrhundert in das Land der unbegrenzten Möglichkeiten ausgewandert war.

Charly hörte die Tür unten ins Schloss fallen.

»Bist du da, Karl? Dann komm runter, wir müssen einiges besprechen.«

»Gleich, Rita, bin gerade am Einräumen. Würde gerne noch fertigmachen. Eine halbe Stunde noch, ja?«

»Meinetwegen, ich muss mich sowieso etwas ausruhen.«

Charly ließ seine Vergangenheit weiter Revue passieren, während er nach passenden Plätzen für den Inhalt seiner Koffer und das Sammelsurium in seinem Seesack suchte.

Damals hatte er es vorgezogen, die Verheißungen der neuen Welt auf seine Weise zu erkunden. Kreuz und quer trampte er durch die Staaten und Mexiko. Die Mittel für Haschisch und LSD holte er sich zur Not auch als Stricher. Aber wirklich nur im äußersten Notfall. Das war er seiner Selbstachtung schuldig.

Zum Glück merkte er noch rechtzeitig, dass er allmählich aus dem Leim ging und sein wichtigstes Kapital – das gute Aussehen – am Verspielen war. Es war in Santa Barbara, als ihm diese Erkenntnis kam. Er hatte es auch satt, mit Puertoricanern, Mexikanern und durchgeknallten Hippies in einen Topf geworfen zu werden. Ein Job als Laufbursche in einem Fitness-Club rettete ihn vor dem endgültigen Abdriften und brachte nebenbei kostenlos seine Figur auf Vordermann. Mit der Wiedergeburt der Attraktivität schaffte er es auch, den Drogenkonsum zurückzudämmen bis auf einen gelegentlichen Joint. Der konnte ihm wohl kaum schaden.

Drei Jahre ging alles glatt im *California,* und zwar so glatt, dass die Geschäftsleitung ihm nach und nach anspruchsvollere Aufgaben anvertraute. Besonders die Frau des Geschäftsführers war – aus naheliegenden Gründen – ganz vernarrt in ihn. Dazu haftete das Attribut deutscher Gründlichkeit und Tüchtigkeit wie eine Klette an ihm, seitdem es ihm geglückt war, die Mitgliederzahl im Club zu steigern. Am Strand hatte er aufgeschnappt, wie sich einige unzufriedene Bodybuilder über das Training unterhielten. Sofort kam ihm eine Idee. Man musste die Geräte für das

Zirkeltraining nur anders anordnen, so dass es zu den Stoß-
zeiten nicht zu lästigen Wartezeiten kam. Außerdem wurde
das Training dadurch deutlich effektiver; zumindest be-
stätigten ihm dies die Ladies, denen er an der Club-Bar die
teuren Protein-Drinks verkaufte.

Es machte Spaß, am Image des cleveren Burschen zu po-
lieren. Das bisschen humanistische Bildung aus drei Jahren
Gymnasium hob ihn aus der Masse gut gebauter, aber un-
bedarfter *american boys* heraus.

Charly fiel ein, dass seine Tante ziemlich bald nach Kriegs-
ende ein Antiquariat aufgebaut hatte, in dem auch Zeitungen
und Zeitschriften verkauft wurden. Das war von Anfang an
ein gutes Geschäft, denn die Pressefreiheit wurde nach der
Hitler-Diktatur hoch geschätzt. In den USA gab es für jedes
noch so entlegene Thema eine eigene Zeitschrift. Er fing an,
systematisch Magazine für Sport, Fitness und verwandte Ge-
biete zu studieren. »Wissen ist Macht«, begründete er dem
Chef gegenüber seine neueste Idee. Durch das Angebot an
einschlägiger Lektüre – natürlich für jedes Niveau – könne
man die Clubmitglieder noch stärker an die Fitness-Welle
binden. »Corpus sane in corpore sanella!« verkündete er dem
ignoranten, aber schwer beeindruckten Boss. Der sorgte als
Gegenleistung dafür, dass Charly keine Probleme mit der
Arbeitserlaubnis bekam.

Ja, das war seine beste Zeit gewesen. Zu dumm, dass die
regelmäßigen Streifzüge durch die Clubspinde aufflogen.
Diese Art von Gründlichkeit hatte dem Boss überhaupt
nicht gefallen.

Es klopfte. Ohne auf Antwort zu warten, kam Rita ins Zimmer gerauscht. Sie musterte ihren Neffen aufmerksam.

»Die Haare sind zu lang«, krächzte sie, »du musst ja nicht unbedingt wie meine diebische Kundschaft aussehen. Hast du keine anderen Hosen als Jeans?«

»Hey, langsam, *darling,* oder willst du mich gleich wieder vertreiben? Jetzt wart doch erst einmal ab, was deine Mädels im Geschäft sagen. Vielleicht finden sie es ja gut, wenn ein bisschen frischer Wind in die Bude kommt.«

Rita kniff die Lippen zusammen und schnaufte ärgerlich.

»Sag nicht *darling* zu mir! Nenn mich Rita oder sprich mich meinetwegen mit Chefin an. Wir haben es auch mit Professoren und anderen Honoratioren zu tun. Die reagieren manchmal etwas reserviert. Wir sind hier immer noch in Deutschland!«

»Ich werde dich Boss nennen, okay? Und lass mir etwas Zeit zum Eingewöhnen.«

Charly verriet nicht, dass er schon gleich am Tag nach seiner Ankunft im *Eckstein* aufgetaucht war. Natürlich inkognito. Er hatte die Buchhändlerin im Erdgeschoss – es musste Elisabeth Walter sein – in ein längeres Gespräch über die Zeitschriften im Sortiment verwickelt. Sein amerikanischer Akzent hatte ihr Interesse geweckt. Eine ziemlich gut informierte Person, fand er, so um die vierzig, Typ alte Jungfer. Es war ihm nicht entgangen, wie dankbar sie sein jungenhaftes Lachen aufgesogen und sich über die Komplimente gefreut hatte. Der Laden schien tatsächlich eine Goldgrube zu sein, jedenfalls bimmelte alle paar Sekunden die Ladentür. Wenn seine Informationen stimmten, gab es keine männliche Konkurrenz in der Belegschaft, abgesehen vom Faktotum Franziskus, aber der zählte nicht. Mit Frauen konnte er umgehen. Da kannte er sich aus.

Rita fegte ein paar Hemden vom einzigen Stuhl, setzte sich ächzend und zerrte ein paar Bankvordrucke aus einem braunen Umschlag.

»Auf dein Konto in Santa Barbara können wir ja jetzt verzichten. Ich gehe davon aus, du hast es vor der Abreise aufgelöst. Ich werde dir hier eines einrichten.«

Das mit dem Konto in Amerika war eine clevere Idee Tante Ritas gewesen. Sie hatte ihn zwar vor zwölf Jahren in die Wüste geschickt; aber sie hatte auch eine Sicherung eingebaut, wie sie den Kontakt mit ihm aufrechterhalten konnte. Bargeld bekam er ja nur wenig mit. Statt dessen erklärte sie sich dazu bereit, an jeden Ort auch immer, von dem er sich meldete, etwas auf ein Bankkonto zu überweisen.

Zuerst hatte er darauf gepfiffen. Das fehlte gerade noch! Ein Gängelband! Von den zwölf Jahren Abwesenheit ließ er in zehn nichts von sich hören. Erst als es so aussah, als ob er im goldenen Westen Fuß gefasst habe und sich sein Lebensstil verteuerte, erinnerte er sich an die Abmachung, und er schickte einen ausführlichen Brief nach Deutschland. Es passte daher fabelhaft, dass mit dem Rausschmiss aus dem *California* Ritas Angebot eintraf. Die Nachricht vom Tod seiner Mutter, der schon etliche Jahre zurücklag, berührte ihn nur flüchtig. Gute alte herrschsüchtige Rita! Er war fest entschlossen, diesmal nicht zu patzen. Rita hatte angedeutet, dass sie ihn als ihren Nachfolger und Erben ins Auge gefasst habe. Jetzt war er hier in *Old Germany,* bereit zur Karriere.

»Kannst du mir einen Vorschuss geben? Für Krawatten und so …« Charly setzte sein charmantestes Lächeln auf. »Ohne ein bisschen Geld in der Tasche fühle ich mich dem

Auftritt im Geschäft nicht gewachsen. Vielleicht muss ich ja gleich einen ausgeben.« Da Rita keine Miene verzog und schwieg, musste er wohl nachlegen. «Und überhaupt! Du hast noch nicht genau verraten, was für ein Job das werden soll. Kriege ich ein Gehalt oder werde ich am Umsatz beteiligt? ... Am liebsten natürlich beides.« Er grinste. Der letzte Satz sollte natürlich ein Witz sein.

»Alles zu seiner Zeit. Erst wirst du dich mal umsehen und dir von Elli und Frau Mann-Schmitt die Abläufe erklären lassen. Dann kannst du mal eine Weile der hübschen Gesine über die Schulter schauen, die ist nämlich wirklich eine Verkaufskanone. Nebenbei hältst du die Augen auf. Ich will wissen, was die Damen sonst noch so treiben.«

Rita hustete wieder. Beim Hinausgehen sagte sie über die Schulter: »Über die Geschäftsführung sprechen wir dann im Sommer. Betrachte das Ganze als eine Art Assistentenzeit.«

Das bereitwillige Lachen in Charlys Gesicht verflüchtigte sich. Tante Rita hatte sich nicht geändert. Wie früher hielt sie auf allem den Daumen drauf, eisern darauf bedacht, ja nicht die Kontrolle zu verlieren. Er würde sich schwer zusammenreißen müssen und eine Menge Geduld brauchen, bis sie ihr angeborenes Misstrauen, besonders ihm gegenüber, abgelegt hätte. Aber er würde es schaffen, Früher oder später würde die Buchhandlung *Zum Eckstein* ihm gehören.

Er hat sich überhaupt nicht verändert, schrieb Rita am Abend in ihr Tagebuch. Sie führte es seit dem Jahr, als sie und ihre Schwester beschlossen hatten, den ungeratenen Knaben Karl lieber nach Amerika zu schicken, bevor der

Dummkopf zur Fremdenlegion ausriss. Ausgerechnet die Fremdenlegion! Das hatten sie gerade noch in letzter Minute verhindern können. Bis zur französischen Grenze waren es keine dreißig Kilometer. Es gab Grenzübergänge, bei denen man es mit dem Alter nicht allzu genau nahm.

Wie immer achtete sie wenig auf korrekte Grammatik und Rechtschreibung, wenn sie ihre geheimsten Gedanken aufschrieb. Die Zeilen liefen stellenweise schräg über die Seite. Nur bei Zahlen und Tabellen benutzte sie ein Lineal. Seit der Krankheit hatte sich ihr Schriftbild merklich verändert. Etwas Ungeduldiges, Drängendes führte ihr die Hand.

Er sieht heute seinem Vater ähnlicher als früher, schrieb sie, *und er hat immer noch das gleiche freche Auftreten, gegen das man sich so schwer wehren kann. Oh Gott, es tut immer noch weh. Ich weiß nicht, ob es richtig war, ihn zurückzuholen. Ich werd ihn schwer an die Kandare nehmen müssen und ihn ganz kurz halten. Wenigstens kann mir keiner mehr dreinreden. Ich kann es immer noch nicht fassen, wie sehr er seinem Vater gleicht. Eines Tages werd ich es ihm sagen müssen. Oder vielleicht doch nicht. Nein, es reicht, wenn er alles aus dem Testament erfährt.*

Rita versah den Eintrag an mehreren Stellen mit ihrem Namensstempel. Er enthielt nur ihren Namen in Schreibschrift und in einer zweiten Zeile ein Signet, in dem die verschlungenen Anfangsbuchstaben *RB* in einen nach oben offenen Rhombus integriert waren. Der Rhombus sollte die Grundfläche eines Ecksteins symbolisieren. Rita hatte den Stempel selbst entworfen. Sie wusste, dass er nicht besonders gelungen war. Er war ja auch nicht als Firmenstempel vorgesehen, sondern ausschließlich zu ihrem ganz privaten

Gebrauch. Es gab nur zwei davon. Den einen verschloss sie jetzt zusammen mit ihrem Tagebuch in einem antiken Sekretär mit vielen Fächern. Er wirkte ziemlich fehl am Platz in ihrem karg ausgestatteten Schlafzimmer.

In einem abschließbaren Rollschrank des winzigen Büros im Souterrain der Buchhandlung lagerten alle Tagebücher mit den mehr oder weniger regelmäßigen Eintragungen der letzten zwölf Jahre, sowie Familienpapiere und wichtige Dokumente im Zusammenhang mit dem Erwerb des *Eckstein*. Niemand konnte auf diese Weise die Tagebücher entwenden oder fälschen. Größere Summen Bargeld, Schmuck oder wertvolle Gegenstände befanden sich nicht im Büro. Sie selbst brachte die Tageseinnahmen täglich zur Bank gegenüber. Wenn sie weniger geizig gewesen wäre, hätte sie sich einen Tresor geleistet. Aber das hielt sie für überflüssig. In ihr Büro kam keiner ohne ihr Wissen und ihre Zustimmung.

Anders verhielt es sich mit dem Häuschen. Einmal erwischte sie nachts um zwei in ihrer Küche einen Penner, der sich ein warmes Nachtquartier gesucht hatte. Seitdem gab es eine teure Alarmanlage mit einem Bewegungsmelder im Treppenhaus. Niemand durfte in ihr Allerheiligstes eindringen. Das Schlafzimmer war der einzige Ort, an dem sie ihren Erinnerungen gestattete, von Zeit zu Zeit das sentimentale Zepter zu schwingen.

So wie jetzt. Rita nahm ein gerahmtes Familienbild von der Wand. Es zeigte sie und die Schwester mit den Eltern, die Mädchen mit zu Schnecken gedrehten Zöpfen. Ungeschickt fingerte sie eine vergilbte Portraitaufnahme hinter dem Passepartout hervor. Ein dunkelhaariger, lockiger junger Mann mit einem Siegerlächeln strahlte sie an. Er trug eine französische Uniform. Sie hielt das Foto ganz nahe an ihre schielenden Augen und nickte. Furchtbar ähnlich, Vater und Sohn. Die Rückseite brauchte sie nicht anzuschauen, sie wusste, was darauf stand. *Alain, Luzern 1941. Für meine über alles geliebte Rita.*

Sie schob das kostbare Erinnerungsstück an ihre Jugendsünde wieder an seinen Platz und hängte das harmlose Familienfoto zurück an die Wand. Sorgfältig schubste sie es in seine ursprüngliche Position zurück. Fünf Minuten lang starrte sie – schwer auf die Unterarme gestützt – blicklos aus dem Fenster, zog dann mechanisch und ganz langsam die Nadeln aus ihrer wirren Haarkrause, die sie gewöhnlich zu einem unordentlichen Dutt gesteckt hatte, und schlug die Steppdecke ihres schmalen Jungmädchenbettes zurück. Die Rituale des Schlafengehens bereiteten ihr von Tag zu Tag mehr Pein. Am erträglichsten war noch der Augenblick, wenn die starken Schmerzmittel ihr kurz vor dem Einschlafen ein Gefühl der Leichtigkeit bescherten, einen Sieg über Körperfülle, Atemnot und Todesangst. *Ihr kriegt mich nicht,* dachte sie verschwommen, *niemand kriegt mich, noch lange nicht.* Im Abtauchen registrierte sie, wie Charly, der verlorene und heimgekehrte Sohn, laut pfeifend die Haustüre hinter sich zuwarf.

Kapitel drei

Elli und Ute hatten die gegenseitige latente Abneigung zurückgestellt und eine Art Bündnis auf Zeit geschlossen. Seit Januar hatten sie sich zweimal privat getroffen, um die Lage zu besprechen. Das erste Treffen fand bei Elli statt. Sie wohnte ganz in der Nähe der Buchhandlung in einer kleinen Mansardenwohnung mit Blick auf den Münsterturm und den nahen Schlossberg. Man musste ein paar Treppen in Kauf nehmen. Einen Aufzug gab es in dem alten Haus unter Denkmalschutz nicht. Zwei Zimmerchen mit schrägen Wänden und Gaubenfenstern, sowie eine winzige Küche und ein ebenso winziges Bad hatte Elli mit wenig Geld, aber – wie Ute zugeben musste – erstaunlich gutem Geschmack in ein gemütliches Nest verwandelt. Man merkte sofort, dass hier ein zutiefst weibliches Wesen daheim war.

Selbstverständlich wurde das Wohnzimmer von Bücherregalen beherrscht. Geschickt platzierte Lampen und zwei Kamelhaardecken luden zum Schmökern und Träumen auf einem bequemen Sofa ein. Auf einem altmodischen Tischchen standen eine Dekantierkaraffe und zwei Weingläser. Ute ordnete sie kenntnisreich sofort dem Jugendstil zu. Einige Kunstdrucke in schlichten Rahmen belegten die Vorliebe der Bewohnerin für die Klassische Moderne. Alle

Bilder zeigten Motive, bei denen Frauen die Hauptrolle spielten. Ute nutzte die Gelegenheit, während Elli in der Küche eine Käseplatte richtete, um einen neugierigen Blick ins Schlafzimmer zu werfen. Hier herrschten Pastellfarben vor, alles sehr adrett und eindeutig nur auf eine Person zugeschnitten. Darüber wunderte sich Ute nun gar nicht. Sie hatte noch nie einen Mann mit Elli in Verbindung gebracht. Allerdings wusste sie nur sehr wenig über die private Seite der Kollegin, obwohl sie schon so viele Jahre zusammenarbeiteten. Elli war darin sehr verschwiegen. Vielleicht hatte sie aber auch gar nichts zu erzählen, wo sie doch ganz und gar in ihrem Beruf aufging.

Einmal hatte Ute einen Streit zwischen Elli und der Chefin belauscht.

»Aber du hast mir versprochen, Schluss zu machen. Sonst hätte ich niemals die Stelle hier angetreten«, hatte Elli wütend geschrien und einen Aktenordner auf den Boden geschmettert. Rita hatte nur höhnisch gelacht und die Tür zum Büro zugeschlagen. Daraus ließ sich nun vieles ableiten. Ute war auch nicht ernsthaft daran interessiert, schließlich hatte sie genug eigene Probleme.

Aber jetzt war sie da, um mit Elli eine Strategie zu entwickeln, wie man die drohende Katastrophe, sprich den angekündigten Geschäftsführer, verhindern könnte.

»Sie lässt sich in letzter Zeit wirklich wenig bei uns blicken, seit der Knabe angekommen ist. Merkwürdig, dass sie sich nach so vielen Jahre an ihre Verwandtschaft erinnert. Weißt du denn was Genaueres über ihn?«

Elli hatte gleich in den ersten Minuten vorgeschlagen, zum Du überzugehen. Ute hatte kurz gezögert. Aber letztendlich entsprach es dem Stil der siebziger Jahre. Studenten duzten neuerdings auch ihre Dozenten, sogar manchen ergrauten Professor.

Elli stellte die Käseplatte auf das Tischchen und legte Besteck und Servietten bereit. Die Servietten passten genau zu dem Nolde-Druck an der Wand.

»Ich habe nur ein paar Kinderbilder gesehen. Und natürlich weiß ich, dass er als Jüngling nicht ganz einfach war.«

Elli benutzte den altmodischen Ausdruck »Jüngling«. Ute wusste nicht genau, ob sie ihn ironisch meinte. Ellis Ausdrucksweise klang häufig etwas altmodisch und geziert.

»Eigentlich kann ich mir nicht vorstellen, dass er das Zeug dazu hat, eine Geschäftsleitung zu übernehmen. Die Chefin muss was Anderes vorhaben. Vielleicht will sie uns nochmals auf die Probe stellen, bevor sie sich zurückzieht. Sie ist ganz schön unberechenbar in letzter Zeit.«

»Immerhin mussten wir doch alle davon ausgehen, dass du ihre Nachfolgerin wirst, oder täusche ich mich da?«

So direkt war das Thema von Ute noch nie angesprochen worden. Gespannt wartete sie auf Ellis Reaktion. Die Kronprinzessin verzog das Gesicht zu einem gequälten Lachen, dann brach es aus ihr heraus:

»Nachfolgerin! Oh ja, mit genau diesem Angebot hat sie mich damals von Schultis weggelockt. Immer wieder hat sie mich bearbeitet. Dort habe ich mir damit keine Freunde gemacht. Ihretwegen habe ich einige Brücken hinter mir abbrechen müssen; du kannst mir glauben, das war alles andere als leicht. Ich trau mich heute noch nicht, bei Schultis vorbeizuschauen, obwohl es mich schon interessieren würde, ob der ...«

Hier brach sie ab und zerknüllte die Serviette auf den Knien. Erst nach einer Weile setzte sie hinzu:

»Ich hätte nie gedacht, dass sie mich nach so langer Zeit einfach ausbooten würde. Es ist verdammt unfair, und dazu noch wegen einem Mann!«

So viel Offenheit hatte Ute gar nicht erwartet. Sie ahnte: Hinter diesem Gefühlsausbruch verbarg sich noch einiges mehr. Überhaupt war es höchst erstaunlich, dass Elli das Treffen vorgeschlagen hatte, dazu noch in ihrer Wohnung. Ute wäre ein Café angenehmer gewesen. Sozusagen neutraler Boden. Man konnte ja nicht wissen, wie das Gespräch verlaufen würde. Schließlich hatte Elli bisher aus ihrer Nähe zur Chefin kein Hehl gemacht.

Ute hatte ihrerseits in erster Linie ein Interesse an klaren Verhältnissen in der Buchhandlung. Sie konnte Elli durchaus als zukünftige Geschäftsführerin akzeptieren, wenn sie nur selber keine Abstriche an ihrer eigenen Position hinnehmen musste. Das wäre mehr als fatal. Ihr aktuelles Einkommen durfte sie auf keinen Fall verlieren. Ein Arbeitsloser in der Familie reichte völlig. Ute musste eine teure Mietwohnung unterhalten. Sie zahlte satte Kredite für eine Einrichtung, die den elitären Ansprüchen Arnes entsprachen.

Ihr Ehemann hatte ausgiebig auf Lehramt studiert, war aber nach seiner Referendarzeit nicht in den Schuldienst übernommen worden. Arne war stur. Ute hätte auch einen Ortswechsel mitgetragen, obwohl sie gern im *Eckstein* arbeitete. Arne nahm lieber das Standesamt in Kauf, um der Zuweisung an ein Provinzgymnasium zu entgehen. Neustadt und Tuttlingen waren ihm angeboten worden; aus seiner Sicht absolut unannehmbar. Waldshut war ihm zu weit vom Schuss. Da hätte er jeden Tag früh aufstehen müssen. Um keinen Preis wollte er woanders als in Freiburg

Lehrer sein. Nun saß er zu Hause herum, versuchte sich in abstrakter Malerei; sie durfte gar nicht darüber nachdenken. *Und dabei habe ich ihm jahrelang das Studium finanziert,* hätte sie beinahe laut gesagt. Aber das ging Elli ja nun wirklich nichts an.

Betont sachlich sagte sie: »Wir werden einfach an den Geschäftssinn der Chefin appellieren. Wenn es um Geld geht, ist sie ja knallhart. Und allzu leicht müssen wir es dem Neffen ja auch nicht machen, oder?«

Elli nickte, das hatte sie sich auch schon vorgenommen. Aus Erfahrung wusste sie aber, dass Rita mit harten Bandagen kämpfte, wie immer, wenn sie sich durchsetzen wollte. Immerhin, Ute schien nicht im feindlichen Lager zu stehen. Das war viel wert.

Der weitere Abend gehörte fachlichen und betrieblichen Themen. Hier verstanden sich die beiden Frauen recht gut. Sie beschlossen, ihre gemeinsamen Verbesserungsvorschläge schriftlich zu fixieren und der Chefin möglichst noch vor dem ersten Auftritt ihres Protegés zu präsentieren. Sie wollten zeigen, was Rita an ihnen hatte.

So also sah ihre erste Idee zu einer gemeinsamen Strategie aus. Ein zweites Treffen – diesmal bei Ute, man musste sich ja revanchieren – brachte keine weiteren Erkenntnisse.

Elli zog einen Entwurf zu dem geplanten Positionspapier aus der Tasche. Arne, der arbeitslose Germanist, Historiker und Soziologe war auch mit von der Partie. Er ließ es sich nicht nehmen, den Damen Ratschläge zu erteilen, wie man einen Ami mit Halbbildung aushebeln konnte. Längere Zeit verbreitete er sich über den Niedergang der deutschen Sprache, jammerte über den verrohenden Einfluss von Comics, über die miserable Zeitungskultur usw. usw.

Zwischendurch schenkte er eifrig einen sündhaft teuren Sherry nach. Dabei bediente er vornehmlich sein eigenes Glas. Der Sherry beflügelte zusehends seine Argumente. An Ellis Entwurf ließ er kein gutes Haar. Eingeschüchtert durch die brillante Rhetorik wagte sie kaum, ihre Ideen zu verteidigen. Sie fand das anmaßende Verhalten des Akademikers unerträglich und beleidigend. Am Sherry nippte sie nur sporadisch. Ute huschte nervös zwischen Küche und Wintergarten hin und her und versuchte vergeblich, so etwas wie die Atmosphäre eines literarischen Salons zu schaffen. Sie zeigte nicht die Spur ihrer sonstigen Souveränität. Allerdings hätte sie Rollschuhe gebraucht oder Personal, um die Regie im Salon zu behaupten.

Elli verabschiedete sich bald; zornig, wie sie war, stopfte sie ihr Positionspapier in die hinterste Ecke des Kleiderschranks. Am nächsten Tag verlor Ute kein Wort über den missglückten Abend. Erst eine Woche später fragte sie zögernd nach dem Entwurf, vermied dabei jede persönliche Anrede. Elli murmelte etwas von »überdenken« und »ausarbeiten«. Von einem neuen Treffen war nicht die Rede. Also musste man auf das Erscheinen des amerikanischen Imports warten. Rita hatte ihn für den zweiten Montag im März angekündigt, abends nach Geschäftsschluss, in den Räumen der Buchhandlung.

Rosi, Franziskus und Gesine fühlten sich nur indirekt von den Plänen der Chefin betroffen, sie hatten ja ohnehin keinen Einfluss darauf. Es war gerade die Hoch-Zeit der alemannischen Fasnet, da mussten die drei Spitzenleistungen unterschiedlicher Art bringen. Als Mitglied einer Narrenzunft war Rosi jedes Wochenende unterwegs und auch sonst kein Kind von Traurigkeit. Mit tiefen Rändern um die Augen kam sie ins Geschäft und stolperte über die Bücherpakete, die montags angeliefert und auf der Treppe zum Souterrain zwischengelagert waren. Pausenlos gähnend sortierte sie völlig unkonzentriert die vorliegenden Bestellungen für die Universität. Ute zog ärgerlich die Augenbrauen hoch und hielt ihr mehrfach ihre strenge Standardpredigt:

»Auch wenn Fastnacht ist, hast du keine Narrenfreiheit. Denk dran, die Probezeit ist noch nicht vorbei. Frau Walter kennt da keinen Spaß, Fastnacht hin oder her.«

Rosi gab sich dann etwas zerknirscht, rechnete aber nicht ernsthaft mit Schwierigkeiten, wusste sie doch, dass Frau Walter einen Narren an ihr gefressen hatte. Aus dem Einstellungsgespräch hatte Rosi noch zwei Sätze im Ohr:

»Waisch, Mädle, du erinnersch mich an mei Jugend. Ich war auch ein luschtiger Vogel.«

Was sollte ihr da schon groß passieren! Die doofe Mann-Schmitt konnte ihr gestohlen bleiben. Die Frau trank bestimmt zum Frühstück ein Glas Essig. Da gefiel ihr die langmähnige Gesine schon besser. Die hatte so schöne freche Sprüche drauf und jede Menge Verehrer. Zwar verstand Rosi nicht alles, was Gesine so mit den Kunden besprach; da waren zu viele Wörter, die Rosi noch nie gehört hatte. Aber toll, wie Gesine immer umlagert war und mit fünf Leuten gleichzeitig schäkerte.

Für Franziskus begann die vorösterliche Leidenszeit noch vor Aschermittwoch. In den Instituten und Seminaren rüstete man sich für den Endspurt vor den Sommerferien Ende

Februar. Alle Welt wartete dringend auf die Bücher, die man für Forschungsprojekte und Hausarbeiten während der vorlesungsfreien Zeit bestellt hatte. Franziskus verpackte und transportierte gewaltige Pakete, zu Fuß oder mit einen Lastenfahrrad, denn einen Firmenwagen gab es nicht. Der hätte ja auch nicht viel gebracht. Franziskus hatte keinen Führerschein.

In der politisch orientierten Studentenschaft nahmen die Aktivitäten merklich zu, ebenfalls ein Hinweis auf das nahe Semesterende. Eine linksorientierte Kampagne gegen die alemannische Fastnacht, bei der man braune Wurzeln entdeckt hatte, fand ordentlich Zulauf. Andererseits gab es genügend Studenten, die sich ihre gesellschaftlich gebilligte Sauf- und Auszeit nicht vermiesen lassen wollten. Rund um die Universitätsgebäude in der Innenstadt sah es wüst aus. Glasscherben, Cola-Dosen, Luftschlangen, Pappdeckel, Flugblätter und einiges mehr vermüllten die Eingänge der Geschäfte, sehr zum Ärger der alteingesessenen Bürger. Von »sufer un glatt« konnte keine Rede mehr sein.

Franziskus durfte jeden Morgen zu Besen und Eimer greifen, um das Gröbste zu beseitigen. Kein Wunder also, dass er selber von Tag zu Tag schmuddeliger auftauchte und im Untergeschoss die Luft verpestete. Ute beschloss, den armen Franz ins Gebet zu nehmen. Allerdings durfte sie dabei nicht auf Gesines Beistand hoffen, vielmehr verwies diese auf Artikel eins des Grundgesetzes. Sie schlug vor, dem Kollegen ein neues T-Shirt zu schenken, und zwar mit der Aufschrift: *Die Würde des Menschen ist unantastbar.* Ute hielt nichts von dieser Idee. Franz werde die Anspielung nicht verstehen, erklärte sie schnippisch. Elli fühlte sich nicht betroffen, was ja auch irgendwie stimmte. Rosi kam als Mitstreiterin nicht in Frage.

Wieder so ein Problem, um das Ute sich kümmern musste. Sie seufzte und beschloss, den Stier bei den Hörnern zu packen. Es war am Aschermittwoch, ein durchaus passender Termin, wie Ute fand. Also zitierte sie Franz, der eben von einer Tour schweißtriefend die Treppe herunterkam, in das Kabuff neben der Personaltoilette. Dort pflegten die Frauen zwischendurch zu rauchen, wenn es eine Flaute im Geschäft gab und die Chefin gerade nicht in der Nähe war.

Ute bot Franziskus eine Zigarette an. Er nahm sie zwar, steckte sie aber umgehend in die Brusttasche seines Hemdes. Vor Ute hatte er ebenso viel Angst wie vor der Chefin, vielleicht sogar mehr. Schließlich war Ute in jeder Beziehung ein Muster an Korrektheit.

»Sie wissen doch, dass wir hier auf sehr engem Raum arbeiten müssen«, fing Ute an. Sie gab sich Mühe, so sachlich wie möglich an das heikle Thema heranzugehen.

»Und da ist es natürlich nötig, dass wir sehr sorgfältig auf unsere Körperhygiene achten. Sie verstehen doch …?« Ute zog an ihrer Zigarette und blies den Rauch rücksichtsvoll zur Seite. Dann fügte sie lahm hinzu: »Wir sind uns alle darin einig …«

Franziskus sagte zehn oder zwölf Sekunden nichts. Als ihm endlich dämmerte, worauf die Rede abzielte, kroch eine ungesunde Röte seinen Hals entlang und er wischte sich mehrmals die Hände an der fleckigen Hose ab.

»Sicher …«, stammelte er schließlich, »ich werde …, natürlich, Sie haben vollkommen Recht … Aber bitte entschuldigen Sie mich jetzt, ich muss unbedingt noch in die Unibibliothek, eine ganz dringende Bestellung...«

Er schlängelte sich schräg an Ute vorbei, packte einen Stapel Zeitschriften, hastete die Treppe hinauf und stürzte auf die Straße. Für den Rest des Tages blieb er verschwunden.

Ute fand nicht, dass sie unsensibel vorgegangen war; dennoch beschlich sie ein ungutes Gefühl, erst recht, als Franziskus auch am nächsten Tag nicht erschien. Gott sei Dank ließ sich auch die Chefin nicht blicken, so dass sie zu keiner Erklärung genötigt wurde.

Zwei Tage später stolperte Franziskus gegen Mittag in den Laden, freudig begrüßt von Gesine. Sie hatte ihm ein Päckchen hingelegt. Womöglich sah er noch abgerissener aus als gewöhnlich. Ein neuer Ausdruck lag in seinen Augen, der nichts Gutes verhieß. Ohne Worte stellte er sich an den Packtisch und hantierte hektisch mit Schere und Klebeband.

Ute ließ ihn herumwerkeln. Sollte er sich doch erst einmal beruhigen. Dann würde sie nochmals das Gespräch mit ihm suchen. Das bisher ganz anständige Betriebsklima im Souterrain war allerdings erst einmal ruiniert.

Gesine erlaubte sich keine laute Kritik an Ute, obgleich sie die Reaktion des armen Studenten vorausgesehen hatte. Sie kannte ihn nämlich ganz gut, weil sie als Einzige öfter mal die Mittagspause mit ihm verbrachte. Sie wusste auch, wo er wohnte. Er hatte sich in einer notdürftig umgebauten Garage eingerichtet, ohne Dusche oder ähnliche Segnungen der Zivilisation. Gesine konnte nur einmal einen kurzen Blick hineinwerfen. Mehr wollte sie aber auch gar nicht. Sie machte sich ernsthafte Sorgen um den Mann, der die Dreißig bereits überschritten hatte. Hinter seiner unterwürfigen Haltung verbarg sich ihrer Meinung nach eine hochexplosive Mischung aus Angst, Wut und einem

Minderwertigkeitsgefühl, das hin und wieder in absurde Selbstüberschätzung umkippte.

»Ihr werdet euch alle noch wundern; wenn ich meine Doktorarbeit fertig habe, da werden manchen die Augen aufgehen, das kannst du mir ruhig glauben«, hatte er einmal verraten, »aber sag's nicht weiter! Sie sind nämlich hinter mir her.«

Von der geheimnisvollen Doktorarbeit hatte Gesine noch kein Jota zu sehen bekommen, obwohl er es immer wieder versprach. Nicht einmal das Thema konnte sie herauslocken. Nun, vielleicht hatte er ja wirklich irgendwo einen Karteikasten mit hochbrisanten Funden stehen. Es stimmte allerdings, dass er in seinem grauen Hausmeisterkittel ständig eng bekritzelte Karteikarten mitschleppte.

»Repressive katholische Erziehung, ganz klar, wahrscheinlich sollte er Pfarrer werden. Er hat die Familie enttäuscht und die unterstützt ihn jetzt nicht mehr. Typisch Katholen!«

Das verkündete Gesine in ihrer linken WG, wo sich aber niemand für einen gescheiterten Theologiestudenten interessierte.

Gesine wusste ganz gut, wovon sie sprach, stammte sie doch selbst aus einem norddeutschen Pfarrhaus. Dort ging es allerdings eher liberal zu, zwar mit heftigen Diskussionen, aber einem stabilen Wertesystem, in dem der Begriff »soziale Gerechtigkeit« die Hauptrolle spielte. Die Eltern waren daher nicht besonders besorgt, als sich die Tochter in die süddeutsche Universitätsstadt absetzte. Sie kannten den Schwarzwald als gemütliche Urlaubsregion. In Freiburg hatten sie mal einen wundervollen verregneten Tag verbracht. Vom Münster, dem Marktplatz und den schmalen Gassen in Oberlinden waren sie restlos begeistert.

Gesine fühlte sich seit einiger Zeit nicht mehr richtig wohl in ihrer WG. Sie und Jochen, den sie auf einem evangelischen Kirchentag getroffen hatte, galten als Paar. Die chauvinistischen Sprüche der männlichen Mitbewohner gingen ihr zunehmend auf die Nerven. Die beiden anderen Mädels der WG dagegen fanden alles ganz super. Sie hielten sich brav an den Spruch: *Wer zweimal mit dem selben pennt, gehört schon zum Establishment.* Damit entsprachen sie voll dem gerade geltenden Credo der linken Szene.

Gesine wusste, dass man sie hauptsächlich wegen des bequemen Zugangs zu kostenloser Lektüre schätzte. Ihre Diskussionsbeiträge wurden häufig als zu bürgerlich oder, noch schlimmer, als unbedarft abgeschmettert. Das war ihr in Bremen nie passiert. Am meisten kränkte es sie, wenn ihr Freund Jochen nur halbherzig für sie Partei ergriff, obwohl er doch in der Nacht zuvor ihr in jedem einzelnen Punkt zugestimmt hatte. Natürlich gab es den einen oder anderen Versuch, sie aus der verpönten Zweierkiste loszueisen, aber da war bei Gesine nichts zu machen. Sex ja, aber nur mit einem Partner, für den sie was übrig hatte, und das war nun mal ausschließlich bei Jochen der Fall. Ihm schien es allerdings nichts auszumachen, wenn sich seine Freundin über allzu dreiste Anmache beschwerte.

»Du siehst eben aus wie Uschi Obermaier, da musst du doch damit rechnen«, sagte er dann, nicht ohne seinen Besitzerstolz durch ein dümmliches Grinsen zu verraten. Gesine fand, dass sich die linke Männerszene nicht wesentlich von der rechten unterschied.

In der WG ging es neuerdings zu wie in einem Taubenschlag. Jeden Morgen stolperte ein anderer nackter Genosse durch den Flur, meistens wortlos. Nur einer stellte sich einmal vor, Wolfgang Frese oder so ähnlich. Gesine war schon halb im Treppenhaus, sie musste bei dem Anblick eines sich höflich verbeugenden nackten jungen Mannes kichern und kam sich ziemlich dämlich vor. Derselbe Typ begrüßte sie am Abend wieder mit einer Verbeugung. Da war er allerdings angezogen und führte das große Wort, ein linker Promi aus Frankfurt oder Berlin. In der WG wurde Tag und Nacht diskutiert. Irgendwas war im Busch. Daher beschäftigte Gesine die angekündigte Vorstellung des Neffen Karl Eisele nur am Rand.

Charly hatte sich in Schale geschmissen. Auf Wunsch der Tante trug er ein weißes Hemd, aber so eng anliegend, dass sein durchtrainierter Körper äußerst wirkungsvoll zur Geltung kam. Die Krawatte mit dem psychedelischen Motiv band er noch unter der Haustür ab und steckte sie in das Jackett. Über der Schulter trug er die Tragtasche der Buchhandlung mit der Aufschrift *Lesen bildet noch immer*. Darin steckte eine eisgekühlte Flasche Sekt aus dem Café gegenüber. Schwungvoll stieß er die Tür zur Buchhandlung auf. Vier Frauen blickten ihm teils reserviert, teils neugierig entgegen. Franziskus war nicht anwesend. Rita saß unten im Büro, wo sie zum Schein einige Dokumente sortierte. Ihre Tür stand offen. Sie horchte gespannt nach oben.

»Hallo, Ladies, äh … Guten Abend, ist meine Tante nicht da?« Charly blickte sich irritiert um. Merkwürdiger Empfang, so was war er von Santa Barbara nicht gewöhnt. Neue Kunden oder Mitarbeiter wurden mindestens mit einem

Drink begrüßt. Hier gab es nichts dergleichen. Nur vier stocksteif dastehende Frauen.

Elli erkannte natürlich sofort den amerikanischen Zeitschriftenfreund und rang um eine angemessene Reaktion. Gesine spürte spontan große Abneigung. Noch so ein Chauvi, schoss es ihr durch den Kopf. Rosi kicherte; der neue Geschäftsführer gefiel ihr. Bestimmt sah er manches lockerer als die Mann-Schmitt.

Ute fasste sich zuerst. »Guten Abend, Herr Eisele, richtig?« Sie wartete auf die Bestätigung. Da Charly nur nickte, fuhr sie schnell fort: »Ihre Tante hat noch einen Augenblick im Büro zu tun. Darf ich Sie inzwischen mit den Kolleginnen bekannt machen?«

Es folgte eine förmliche, langweilige Vorstellungsprozedur, bei der vor allem Hände geschüttelt und nur Nachnamen genannt wurden. Das würde Charly ziemlich flott ändern, sobald er Chef wäre.

»Wir kennen uns ja schon.« Charly packte seinen ganzen Charme aus, als er Ellis Hand ergriff und einen Handkuss andeutete. Elli – mehr oder weniger sprachlos – errötete und zog die Hand zurück. Zwar hatte der junge Mann sie neulich beeindruckt, aber jetzt ärgerte sie sich über sein dreistes Versteckspiel und auch über die altmodisch-ironische Geste. Wofür hielt er sie denn?

Charly blinzelte ihr verschwörerisch zu und wandte sich Gesine zu. Verdammt, die war hübsch! Die musste er unbedingt genauer unter die Lupe nehmen. War sie nicht die Verkaufskanone? Rita hatte so was erwähnt. Ziemlich herablassend, wie sie ihn musterte. Aber mit solchen Frauen kannte er sich aus. Die würde er schon knacken! Der Lehrling neben ihr dagegen war ihm zu grün. Trotzdem lächelte er Rosi kumpelhaft an. Wer weiß, ob sie ihm nicht mal nützlich sein konnte. Zudem hatte die Tante ja ganz positiv über sie gesprochen.

Rita keuchte nun die Treppe herauf, nachdem sie wie immer den Schlüssel zum Büro zweimal herumgedreht und eingesteckt hatte. Ihr schielender Blick traf jeden und keinen.

»Habt ihr euch schon bekannt gemacht? Dann können wir gleich loslegen. Zuerst also mal hier oben, Karl. Das ist bis auf weiteres Ellis Reich. Sie soll dir morgen zeigen, wo welche Abteilungen sind. Ist im Prinzip nicht schlecht organisiert.« Die Stimme blieb ihr weg, so dass sie eine kurze Pause einlegen musste. »Schau dich mal in den nächsten Tagen gründlich um und lass dir auch das Kassensystem erklären.«

»Nur zu gerne, da kann ich bestimmt eine Menge lernen.«

Der süffisante Unterton in Charlys Stimme brachte Elli erneut zum Erröten. *Was ist bloß los mit mir,* haderte sie, *ich bin doch sonst nicht so leicht aus der Fassung zu bringen.* Sie spürte Ritas amüsierte Blicke und gab sich einen Ruck.

»Wir könnten gleich einen kleinen Rundgang machen. Unsere Titel im literarischen Bereich sind nach Autorennamen geordnet. Daneben gibt es natürlich auch Sachgebiete, wo die ...«

Rita fuhr grob dazwischen.

»Das hat Zeit bis morgen.« Sie stützte sich schwer auf das Treppengeländer. »Gehen wir erst mal nach unten.«

Mühsam nahm sie Stufe für Stufe. Bei Treppen hatte sie neuerdings Angst zu stürzen. Schwindelgefühle und Atemnot machten ihr immer häufiger zu schaffen. Heute besonders, da hatte sie wohl zu lange über ihren geheimen

Papieren gebrütet und am Testament gefeilt. Charly als Alleinerben einzusetzen, fiel ihr doch nicht so leicht. Nun, bis jetzt war es ja nur ein Entwurf.

Im Souterrain durfte Ute kurz Einrichtung und Abläufe erläutern. Sie tat dies mit gewohnter Präzision. Vor allem das Bestellwesen gehörte zu ihren Aufgaben. Charly zeigte nur oberflächliches Interesse, daher war sie sich ziemlich sicher, dass er ihr dieses Gebiet nicht streitig machen würde – Geschäftsführer hin oder her. Bestimmt würde er sich mehr die repräsentativen Aufgaben der Buchhandlung herauspicken. Um so besser. Hauptsache, sie kämen sich nicht in die Quere. Außerdem glaubte sie fest an ihr eigenes Organisationstalent und ihre unbestreitbare strenge Sachlichkeit. Zum ersten Mal seit Wochen entspannte sie sich.

Rita ließ sich auf dem Stuhl nieder, der zu Utes Schreibtisch gehörte. Andere Sitzgelegenheiten gab es hier nicht. Die Frauen lehnten sich an die Regalwände, Charly saß auf der untersten Treppenstufe. Wohlwollend schaute sie auf den Neffen, als er die Sektflasche hervorholte und nach Gläsern fragte. Die fanden sich auch, eine wilde Ansammlung von Wassergläsern und Kaffeebechern, etwas Edleres war auf die Schnelle nicht aufzutreiben. Wider Erwarten wurde die Stimmung zunehmend lockerer, weil Charly jedes einzelne Gefäß humorvoll kommentierte, dazwischen witzige Geschichten aus seinen Reisen einstreute und nichts dagegen hatte, doch noch einmal einen Rundgang zu absolvieren. Bei den Zeitschriften verkündete er, das sei sein Lieblingsbereich, um den werde er sich liebend gern kümmern, wenn Frau Walter keine Einwände habe. Elli errötete wieder bis unter die Haarwurzeln:

»Aber nein, Herr Eisele, ich denke, das wäre durchaus eine gute Lösung.«

Nicht nur Ute wunderte sich.

Rita hing inzwischen ihren Gedanken nach. Morgen musste sie unbedingt einen Ruhetag einlegen. Sollte ihr Neffe doch schauen, wie er zurechtkam. Elli und die Mann-Schmitt konnten ihr ja berichten, wie er sich anstellte.

Ach ja, Elli! Ihr gegenüber hatte sie fast ein schlechtes Gewissen. Das Mädchen schien ganz schön von der Rolle. War sie nun wütend oder hatten die roten Backen was Anderes zu bedeuten? Von dieser Seite kannte sie die langjährige Angestellte kaum. Natürlich war da die alte Geschichte von vor fünfzehn Jahren. Aber damals war Elli eine leichtgläubige junge Frau, die sich dummerweise auf ein Verhältnis mit einem verheirateten Literaturprofessor eingelassen hatte – eine unmögliche und aussichtslose Sache. Die Affäre nahm mit einer überstürzten Reise nach Holland in eine Abtreibungsklinik ein unschönes Ende. Rita rettete das am Boden zerstörte Mädchen vor einem unüberlegten Schritt, so glaubte sie jedenfalls. Sie bot Elli eine sehr aussichtsreiche Position im *Eckstein* an. Natürlich erst, nachdem sie sich vergewissert hatte, dass Elli eine tüchtige Kraft war, die gut zu Ritas aufstrebender Buchhandlung passte. Vor zwei Jahrzehnten war die Welt der Buchhändler in der Stadt noch überschaubar. Man beobachtete und taxierte sich, der Tratsch gehörte zum Geschäft.

Elli stürzte sich mit verzweifelter Energie auf die neue Aufgabe. Darin ging Ritas Kalkül voll und ganz auf. Privat hielten beide Frauen vorsichtig Abstand. Ihre sogenannte Freundschaft bezog sich hauptsächlich auf das Geschäft und praktische Dinge des Alltags. Intime Gespräche über

Gefühle und sexuelle Erfahrungen – sonst gerne Themen unter alleinstehenden Frauen – ließ Rita nicht zu. Elli vermied ebenfalls solche Unterhaltungen, auch wenn man mit den Jahren ab und zu den gemeinsamen Arbeitstag bei einem *Viertele* ausklingen ließ. Ritas Eindruck nach schien die Männerwelt für Elli gestorben. Die früheren Kollegen hielten sie ohnehin für eine verkappte Lesbe. Sie zeigte sich nirgends mit einem Mann an der Seite. Rita glaubte es übrigens auch. Sie kannte einige Frauen, die erst spät zu ihrer Homosexualität standen.

Wenn ihr Neffe jetzt Interesse an Elli zeigte, hatte sie nichts dagegen, ganz im Gegenteil. Viel erreichen konnte er bei Elli ja doch nicht. Aber ihr momentanes Problem mit dem Testament ließ sich dadurch deutlich entschärfen.

Eine Stunde später ließ sich Rita gerne von Charly nach Hause chauffieren, müde, wie sie war. Ihr alter VW jaulte, als Charly sehr sportlich vom zweiten in den dritten Gang schaltete. Zuerst hatte er das Vehikel naserümpfend gemustert, dann aber doch dankbar die Autoschlüssel genommen, wenn er abends noch auf die Piste wollte.

»Also, was für einen Eindruck hast du nun bekommen, von den Damen, meine ich.«

Er zuckte die Achseln.

»Ganz annehmbar, scheinen ja absolut auf dich eingeschworen.«

»Das will ich doch hoffen! Ich hab sie mir auch so herangezogen. Besonders Elli, die würde für mich durchs Feuer gehen. Hat ja auch allen Grund dafür.«

»Könnte man das mit der Siezerei nicht generell ändern? Du duzt dich ja auch mit Elli.«

»Das lass mal schön bleiben, wir sind keine Kommune! Mit Elli ist das was ganz anderes.«

»In Amerika nimmt man unter Kollegen alles etwas lockerer, selbst Politiker reden sich mit Vornamen an.«

»Du hast gehört, was ich gesagt habe. Und komm mir nicht immer mit Amerika. Hier ticken die Uhren noch ein bisschen anders. Merk dir das.«

Da war er wieder, der autoritäre Ton. Charly musste schwer an sich halten, um seinen Ärger nicht zu zeigen. Schnell lenkte er auf ein anderes Thema über.

»Hast du dir jetzt überlegt, ob wir nicht die Wand zwischen den beiden Kinderzimmern durchbrechen könnten? So ein schöner, großer Raum als Schlafzimmer, das wäre doch was für dich.«

Charly dachte natürlich an die Zeit, in der seine Tante überhaupt kein Schlafzimmer mehr brauchen würde, er aber ganz bestimmt! So, wie das Haus der Großeltern gebaut war, konnte man keinen Staat damit machen. Bis jetzt hatte er keine Lust gehabt, ein weibliches Wesen in die Bruchbude einzuladen. Auch ein Badezimmer, das seinen Namen verdiente, musste dringend her.

»Kommt überhaupt nicht in Frage. Ich bin bis jetzt ganz gut zurechtgekommen. Für zwei Leute ist das alles ausreichend. Deiner Mutter und mir hat es ja auch genügt. Du kannst dich im Garten umtun, wenn du dich unbedingt hier nützlich machen willst.«

Charly wechselte erneut das Thema, um seine Tante nicht zu reizen. Nach Gartenarbeit stand ihm der Sinn nun überhaupt nicht.

»Aber es gefällt dir ganz gut, wenn ich für dich in der Küche stehe, oder etwa nicht?«

Das stimmte. Rita genoss es, wenn Charly ihr Pasta mit raffinierten Soßen oder mexikanischen Bohneneintopf servierte. Das konnte er hervorragend, immerhin war er bei der italienischen Frau seines Chefs in die Schule gegangen. Dazu gab es ein oder zwei Gläschen Prosecco, auch eine liebe Gewohnheit aus Santa Barbara.

»Deine Küche ist wirklich das Letzte. Ich kapiere nicht, warum du es dir kein bisschen bequemer machen willst. Wenigstens einen neuen Herd könntest du dir leisten ... und eine Geschirrspülmaschine«, setzte er vorsichtig hinzu.

Denn das hasste er am allermeisten: stundenlang am Herd stehen und dann noch spülen, dabei sich Geschichten anhören müssen über Stadträte und Professoren, missgünstige Kollegen und immer frecher werdende Studenten.

Ziemlich rasch hatte er begriffen, dass seine Tante einen tiefen Hass auf die oberen Tausend der Universitätsstadt pflegte. Er verstand nicht genau, weshalb. In den knapp zwei Monaten seit seiner Heimkehr hatte sie kein einziges Mal Besuch zu Hause empfangen. Sie ging auch so gut wie nie aus. Abends riegelte sie sich im Schlafzimmer ein. Es war ihm bisher nicht geglückt herauszufinden, was sie Geheimnisvolles in ihrem Hochsicherheitstrakt trieb. Denn beim ersten Versuch, in ihr Allerheiligstes einzudringen, hatte ihn die Alarmanlage verscheucht.

Als eine gute Idee erwies sich der Kauf einer modernen Kaffeemaschine. Dieses Geschenk überraschte sie und sie genoss den Luxus. Kaffee konnte sie zu jeder Tages- und Nachtzeit trinken, auch wenn er Gift für den Blutdruck war. Sie hatte in ihrem Leben nicht viele Geschenke bekommen.

»Über die Küche können wir reden. Du kannst dich ja

mal umsehen. Sicher gibt es auch ganz gute gebrauchte Geräte.«

Charly verdrehte die Augen und stoppte auf dem Kiesplatz vor dem Haus, dass es nur so knirschte. Er half Rita aus dem Auto und führte sie fürsorglich die Treppe hinauf. Er musste sie unbedingt bei Laune halten, denn er brauchte Geld. Mit dem winzigen Einkommen, das er derzeit von ihr bezog, konnte er keinesfalls auskommen. Schon jetzt hatte er sein Konto kräftig überzogen.

In der Küche warf er die Kaffeemaschine an und stellte zwei Tassen auf den Tisch mit der schäbigen Plastikdecke, auf der überall Brandflecken verteilt waren.

»Um nochmals auf die Belegschaft zurückzukommen … Was zahlst du denn den einzelnen Damen?«

»Ich bezahle sie nach Leistung. Du kannst mir glauben, sie verdienen recht gut, sonst wären sie ja nicht schon so lange bei mir. Demnächst kannst du dir ihre Arbeitsverträge ansehen. Du wirst feststellen, dass sie keinen Grund zum Meckern haben.«

Das klang günstiger, als er befürchtet hatte. Deshalb wagte er die nächste Frage.

»Das Gehalt eines Geschäftsführers müsste aber schon noch darüber liegen, oder bin ich hier auf dem falschen Dampfer?«

Rita wuchtete sich hoch, das Gesicht schmerzverzerrt.

»Leistung, habe ich gesagt. Leistung entscheidet. Und die musst du erst einmal bringen. Und jetzt lass mich in Frieden.«

Unter der Küchentür drehte sie sich noch einmal um.

»Warum sollte ich dir jetzt mehr geben, wo du doch alles zum Fenster hinauswirfst? Glaubst du vielleicht, ich weiß das nicht?«

Charly schluckte. Eisenhart war sie, gnadenlos, ohne Verständnis dafür, dass das Leben gelebt werden wollte! Er hätte ihr am liebsten den Hals umgedreht. *Sie soll ihren verdammten Frieden kriegen*, dachte er wütend. Diesen Tag konnte er nur in der Casino-Bar beenden. Grimmig ließ er den Kies hochspritzen, als er aufs Gaspedal drückte.

Kapitel vier

Charly war sehr zufrieden mit sich. Den ganzen März über schuftete er richtig, erschien morgens um halb zehn in der Buchhandlung und ging meistens erst nach Geschäftsschluss. Nur eine winzig kleine Mittagspause gönnte er sich, so um die zwei Stunden. Die verbrachte er in einer der vielen kleinen Kneipen der Altstadt. Gut, dass seine Tante – wenn überhaupt – erst am späten Nachmittag eintrudelte. So konnte er sich Zeit und Arbeit nach Belieben einteilen.

Sein Stammplatz war bei den Zeitschriften neben der Eingangstür. Dorthin hatte er sich einen Hocker gestellt, von dem aus konnte er halbwegs bequem alles beobachten. So bekam er ziemlich schnell einen Einblick in den Geschäftsalltag, das Inventar, die Abläufe, den ganzen Kram eben. Er war ja nicht blöd.

Die Zeitschriftenregale interessierten ihn am meisten. Viele deutsche Magazine waren neu für ihn, und diese Bildungslücke musste er schleunigst schließen. Auf einem Tresen ihm gegenüber stand eine altmodische Registrierkasse – Ellis Domäne. Das vorsintflutliche Modell barg für ihn keinerlei Geheimnisse. Ein Blick über Ellis Schulter und er wusste Bescheid. Wenn attraktive Kundinnen hereinkamen, unterbrach er hurtig seine Lektüre, bot ihnen charmant seine Hilfe an und reichte sie umgehend an Elli weiter. Die schien das Verfahren zu akzeptieren und überließ ihm solange die Kasse. Das späte Mädchen zeigte sich weiterhin höflich-spröde, allerdings konnte Charly beobachten, wie ihr Äußeres von Woche zu Woche flotter wurde. Kein Zweifel, sie blühte auf. Solche Zeichen wusste Charly natürlich richtig zu deuten. Es wurde Zeit für einen Generalangriff.

Im Souterrain tauchte er nur selten auf. Die überkorrekte, langweilige Frau Mann-Schmitt – bei sich selber nannte er sie nur ›Madam‹, Betonung auf der ersten Silbe – brauchte seine Aufmerksamkeit nicht. Die galt vielmehr dem schwarzhaarigen Fräuleinwunder aus Bremen. Amüsiert beobachtete er Gesine, wenn sie einem Pulk studentischer Verehrer Neuerscheinungen bei den Taschenbüchern vorstellte. Alle Achtung! Charly fragte sich, woher sie denn die Zeit nahm, um derart auf dem Laufenden zu sein. Die musste doch auch noch andere Interessen haben, so erstklassig, wie sie aussah. Er registrierte auch, wie in dem Gedränge um sie herum das eine oder andere Bändchen in Rucksäcken oder Kollegmappen verschwand. Gesine schien nie etwas zu merken. Charly grinste, wenn er an seine eigene reichhaltige Praxis auf diesem Gebiet dachte. Bislang sah er keinen Grund, seine Tante zu informieren. Einmal, weil er diese Art Eigentumsverteilung nicht unbedingt verwerflich fand. Dann aber auch, weil er der hübschen Gesine erst noch Gelegenheit bieten wollte, für die schnippische Abfuhr neulich Abbitte zu leisten. Natürlich hätte er sich nicht die Blöße geben sollen, ausgerechnet mit *Woodstock* anzugeben. 1969 war er meilenweit vom Staat New York entfernt, und zwar am anderen Ende des Kontinents.

»Sie haben tatsächlich das *Woodstock-Festival* erlebt?«, sagte sie in gedehntem hanseatischen Tonfall, »Merkwürdig, ich hätte Sie nie für ein Blumenkind gehalten.«

Ihr Blick verriet, dass sie ihn eher für einen angeberischen Muskelprotz hielt, dem sie kein Wort glaubte.

»Nicht alles ist so, wie es scheint«, konterte er und zog sich mit einem mehrdeutigen Lächeln zurück, bevor sie womöglich noch Näheres wissen wollte. So ein arrogantes Luder! Aber seine Chance würde kommen, ganz bestimmt!

Als ihm zum ersten Mal Franziskus über den Weg lief – abgerissen und in eine Schweißfahne gehüllt –, reagierte er ehrlich entsetzt. Also das würde er hundertprozentig ändern! Schmuddelkinder hätten in *seinem* Geschäft nichts zu suchen, allenfalls, wenn sie was zum Umsatz beitragen würden.

Wieso betrieb seine Tante eine so merkwürdige Personalpolitik? Er verstand es nicht. Einerseits beschäftigte sie Spitzenkräfte wie Elli, Madam und Gesine, andererseits eine verkorkste Existenz wie Franz Seeger oder wie der nun hieß; das passte nicht zusammen. Und ausgerechnet Gesine, die Attraktivste von allen, schien sich ziemlich gut mit dem Kerl zu verstehen. Er sah sie ein paarmal zusammen in die Mittagspause verschwinden.

Rita gab ihm weiterhin Rätsel auf. Es war schwierig, mit ihren häufig wechselnden Launen zurechtzukommen. Zwar ließ sie zu seiner Überraschung tatsächlich einen Handwerker kommen. Er sollte einen Kostenvoranschlag für die Renovierung der Küche vorlegen. Dann aber jammerte sie wieder über miese Umsätze und die hohe Miete für die Geschäftsräume. Charly bekam auch kein klares

Bild, ob es ihr jetzt gesundheitlich besser ging oder nicht. Zeitweise wirkte sie recht aufgeräumt und geradezu euphorisch, wenn sie über Charlys glänzende Zukunftsaussichten schwadronierte. Zwei abendliche Gläser Prosecco lösten ihr regelmäßig die Zunge.

»Du kannst es noch weit bringen, wenn du nur willst«, fing sie meistens an, »nicht jeder hat eine reiche Erbtante.«

»Was genau meinst du denn damit?«

»Das wirst du dann schon merken. Glaubst du vielleicht, ich hätte mein Geld auch so verpulvert wie du? Na ja, allmählich scheinst du ja was begriffen zu haben. Ist ja auch nötig, wenn man Alleinerbe werden will.«

»Gibt es denn noch andere, die einen Anspruch auf deinen Nachlass haben, Verwandte oder so? Und was ist mit Freunden, die du berücksichtigen willst?«

»Das lass nur meine Sorge sein. Apropos, was sagst du denn zu unserer Elli?« Rita grinste lauernd.

»Wie kommst du denn jetzt auf Fräulein Walter, und was soll mit ihr sein?«

»Tu doch nicht so unschuldig. Meinst du, ich habe nicht mitgekriegt, dass sich da was anbahnt? Ich kenne das Mädel. So aufgekratzt habe ich sie seit Jahren nicht mehr gesehen. Mir soll's recht sein. Gut fürs Betriebsklima, so ein Techtelmechtel. Kann äußerst leistungsfördernd sein. Und Konkurrenz belebt bekanntlich das Geschäft.«

Mit dem letzten Satz konnte Charly nichts Genaues anfangen. Vielleicht meinte Rita die Konkurrenz der Mädels untereinander. Dass sie seine Annäherungsversuche an Elli mitbekommen hatte, störte ihn nicht, im Gegenteil. Rita war es zuzutrauen, dass sie Elli einen kleinen Schubs in seine Richtung geben würde, wenn es ihr passte.

An manchen Abenden dagegen kam er mit seiner Tante überhaupt nicht aus. Da wurde sie richtig bösartig und beschuldigte ihn schreiend, im Haus herumzuschnüffeln. Dabei hatte er sich nur mal nützlich machen wollen, wie sie gefordert hatte, und auf dem Speicher aufgeräumt. Was konnte er dafür, wenn ihm dabei verblasste Bilder aus seiner Jugend in die Hände fielen? Karl mit Mutter und Tante beim Sommerfest des Kindergartens, Karl mit Mutter und Tante bei der Einschulung, eine bescheidene Schultüte fest an sich pressend, Karl mit Mutter und Tante an der Erstkommunion. Die drei bildeten ein unzertrennliches Gespann. Charly erinnerte sich nur schwach an Nachbarn, Lehrer und Klassenkameraden. Die Schulzeit hatte er total verdrängt. Er war ja mitten in der Entwicklungsphase, wenn sich ein junger Mensch seine eigene Welt erbaut, auf die schiefe Bahn geraten und erst in der Neuen Welt wieder auf die Füße gekommen. Wertvolles fand er bei seinem Stöbern nicht. Ein paar alte Bücher aus den zwanziger und dreißiger Jahren. Die Autoren sagten ihm nicht viel.

Nach einem Abend im Streit zog sich Rita gewöhnlich früh ins Schlafzimmer zurück. Oft brannte dort Licht, wenn Charly nach Mitternacht heimkam. Keine Ahnung, was sie um diese Zeit noch zu tun hatte.

Kapitel fünf

Neben der Kasse lag ein Stapel Bücher, darunter einige schwere Bildbände. Charly hatte soeben die Tür hinter den letzten Kunden zufallen lassen. Es war längst nach halb sieben, aber im *Eckstein* warf man keine Kunden aus dem Geschäft. Elli nahm die Geldscheine aus der Kasse und legte sie, akkurat gebündelt, in eine Ledertasche mit Bankaufschrift. Ute und Gesine kamen die Treppe herauf, beide im Mantel. Sie hatten es eilig. Ute wollte in ein Albert-Konzert und auf Gesine wartete eine lange Diskussionsrunde über die fürs Wochenende geplante Demo. Eigentlich wurden die Tageseinnahmen immer direkt zur Bank gebracht. Da die Chefin sich abgemeldet hatte – sie war wieder einmal zu umfangreichen Untersuchungen bei einem Spezialisten – sollte Elli die Geldtasche im Büro einschließen. Außer der Chefin hatte nur noch Elli einen Schlüssel. Er befand sich an ihrem privaten Schlüsselbund in der Handtasche.

Charly hatte das Büro bisher höchstens dreimal betreten können, und immer nur, wenn seine Tante ihn dazu aufforderte. Beim ersten Mal musterte er neugierig den offenen Rollschrank mit der langen Reihe von dicken Schulheften und nahm einen Band mit der Jahreszahl 1968 heraus. Rita riss ihm das Heft sofort aus der Hand.

»Gib her und setz dich gefälligst. Die Hefte gehen dich

nichts an. Hier hast du die Arbeitsverträge. Die wolltest du ja die ganze Zeit mal sehen.«

Sie schob ihm einen schmalen Ordner hin. Er nahm auf einer kleinen Stehleiter Platz, während sie umständlich und schnaufend einen Stoß Papiere sortierte. Jetzt war seine Neugier erst recht geweckt. Irgendwas hatte sie zu verbergen. Vielleicht ging es um Steuern, dass sie so geheimnisvoll tat. Aber das war ja Blödsinn; wie sollte er denn die Geschäftsleitung übernehmen, wenn er überall außen vorgelassen wurde? Sie musste ihn endlich einweihen.

»Wenn ich mich hier einarbeiten soll, wäre es doch ganz sinnvoll, mir einen Schlüssel zu geben«, versuchte er, sie zu überzeugen.«

»Das ist nicht nötig. Du kannst hier arbeiten, wenn ich in der Nähe bin. Wahrscheinlich hast du ja ohnehin einen Haufen Fragen.«

»Gut, dann werde ich mich eben dem Verkauf widmen.«

Charly wusste inzwischen, wann er bei seiner Tante auf Granit biss. In der Schlüsselfrage hatte also Elli weiterhin die Nase vorn. Er musste unbedingt an einen eigenen Schlüssel kommen.

Elli brauchte nur wenige Minuten, um das Geld zu versorgen, die Heizung zu drosseln und die Nachtbeleuchtung zu kontrollieren. Nach einem prüfenden Blick in die Runde zog sie die Jacke an und holte eine geräumige Stofftasche aus einer Schublade. Charly rückte ein paar Zeitschriften zurecht. Er deutete auf den Stapel neben der Kasse und fragte zuvorkommend:

»Soll ich die Bücher noch einräumen, oder was soll mit ihnen geschehen?«

»Nein, nein, vielen Dank, aber die nehme ich jetzt mit nach Hause.«

»Was, den ganzen Stapel? Der ist doch viel zu schwer. Haben Sie denn einen Wagen?«

Charly wusste ganz genau, dass von der Belegschaft niemand ein Auto hatte.

»Ach, ich brauche kein Auto, ich wohne ja ganz in der Nähe. Und Bücher schleppen bin ich gewohnt.«

»Das kommt überhaupt nicht in Frage! Ich werde Sie nach Hause bringen.«

Bevor Elli protestieren konnte, ergriff er den Stapel mit beiden Händen, klemmte ihn unter den linken Arm, öffnete mit der rechten Hand die Tür und eilte auf die Straße. Elli blieb nichts übrig, als ihm zu folgen, nachdem sie zweimal den Schlüssel herumgedreht hatte. *Ganz schön sportlich,* dachte Elli beeindruckt. Nun, es sprach ja nichts dagegen, wenn er ihr die Bücher bis zur Haustür trug. Sie übernahm die Führung.

»Gott sei Dank regnet es nicht. Bitte jetzt nach rechts. Da vorne neben dem Tor wohne ich.«

In der Tat, weit hatte sie es nicht. Die Wohnung war keine fünf Minuten von der Buchhandlung entfernt.

»Eine hübsche Ecke ist das hier, so romantisch. Und hervorragend renoviert. Bestimmt hat man eine traumhafte Aussicht von ganz oben. Ich würde gerne mal so ein historisches Gebäude von innen sehen … Es ist ja so lange her«, setzte er seufzend dazu. Die Aufforderung in seinen Worten war nicht zu überhören.

Elli war keineswegs erstaunt. Die ganze Zeit hatte sie mit sich gerungen, ob sie es riskieren sollte, ihn auf eine Tasse Tee nach oben zu bitten. Nichts weiter, nur eine Tasse Tee.

Im Geist ging sie schnell durch ihre Räume. Ja, es war alles in Ordnung. Sie gehörte nicht zu den Frauen, die sich gehen ließen, wenn sie allein wohnten. Und außerdem ... In einem ganz versteckten Winkel ihrer weiblichen Seele hatte sie sich schon längst auf seinen Besuch vorbereitet. Daher die sorgfältig gewählte Garderobe mit den dezenten, aber schicken Accessoires.

»Ja, die Aussicht ist wirklich umwerfend. Wenn Sie die Treppen nicht scheuen, könnten wir noch einen Tee trinken, falls Sie nichts Besseres vorhaben.«

Das läuft ja wie eine Eins, jetzt bloß nichts überstürzen, dachte Charly, als er die sechs steilen Treppen hinaufstieg. Ganz *gentlemanlike* ging er voraus. Auf jedem Treppenabsatz wartete er höflich, bis seine Begleitung ihn eingeholt hatte. Nun kam sein Repertoire an gutem Benehmen zur Geltung. Damit hatte er auch schon in den USA gepunktet.

Die Wohnung war genau so, wie er erwartet hatte: hervorragend geeignet für ein Liebesnest. Bequem, viel komfortabler als seine derzeitige Bleibe, recht geschmackvoll, soweit er es beurteilen konnte, dazu mitten in der Stadt. Einige seiner Lieblingskneipen lagen um die Ecke.

Sie tranken tatsächlich nur Tee. Elli stellte eine kleine Flasche Rum dazu. Und plötzlich zauberte sie ein Platte *petits fours* hervor. Charly blätterte in den Bildbänden, die er heraufgeschleppt hatte. Sieh da! Amerikanische Westküste, Mexiko. Was für ein Zufall! Sie unterhielten sich eine knappe Stunde lang äußerst angeregt. Charly erzählte einige Details aus seinem Leben. Er plauderte amüsant, jedoch nicht schnoddrig, seine Diktion richtete sich geschmeidig nach Ellis Stil. Besonders köstlich fand sie die Beschreibung der sportverrückten Damen über fünfunddreißig. Im *California* war dies seine bevorzugte Klientel gewesen. Er sprach nicht etwa abfällig oder herablassend über sie. Ganz im Gegenteil. Elli konnte seine Bewunderung für das reifere Alter heraushören.

»Die jüngeren Amerikanerinnen sind mir zu robust, zu unsensibel«, sagte er mit Bekennermiene. »Sie sind unglaublich durchtrainiert, das muss ich zugeben. Aber sie haben nur wenig Sinn für Zwischentöne. Und, na ja, unter einem Flirt verstehen sie etwas ganz anderes als wir hier im guten alten Europa. Mehr so eine Art Kampfsportart. Das ist auf Dauer ziemlich fad.«

Elli stimmte ihm zu, obwohl sie sich selbst nicht gerade für eine Weltmeisterin im Flirten hielt. Und mit Sport hatte sie bisher auch nicht viel im Sinn gehabt.

Nach etwa neunundfünfzig Minuten verabschiedete er sich. Vielleicht konnte man so eine Teestunde wiederholen. Elli hielt das für durchaus möglich. Auf der Treppe schlug er sich im Geist auf die Schulter. Keine Frage, der Fisch hatte angebissen. Zur Feier des Tages gönnte er sich eine lange Nacht in der Casino-Bar.

In der folgenden Woche sorgte Rita höchst persönlich, aber unfreiwillig dafür, dass die beiden sich näherkamen. Es war der Chefin nicht entgangen, auf welch elegante Weise der Neffe sich vor der Arbeit drückte.

»Höchste Zeit, dass du dich mal unseren Stammkunden widmest. Sie sind schließlich das Rückgrat des Geschäftes. Elli, geh doch mal mit ihm die Kundenkartei durch.«

»Aber das könnten wir doch bei einem Glas Wein besser besprechen«, warf Charly eifrig ein, »ich kenne da eine sehr nette Lokalität, ganz in der Nähe. Mit einem fantastischen

Blick aufs Münster«, und er zwinkerte vielsagend in Richtung Elli.

»Meinetwegen«, brummte Rita, »aber ohne mich. Ich hab auch noch was anderes zu tun«, setzte sie gallig hinzu.

Sie hatte keine guten Nachrichten über ihren Gesundheitszustand. Zu den bisherigen Leiden waren noch neue dazugekommen. Der Hausarzt beschwor sie inständig, eine Fachklinik aufzusuchen, doch Rita lehnte ab. Sie hielt den Zeitpunkt für absolut ungeeignet. Nein, sie war derzeit unabkömmlich. Keine Diskussion! Basta! Rita schob ihre Angst weit weg. Das Auftreten von Charly in der Buchhandlung gefiel ihr überhaupt nicht. Vor zwei Monaten war sie noch optimistischer gewesen. *Elli muss meinen Sohn an die Kandare nehmen,* schrieb sie ins Tagebuch, *mein Gott, vielleicht kann sie ja mehr bewirken als ich. Ich fürchte, der Junge ist eine Niete. Ich hätte ihn dort lassen sollen, wo er war.*

So geschah das Unvermeidliche: Elli und Charly wurden ein Paar. Der Dreißigjährige war mehr als überrascht, als er keine verhuschte Jungfrau vorfand, sondern eine in Liebesdingen durchaus kundige Frau in reifem Alter. Ausgehungert und dankbar. Er war entzückt, wie gut ihr Kerzenlicht und eine rosa umhüllte Nachttischlampe standen. Da hatte er es in Kalifornien schon schlechter getroffen. Elli wiederum ließ ihren lange zurückgedrängten Wünschen freien Lauf. So kamen beide auf ihre Kosten.

Elli wünschte sich, dass die Beziehung erst einmal ein Geheimnis blieb. Vier Wochen lang gab es für das Paar außerhalb der Arbeitszeit nur das Kuschelbett im *Haus zur lieben Hand.*

»Nomen est omen«, scherzte Charly frivol, »nie war ein Hausname passender!«

Elli wurde wieder einmal rot bis unter die Haarspitzen, doch allmählich gewöhnte sie sich an seine Bemerkungen, die zwar anzüglich, aber nicht ohne Witz waren. Sie selbst blieb allerdings bei ihrer betulichen Redeweise, die kleinen Aufmerksamkeiten – Blumen und exquisite Rotweine – nahm sie mädchenhaft verlegen an. Da sie nicht unter die Leute gingen, machte sie sich kaum Gedanken über den beträchtlichen Altersunterschied von zwölf Jahren. Am Wochenende blieb Charly auch über Nacht, unter der Woche fuhr er nach Hause, oft lange nach Mitternacht. Elli bestellte dann ein Taxi für ihn. Wann immer er aus dem Auto stieg, brannte noch Licht in Ritas Schlafzimmer. Manchmal schlich er sich vor ihre Tür, um zu lauschen. Drei- oder viermal hörte er sie stöhnen. Sie sah dann am nächsten Morgen besonders elend aus. Aber sie verbat sich jede Nachfrage nach ihrem Gesundheitszustand.

Das intensive Liebesleben der oberen Etage fing an, seine Spuren zu hinterlassen. Elli vergaß ein ums andere Mal, telefonische Bestellungen weiterzuleiten. Post wurde nicht rechtzeitig bearbeitet, sie sprach die Kunden mit falschem Namen an. Einer ihrer Lieblingskunden, ein grauhaariger, aber jugendlicher Mediävist, fragte sie scherzhaft, in welchen Jungbrunnen sie denn gefallen sei. Er registrierte mit Vergnügen, dass sie errötete wie ein junges Mädchen.

Ute vertiefte sich schnell in den KNOE-Katalog, wenn sie zufällig die heimlichen Blicke und scheinbar zufälligen Berührungen zwischen den beiden mitbekam. Es war ihr peinlich. Aber sie glaubte nicht wirklich, dass die beiden Turteltauben tatsächlich etwas miteinander hatten. *Und falls doch*, mutmaßte sie, *dann hält die Beziehung bestimmt nicht lang. Charly ist nun mal der Typ Mann, der jede halb-wegs hübsche Frau anbaggert. Wahrscheinlich tut er das aus purer Berechnung. So sind Männer eben gestrickt.*

Ute musste nicht weit nach ähnlichen Exemplaren suchen. Die fand sie in allernächster Nähe. In ihren Augen konnte ein Geschäftsführer Karl Eisele kaum Unheil anrichten, er wäre viel zu sehr auf seine guten Mitarbeiterinnen angewiesen. Wenn es überhaupt so weit kam. Und wie Elli dann damit umging, nun, das wäre letztlich ihre Sache.

An einer anderen Front lag allerdings einiges im Argen. Im Untergeschoss lief es ebenfalls nicht mehr rund. Franziskus zeigte sich nach dem missglückten Gespräch über sein Erscheinungsbild zunehmend störrisch. Von der Universität kamen Klagen über nicht gelieferte Bestellungen. Die Zeiten, in denen er außer Haus war – angeblich mit Paketen unterwegs –, wurden immer länger. Sein verwahrlostes Äußere veranlasste sogar Rosi zu einem abfälligen Kommentar. Gesines gutgemeintes T-Shirt war im Papierabfall gelandet, wie sie betrübt feststellte. Der scheue ewige Student ging ihr aus dem Weg, so gut es die Enge im Souterrain zuließ. Gespräche zwischen ihnen gab es keine mehr. Wahrscheinlich, so glaubte Gesine, fühlte er sich von ihr verraten. Gemeinsame Mittagspausen verweigerte er, indem er sie draußen einfach stehenließ. Mit Jochen war gar nicht darüber zu reden. Ungeduldig wimmelte er sie ab. Ihr Berufsalltag interessierte ihn herzlich wenig, nur einmal horchte er auf, als sie von Charly erzählte.

»Und die Alte will wirklich den Laden an ihren Neffen abgeben?«

»Nicht sofort, er soll sich erst mal einarbeiten. Aber ich denke schon. Es geht ihr miserabel. Sie kommt nur noch sporadisch vorbei.«

»Was ist das für ein Typ, dieser Charly, ich meine, hat … hat er dich im Visier?«

»Nicht so, wie du meinst. Ich finde ihn ziemlich blöd, ein richtiger Späner. Quatscht mich dauernd an. Ich glaube nicht, dass er mich konkret verdächtigt. Aber natürlich möchte ich meinen Job nicht riskieren. Vielleicht kannst du den Genossen mal signalisieren, dass ich ständig beobachtet werde, besonders vom künftigen Junior.«

Gesine hatte das Gefühl, sie müsse ihre großzügige Praxis der Eigentumsumverteilung überdenken. Sie war nicht mehr Herrin der Lage. Wildfremde Kunden ließen ungeniert ganze Buchreihen mitgehen, Fachliteratur ebenso wie Kriminalromane. Ute hatte sie mehrmals aufgefordert, doch genauer hinzuschauen. Charlys wissendes Grinsen machte sie nervös. Einmal stellte sie einen Kunden zur Rede, einen langhaarigen Jüngling mit einem Milchgesicht. Er war gerade dabei, zwei der unter den Studenten äußerst beliebten Bändchen aus der Edition Suhrkamp unter seinen Parka zu schieben.

»War ein Versehen, kommt immer mal wieder vor«, grinste er frech und drückte die Taschenbücher der verdutzten Gesine in die Hand.

»Ach ja, und ein schöner Gruß an Jochen«, setzte er spöttisch hinzu und verschwand nach oben.

»Wieder einer mit dem badischen Akkusativ«, sagte Ute spitz, »wie ein Student sah der aber nicht aus. Der geht sicher noch zur Schule.«

Ute hatte mit Genugtuung die Szene beobachtet. Vielleicht zeigten die Ermahnungen endlich Wirkung und Gesine besann sich auf ihre Verantwortung als Angestellte.

Gesine zuckte die Schultern. Keine Ahnung, was die Anspielung auf Jochen bedeutete. Sie kannte den Taschenbuchdieb nicht. In der WG war er jedenfalls bisher nicht aufgetaucht. Andererseits hatte sie auch dort den Überblick verloren. Wolfgang Frese führte jetzt das Kommando. Wenn Gesine die Küche betrat, schlich er sich an sie heran und fragte sie honigsüß nach der Buchhandlung aus. Er wollte alles wissen, ob ihr die Arbeit Spaß mache, ob sie gut mit den Kollegen auskomme, wie viel Umsatz sie denn täglich erziele, wer einen Schlüssel besitze und so weiter. Anfänglich freute sich Gesine über sein Interesse. Wenn er mit ihr redete, behandelte er sie mit ausgesuchter Höflichkeit und in einer Sprache, die meilenweit vom üblichen Jargon der WG entfernt war. Irgendwann war ihr die Ausfragerei lästig geworden und sie gab nur noch einsilbige Antworten. Wozu wollte er das alles wissen?

»Du, dieser Wolfgang ist ein komischer Vogel«, sagte sie nach einer durchdiskutieren Nacht zu Jochen, als sie todmüde ins Bett sanken, »aus dem werde ich nicht schlau. Der hat doch irgendwie einen Schuss!«

»Mensch, nicht so laut!« Jochen hielt ihr erschrocken den Mund zu.

»Was treibt der den ganzen Tag? Studiert der überhaupt? Der ist doch bestimmt schon über dreißig.«

Jochen stand auf und vergewisserte sich, dass die Zimmertür geschlossen war. Dann schlüpfte er wieder ins Bett.

»Ich weiß nur, er kommt aus Berlin*. Sie nennen ihn dort den roten Wolf. Er soll hier den ASTA etwas aufmischen.

Die in Berlin finden nämlich, dass es hier an der Uni zu lasch zugeht.«

»Was heißt denn ›zu lasch‹?« Gesine, bereits in seitlicher Schlafhaltung, die Knie angezogen, richtete sich empört auf. »Drei Demos in drei Wochen! Das ist doch nicht lasch!«

»Es geht halt um die Landtagswahl und darum, dass Willy so viel Zulauf hatte. Da muss jetzt mal ein Gegensignal gesetzt werden, eines, das richtig einschlägt.«

Ach ja, Willy Brandts Auftritt vor zwei Wochen. Bei strömendem Regen hatten sich Tausende auf dem Münsterplatz versammelt. Mit seinen Thesen zur Ostpolitik traf er die Stimmung vieler Zuhörer, vor allem der jüngeren, ziemlich genau. Gesine ging es wie vielen in der linken Szene. Nicht alles, was der charismatische Politiker der SPD vertrat, konnte man verdammen. Immerhin hatte er die Tür zum zweiten deutschen Staat weit aufgestoßen. Vor allem der Kniefall von Warschau beeindruckte die ganze Welt.

»Was für ein Gegensignal denn? Vielleicht ein Kaufhaus anzünden oder eine Bombe ins Münster werden? Ihr seid vielleicht Spinner! Der rote Wolf kommt mir vor wie ein Werwolf … Gewalt ist keine Lösung, du kennst meine Meinung«, setzte sie nach einer Weile hinzu.

Jochen griff nach den Zigaretten und dem Feuerzeug neben dem Bett.

»Ich geh noch eine rauchen, schlaf du schon mal.«

Gesine konnte aber nicht einschlafen, sie wälzte sich von einer Seite auf die andere, weil sie einiges zu bedenken hatte. Ein Streit über Gewaltanwendung stand dabei allerdings nicht auf der Liste.

Kapitel sechs

Auf dem Schreibtisch in Ritas Büro stapelten sich Akten und juristische Nachschlagewerke. Ein Ordner mit der Aufschrift *Persönliches* lag aufgeschlagen neben einem handgeschriebenen Dokument, darüber zwei halb zerrissene Briefumschläge.

Rita ging wutschnaubend auf und ab. Ihr Dutt, ohnehin nur nachlässig hochgesteckt, begann sich aufzulösen, weil sie eine der Haarnadeln benutzt hatte, um die Briefe aufzuschlitzen. Dieses kleine Luder! Dermaßen unverfroren die Schule schwänzen und Unterschriften fälschen! Und den Firmenstempel hatte sie auch noch missbraucht.

Sie hielt die beiden Schreiben aus der Direktion von Rosis Handelsschule dicht vor die Augen und prüfte nochmals das jeweilige Eingangsdatum. Unglaublich! Der erste Brief war von Ende März. Das war schon über einen Monat her. Der zweite Brief war am Montag angekommen. Und jetzt war bereits Samstag. Rita wusste nicht, worüber sie sich mehr ärgern sollte: über Elli, weil die vergessen hatte, die Post zu öffnen und rechtzeitig zu reagieren, über Ute, weil sie den Lehrling Rosi nicht kurz genug an der Leine führte, oder über Rosis freche Demonstration von Durchtriebenheit.

Mit dem Mädchen würde sie wohl Tacheles reden müssen. Selbstverständlich musste die Göre alle versäumte Unterrichtszeit im Geschäft nachholen, und zwar auf Kosten des Urlaubs. So ein dummes Ding! Ist jung und gesund und hat die Chance, einen erstklassigen Beruf zu lernen. Und dann baut die solchen Mist! Das hatte sie bisher noch mit keinem Lehrling erlebt. Unwillkürlich fiel ihr Karl ein, als er siebzehn war. Da hatte es auch nichts genutzt, Tacheles mit ihm zu reden.

Rita verdrängte schnell den Gedanken an den Sohn. Das war eine andere Baustelle, und zwar eine, wo das Fundament auf höchst unsicherem Boden stand. Spätestens Anfang Juni wollte sie das Testament unter Dach und Fach haben. Viel Zeit blieb nicht mehr. Mindestens drei Entwürfe warteten darauf, dass sie sich endlich für eine Version entschied.

Sie streckte den Kopf aus dem Büro und winkte Gesine herbei.

»Elli soll kommen. Karl kann sie solange vertreten. Wo ist eigentlich Franz?«

»Franz entsorgt den Abfall. Das kann etwas länger dauern. Soll ich ihm etwas ausrichten?«

Gesine hielt wieder einmal die schützende Hand über ihr Sorgenkind. Im Übrigen hatte sie keine Ahnung, wo er sich gerade aufhielt.

»Nee, das kann warten. Und ich möchte in der nächsten halben Stunde nicht gestört werden.«

Elli kam schuldbewusst die Treppe herunter. Sie konnte sich denken, worum es ging. Ob ihre langjährige Chefin und Freundin wohl Verständnis für ihre kleinen Fehler zeigte?

Je nachdem, wie das Gespräch verlief, wollte sie Rita endlich ihre Liaison mit Charly gestehen. Die Geheimnistuerei lag ihr schon eine Weile auf der Seele.

Nach ungefähr zwanzig Minuten kam Elli aus dem Büro heraus, sehr bleich um die Nase, ein zerknülltes Taschentuch in der Hand. Sie war überhaupt nicht zu Wort gekommen. Ein Vorwurf war auf den anderen gefolgt, zum Teil berechtigt – das musste sie vor sich selber zugeben –, zum Teil aber hanebüchen und äußerst ungerecht. Was konnte sie denn dafür, dass eine neue Buchhandlung mit Schwerpunkt Psychologie eröffnet und leider einen Teil der Bestellungen weggeschnappt hatte? Vielleicht hätte sie doch auf Franziskus hören sollen. Der hatte mehrfach über die Schwierigkeiten bei der Auslieferung an den Peterhof – hier residierten die Psychologen – geklagt. Angeblich lag es an den Bestelllisten. Elli hatte nur mit halbem Ohr zugehört, schließlich fiel das in Utes Aufgabengebiet. Es war ihr entgangen, dass zwischen Ute und Franziskus Funkstille herrschte.

Charly wäre gerne in der Nähe des Büros auf Lauschstation gegangen, aber er durfte die Kasse oben nicht verlassen. Als er Ellis verstörten Gesichtsausdruck bemerkte, hob er fragend die Augenbrauen.

»Nicht jetzt«, sagte sie , nur mühsam die Tränen zurückhaltend, »lass uns später darüber reden.«

Abends, nach einer opulenten Pizza, die Charly natürlich selbst gezaubert hatte, schüttete sie ihr Herz aus. Er tröstete sie in der inzwischen bewährten Art und Weise.

»Du solltest nicht alles so an dich heranlassen. Sie ist nun mal ein Grobian ohne das mindeste Feingefühl«.

Entspannt lehnte er sich in die Kissen zurück.

»Nach all den Jahren, in denen ich nur für die Buchhandlung gelebt habe … Ich verstehe das nicht. Ich habe immer geglaubt, wir wären Freundinnen. Am liebsten würde ich kündigen, wo sie jetzt doch dich hat.«

Elli saß, erneut schluchzend, auf der Bettkante. Der letzte Satz war natürlich nicht ernst gemeint. Elli liebte den *Eckstein*, sie liebte die ideale Lage im Stadtzentrum, die Nähe zu ihrer Wohnung und zum Hauptkunden, der Universität. Mochten die Räume noch so eng sein und die Einrichtung dringend aufgefrischt gehört, es war der tägliche Trubel, die gesunde Mischung zwischen Stammpublikum und Laufkundschaft, was ihr unverzichtbar schien. An eine Kündigung zu denken, war absurd.

»Ich werde mit ihr reden«, schlug Charly vor, »vielleicht finde ich heraus, warum sie zur Zeit so ungenießbar ist. Ich habe sowieso einiges mit ihr zu besprechen. Und jetzt vergiss den alten Drachen. Wir haben schließlich was Besseres zu tun …«

Ja, diesen Arbeitstag wollte Elli so schnell wie möglich auf die Seite schieben. Beinahe getröstet ließ sie sich zurückfallen.

Wenn der Kundenstrom einmal abflaute, verfiel Elli neuerdings in rosarote Tagträume. Sie malte sich aus, wie sie – nach der Geschäftsübergabe – an Charlys Seite der Buchhandlung neuen Schwung verleihen würde. Inzwischen war es ihr egal, wem die Leitung zufiel. Charly war schließlich Ritas nächster und – soweit sie wusste – einziger Verwandter. Was das *know how* anging, war Elli bereit, ihrem Liebhaber jede mögliche Hilfestellung zu geben. Zusammen würden sie die Buchhandlung so organisieren, dass auch Zeit für anderes heraussprang. Reisen zum Beispiel.

Elli sehnte sich danach, mit Charly die USA zu erleben, in einem Wohnmobil, *free and easy,* wie er ihr vorschwärmte. Elli war fleißig dabei, ihr Englisch auf Vordermann zu bringen. Charly verstand es hervorragend, ihre Lust auf die schönen Seiten des Lebens zu entflammen. Dornröschen hatte seinen Schlaf beendet.

Rita verbrachte nach der unfreundlichen Standpauke für Elli einen weit weniger angenehmen Abend und eine schlimme Nacht. Immer wieder wälzte sie sich aus dem Bett und setzte sich an den Sekretär. Sie steckte in einer Sackgasse. Ihr Sohn hatte sie auf der ganzen Linie enttäuscht. Was die Buchhandlung betraf, gingen keinerlei Impulse von ihm aus. Sein halbherziger Versuch, das Geschäft mit den Zeitschriften anzukurbeln, war im Sande verlaufen.

Es gab auch keine gemeinsamen Mahlzeiten mehr. Meistens saß sie in der Küche allein vor einem Teller mit wahllos zusammengesuchten Resten aus dem Kühlschrank. Im Grund lebte sie wieder ihren alten Trott, nur dass es ihr jetzt wesentlich schlechter ging, körperlich wie seelisch. Wenn sie sich beklagte, riss Charly sich für ein oder zwei Tage zusammen, ergänzte die zusammengeschmolzenen Vorräte – auf ihre Kosten selbstredend – und stellte einen Blumenstrauß auf den Küchentisch, den nach wie vor die schäbige Plastikdecke zierte.

»Ich geh dann, wenn du mich nicht mehr brauchst, es kann spät werden. Du hast doch nichts dagegen?«

Und schon schnappte er sich den Autoschlüssel und war zur Tür hinaus. Meistens aber kam er nach Geschäftsschluss gar nicht erst nach Hause.

Rita gab es auf, ihn mit der Aussicht auf das Erbe zu

locken. Jedes Gespräch darüber endete im Streit. Charly wollte endlich einen Blick auf das Testament werfen. Und er verlangte verbindliche Zusagen über die künftige Geschäftsführung.

Rita träufelte ein paar Tropfen in die müden Augen. So wie es aussah, war auch auf Elli kein Verlass mehr. Nicht ein Wort hatte sie zu ihrer Verteidigung herausgebracht. Sie war doch sonst nicht auf den Mund gefallen. Und dann hatte sie auch noch mit den Tränen gekämpft. Wusste der Himmel, was im Kopf des alten Mädchens vorging. Elli konnte sich doch nicht ernsthaft Hoffnungen auf den vermeintlichen Neffen machen. Lächerlich! Charly war oft die halbe Nacht auf Achse. Auch wenn er noch so leise durchs Treppenhaus schlich, Rita bekam es mit. Die Scheinwerfer des Taxis – oder eines anderen Autos – warfen wandernde Schatten an die Decke im Schlafzimmer, wo sie schlaflos über ihren Problemen grübelte.

Ich möchte bloß wissen, wo er sich herumtreibt, schrieb sie in das Tagebuch, *er muss irgendwo ein Weib haben. Bin gespannt, was passiert, wenn Elli dahinterkommt. Die hat nichts aus ihrer Vergangenheit gelernt. Am Montag muss ich mir Rosi vorknöpfen. Und Franz. Und mit Gesine stimmt auch was nicht. Verdammt, im Moment geht alles drunter und drüber. Ich brauche einfach noch etwas Zeit. Wenigstens bis zum 14. Juni. Der Doktor muss mir was Stärkeres verschreiben. Dafür ist er ja schließlich da. Und für Dienstag brauche ich einen Termin beim Notar, mal sehen, was er von meiner Idee hält.*

Kapitel sieben

In der Wiehre war eine Mietwohnung nicht gerade billig, falls sie in einer der schönen alten Villen lag, die nach 1900 entstanden waren. Der Stadtteil war sehr beliebt bei Akademikern, besonders bei den Nordlichtern, die nach ihrem Studium in Freiburg hängengeblieben waren. Das war auch der Grund, warum Arne auf dieser Wohngegend bestand. Natürlich lebte auch Ute gern in dem ruhigen, vornehmen Viertel, von wo aus man nur ein paar Meter bis zum Waldrand hatte. Üppige Rhododendren in den Vorgärten und alte Baumbestände, Platanen, Linden und eindrucksvolle Sequoias prägten das Straßenbild. An vielen Gebäuden konnte man Glasfenster im Jugendstil entdecken, auch schmiedeeiserne Balkonbrüstungen und kunstvolle Treppengeländer. Wenn man – wie Ute und Arne – eine Wohnung in der zweiten Etage bewohnte, fiel sogar im Winter genug Licht in die hohen, stuckverzierten Räume mit den raumhohen Fenstern. Die waren ohne dickes Bankkonto nicht leicht zu möblieren. Arne hätte niemals erlaubt, IKEA-Möbel aufzustellen, so wie es bei der Mehrheit der jungen Akademikerfamilien üblich war. Also gab es – neben der unverzichtbaren profanen Einrichtung – nur wenige ausgesuchte Stücke, hier ein Biedermeiertischchen, kombiniert mit einer Jugendstillampe, dort eine Récamiere, die zum *dolce far niente* einlud. Gäste schwankten zwischen Bewunderung für diesen exquisiten Wohnstil und Kopfschütteln über das Fehlen jeglicher Behaglichkeit.

Ein einziges Zimmer in der weitläufigen Wohnung war vollständig eingerichtet, und zwar ausschließlich nach Utes Geschmack. Arne hatte sich nicht dafür interessiert. Es war verhältnismäßig klein und lag nach Osten zur Gartenseite hin. Ute schlich sich oft früh am Morgen hinein, noch vor dem Frühstück, um die ersten Sonnenstrahlen zu genießen. Sie setzte sich dann auf ein altes Holzpferd, schaukelte sanft hin und her und betrachtete zufrieden das Gesamtbild. Wände und Decke waren in zarten Pastellfarben gehalten, rosa für ein Mädchen, blau für einen Jungen. Es fehlte nichts, was eine Kinderseele glücklich machen könnte. Sonne, Mond und Sterne zierten die Bettwäsche in der winzigen Wiege und im Gitterbettchen, das schon für spätere Jahre vorbereitet war. Schränke, Regale, Schubladen enthielten reichlich Babysachen und Spielzeug. Über der Wiege hing eine Spieluhr. Eine Giraffe, so groß wie ein zweijähriges Kind, bewachte die Schar kleiner Plüschtiere auf dem Wickeltisch. Etwas versteckt und für Kinderhände nicht erreichbar, hing eine kleine Vitrine, in der Ute ihre Sammlung daumengroßer Porzellanpüppchen aufbewahrte. Arne hatte diesen Beweis infantiler Bedürfnisse aus den anderen Räumen verbannt. Er konnte nicht nachvollziehen, warum Ute so sehr an diesem *Kitsch* klebte.

Wieder einmal war Ute ins Kinderzimmer geflüchtet. Es war ein launischer Aprilmorgen, der erste Sonntag nach Ostern. Das Wetter entsprach ihrer Stimmung. Auf kurze sonnige Abschnitte folgten immer längere Phasen, in denen

Regen- und Schneeschauer jede Hoffnung auf den Frühling verdarben.

Das Zusammenleben mit ihrem Mann wurde immer schwieriger. Weder Bitten noch Vorwürfe bewegten ihn dazu, sich endlich nach einer bezahlten Tätigkeit umzuschauen, damit das Familienbudget entlastet wurde. Ute kannte einige Verlagsvertreter und wusste, einige Schulbuchverlage suchten händeringend nach Repräsentanten. Besonders interessiert waren sie an Bewerbern mit pädagogischer Vorbildung. Arne lehnte rundweg ab. Er habe nicht ein anspruchsvolles Studium absolviert, tönte er, um dann als Vertreter in Schulhäusern Klinken zu putzen. Allenfalls eine Position als Lektor in einem Literaturverlag sei für ihn annehmbar. Leider konnte er sich zu keiner Bewerbung aufraffen. Ute wusste natürlich, dass diese Stellen äußerst rar waren und ohne Beziehungen gar nichts lief. Aber dass er nicht einmal einen Versuch wagte, machte sie wütend.

Sie öffnete die oberste Schublade des Wickeltischs und strich behutsam über die winzigen Strampelhosen und selbstgenähten Hemdchen aus Leinen. Wie deprimierend war alles. Sie war jetzt fünfunddreißig, die Zeit lief ihr davon. Seit mindestens zehn Jahren wünschte sie sich ein Baby. Eine Beziehung ohne Kinder wollte sie sich nicht vorstellen.

»Keine Blagen, solange ich studiere«, hatte Arne ihr unmissverständlich bedeutet. Andere Paare meisterten die Doppelbelastung von Studium und Familie ganz gut. Ute kannte solche Studentenfamilien aus der Buchhandlung und in der Wiehre. Mit einem Kind müsse man sich natürlich in manchem einschränken, so lautete der allgemeine Tenor, aber das lohne sich.

Als Arne endlich sein Referendariat antrat, schien das

Familienglück in greifbare Nähe gerückt. Ute schmiedete Pläne, wie sie der Chefin eine Babypause schmackhaft machen könnte, und richtete das Kinderzimmer ein. Das war drei Jahre her. Es wurde nichts mit einem Kind und nichts mit einer festen Stelle für den Ehemann. Da hatte auch die hastige Heirat nichts genützt.

Ute stand auf und blickte in den Garten hinunter. Hier könnte ein kleines Kind wunderbar aufwachsen und gefahrlos spielen.

Arne stand mit Parka und Seidenschal im Flur, eine Umhängetasche über der Schulter.

»Ich fahre heute noch nach Zürich, du weißt doch, die Leo-Maillet-Ausstellung. Hast du noch ein paar Franken in irgendeinem Geldbeutel?«

Er fragte nicht, ob sie Lust habe mitzukommen. Selten genug unternahmen sie etwas zusammen. Heute war es ihr ganz recht. Sie musste sich später an die Steuererklärung setzen; das war auch so eine lästige Pflicht, die an ihr hängenblieb.

»Schau mal im Garderobenschrank nach, in der grauen Jacke. Oder im Innenfach vom grünen Rucksack. Aber viele können es nicht sein.«

Dieser oder ein ähnlicher Dialog gehörte zum Standardrepertoire ihrer Ehe. Ute ließ regelmäßig und absichtlich ein paar Geldscheine in ihren Taschen zurück, wohl wissend, dass Arne das Geld ungeniert und kommentarlos einsteckte. Er hätte auch von ihrem Konto abheben dürfen; lieber aber führte er ein eigenes Konto, auf das Ute eine Art Taschengeld überwies. Vielleicht redete er sich so tatsächlich ein, über eigene Einkünfte zu verfügen.

Geld, Geld, Geld! Manchmal hatte Ute das Gefühl, als ob dieses Thema alle positiven Elemente ihrer Beziehung erstickt hätte. Sie hasste sich selbst dafür, wenn sie bei jeder Unternehmung, die ihrem Mann in den Sinn kam, zuerst an die Kosten dachte. Aber es ging nicht anders. Nicht, solange Arne auf großem Fuß lebte und nichts dazuverdiente.

»Ich gehe heute an die Steuererklärung, Arne. Gibt es etwas, was ich dazu noch wissen müsste?« Ute lief hinter ihrem Mann her und erwischte ihn gerade noch unter der Haustür.

»Keine Ahnung, wüsste nicht, was. Hör zu, vielleicht bleibe ich auch über Nacht. Es gibt anscheinend noch die Gelegenheit, mit dem Künstler zu diskutieren.«

Nichts schätzte Arne mehr, als sich auf Augenhöhe, so glaubte er jedenfalls, mit den angesagten Stars der Kunstszene zu messen. Und wenn die Künstler in ihren Biografien auch noch Jahre der Verfolgung aufwiesen, etwa im Dritten Reich, fühlte Arne eine deutliche Seelenverwandtschaft mit ihnen. Schließlich hatte er es ja auch nicht gerade leicht. Der Durchbruch als Maler ließ auf sich warten. Nicht mal die kleinste Vernissage konnte er bisher aufweisen. Seine Bilder – düstere abstrakte Ölgemälde mit dramatischem Pinselstrich – hingen derzeit nur in den eigenen vier Wänden. Zum Glück erlaubte ihm ein befreundeter Bildhauer – Ute hatte ihn noch nie zu Gesicht bekommen –, das Atelier mitzubenutzen.

Ute räumte Arnes Frühstücksreste vom Esszimmertisch und fegte säuberlich die Krümel zusammen. Gleich würde der Tisch von Papieren übersät sein. Sie suchte Kontoauszüge, Steuerbescheinigungen und Vordrucke zusammen. Quittungen über Anschaffungen für die Wohnung, über

Reisen und Malutensilien legte sie zunächst beiseite. Ute war eine fleißige Sammlerin von Rechnungsbelegen. Arne kaufte viele Bücher, auch Kunstbände, die leider sehr teuer waren, selbst wenn er sie über seine Frau günstig erworben hatte. Nicht alles, was Ute nun sorgfältig sortierte, war steuerlich absetzbar. Immer wieder musste sie Arne ausbremsen, der kategorisch behauptete, alle diese Aufwendungen seien nötig für den Erhalt seines Berufes. Ja, aber für welchen Beruf denn?

Nach ungefähr zwei Stunden schaute sie zufrieden über das gebändigte Chaos. Nur noch schnell kontrollieren, ob sie in der Hängeregistratur unterm Schreibtisch nichts übersehen hatte. Sie schob die Mappen alle nach vorne. Tatsächlich, hinten war eine aus den Schienen herausgerutscht. Merkwürdig, die Mappe war nicht beschriftet wie alle andern. Ute konnte sich nicht an sie erinnern.

Sie nahm den Inhalt heraus und breitete ihn vor sich aus: ein Mietvertrag über ein Mansardenzimmer in der Hildastraße, Mahnungen über ausstehende Mietzahlungen für drei Monate, die Rechnung über eine sehr teure Espressomaschine, Lieferscheine einer bekannten Weinhandlung, die Rechnung über einen Kassettenrekorder ...

Ute fühlte Übelkeit hochsteigen. Sie holte sich ein Glas Wasser. Schon beim flüchtigen Überschlagen kam sie auf eine Summe von weit über dreitausend DM. Soweit sie sah, alles unbezahlt. Das war also das Atelier des unbekannten Künstlerfreundes. Wahrscheinlich gab es den gar nicht. Ein Mansardenzimmer, natürlich wegen des Deckenlichts, aber wer weiß, wofür sonst noch? Kaffee, Wein in solchen Mengen, für welche Gäste?

Ute konnte es nicht fassen. Arne führte ein Doppelleben,

und die Beweise dafür hatte er in eine geheime Ecke geschoben, so wie ein pubertierender Junge die stinkenden Socken unter seinen Comics versteckt. Was für ein mieses, schäbiges Spiel!

War das der Grund gewesen, warum Arne immerzu an die frische Luft gehen musste, vor allem, wenn es um die Finanzen ging? Fragen auf Fragen stürmten auf sie ein. Wie verbrachte er überhaupt den Tag, wenn sie zur Arbeit ging? Hatte Arne noch mehr Geheimnisse?

Sie musste ihn zur Rede stellen, gleich morgen. Heute brauchte sie wohl nicht mehr auf ihn zu warten. Er war ja verdächtig schnell verschwunden, als das Stichwort Steuererklärung gefallen war. Sicher fürchtete er um die verräterischen Zeugen im Schreibtisch und lief schnell davon. Wie konnte ein erwachsener, gebildeter Mann sich nur so kindisch verhalten?

Es war unmöglich, sich jetzt auf die Steuererklärung zu konzentrieren. Ute ließ alles liegen, wie es war. Luft! Sie musste raus aus der Wohnung. Obgleich gerade ein heftiger Aprilregen gegen die Fenster prasselte, griff sie nach einer Jacke und dem Wohnungsschlüssel. Auf der Straße wandte sich zunächst in Richtung Wald. Nach fünf Schritten machte sie kehrt. Hildastraße 1, das war die Adresse im Mietvertrag, gerade mal zwei Straßen weiter.

Sie stand vor einem älteren Häuserblock, dessen Fassade dringend eine Renovierung brauchte. Fünf Stockwerke. Offensichtlich war das Gebäude fest in Studentenhand, neben den zehn Klingelknöpfen klebte mindestens die doppelte Anzahl von Namensschildchen. An der obersten Klingel fand sie zwei Namen. Der erste, ordentlich gedruckt und durch eine Plexiglasabdeckung geschützt, hieß Eva Cario.

Der Name sagte ihr nichts. Daneben, von Hand geschrieben und mit Tesafilm befestigt, stand A. Schmitt.

Es war wie ein Schlag in die Magengrube. Eine Weile starrte sie auf die Tür, blind vor Schmerz. Dann ging sie zögernd auf die andere Straßenseite und schaute nach oben. Auf dem Dach neben den nicht weiter überraschenden Gaubenfenstern gab es auch noch ein großes, modernes Dachfenster. Weiter war nichts zu erkennen. Sie ging wieder zur Eingangstür zurück. Einen flüchtigen Augenblick dachte sie daran, einfach auf die Klingel zu drücken und sich dem Schicksal zu stellen, egal, was es für sie bereit hielt. Dann siegte die gewohnte nüchterne Einschätzung der Situation. Was hätte sie auch sagen sollen, gesetzt den Fall, sie hätte diese Frau Cario überhaupt angetroffen? *Hallo, wohnt mein Mann hier bei Ihnen? Kann ich ihn bitte mal sprechen?* Und wenn Arne tatsächlich hinter der Frau aufgetaucht wäre, womöglich zerzaust und im Bademantel?

Ute schüttelte die tropfnassen Haare und zog die durchgeweichte Jacke enger um die Schultern. Nein, dramatische Szenen waren nicht ihre Sache. Sie würde fair sein, das war ihr wichtig, bei allem berechtigten Zorn. Zuerst wollte sie die genauen Fakten kennen. Arne musste ihr dazu Rede und Antwort stehen, und zwar Punkt für Punkt, ohne Wenn und Aber.

Zu Hause packte sie lähmende Müdigkeit. Gleichzeitig ließ innere Unrast sie nicht zur Ruhe kommen. Sie trank eine Tasse Tee nach der anderen und wälzte allerhand Strategien im Kopf, wie sie das Geld für die Schulden auftreiben könnte. Den Namen Eva Cario schob sie erst einmal weit weg. Mit Arnes Hilfe beim Abtragen des Schuldenbergs war nicht zu rechnen, das wusste sie aus Erfahrung. Nochmals einen Kredit aufnehmen? Es war jetzt schon nicht leicht, allen Verpflichtungen der Bank nachzukommen. Freunde anpumpen? Das würde Arne niemals zulassen, ihr fiel auch niemand ein, der dafür in Frage kam. Was war mit der Familie? Kein Gedanke daran, ihre eigenen Verwandten hatten selber zu kämpfen. Zu Arnes Familie gab es kaum Kontakt, außerdem hatte sie auch ihren Stolz. Nur zu gut erinnerte sich sich daran, wie herablassend man sie bei der Hochzeit behandelt hatte.

Es gab da schon einen Weg. Warum nicht zur Chefin gehen und um einen Vorschuss bitten? Hatte die nicht an Weihnachten Andeutungen über eine Gehaltserhöhung fallen lassen? Vielleicht konnte sie darauf Bezug nehmen. Sie würde es jedenfalls riskieren.

Ute schöpfte Hoffnung, zumindest, was Arnes Schulden anging. Alles andere, sein Vertrauensbruch und was immer dahinter steckte, verschwand erst einmal in ihrer seelischen Kochkiste. Dort pflegte sie ihre Emotionen garen zu lassen, bis sie genießbar wurden. Oh ja, darin hatte Ute reichlich Erfahrung.

Die Unterredung zwischen Ute und der Chefin stand von Anfang an unter keinem guten Stern.

»Wie bitte, einen Vorschuss wollen Sie«, bellte Rita, als Ute zwei Tage nach einer tränenreichen Auseinandersetzung mit Arne im Büro vorsprach. »Und für welches Designerstück brauchen Sie das Geld diesmal?«

Ihr sarkastischer Ton ließ keinen Zweifel daran, was sie von dem Ansinnen hielt. Ute hatte einmal den Fehler begangen, von dem Biedermeiertischchen zu schwärmen.

»Dass ihr jungen Leute immer alles sofort haben müsst, auch wenn ihr es euch gar nicht leisten könnt.«

»Es … es handelt sich um einen Notfall. Arne … hat bei einem Freund einen größeren Schaden verursacht, und wir haben keine Haftpflichtversicherung.«

»Ganz schön leichtsinnig, Ihr Arne. Hat er denn jetzt einen Job? Oder spielt er immer noch den Privatier?« Rita lachte hämisch. Sie hatte Arne noch nie leiden können. Der mit seinem Akademikerdünkel!

»Frau Bruder, ich glaube nicht, dass ich Ihnen Anlass gegeben habe, so … so abwertend über meinen Mann zu sprechen. Eigentlich hatte ich gehofft, dass Sie … An Weihnachten, muss ich gestehen, haben Sie sich doch recht positiv über meine Arbeit geäußert. War nicht sogar eine Gehaltserhöhung angedeutet? Entschuldigen Sie bitte, dass ich Sie daran erinnere, aber …«

Ute verstand nicht, warum die Chefin so ablehnend reagierte.

»An Weihnachten, an Weihnachten! Kommen Sie mir nicht mit Weihnachten. Jetzt haben wir Ostern. Glauben Sie, ich merke nicht, was alles schiefläuft? Von wegen Gehaltserhöhung. Sorgen Sie lieber dafür, dass die Diebstähle aufhören. Oder muss ich einen Detektiv einstellen? Wäre vielleicht gar nicht verkehrt, wer weiß, was der noch alles herausfinden würde.«

Ute entging der drohende Unterton keineswegs. So aggressiv kannte sie Rita nicht. Bisher war sie ganz gut mit der Chefin ausgekommen, wenn sie auch deren ungehobelte Manieren und derbe Ausdrucksweise peinlich fand. Es war wohl nicht sinnvoll, weiter zu verhandeln. Sie musste auf eine günstigere Gelegenheit warten. Also schnitt sie schnell ein neues Thema an, eines, von dem sie hoffte, es würde die Chefin besänftigen.

»Da wäre noch etwas anderes. Zwei Gewerbeschulen würden gerne enger mit uns zusammenarbeiten, wenn das neue Schuljahr anfängt. Es geht wieder einmal um das Bonussystem. Anscheinend waren sie recht zufrieden mit unserem Verfahren.«

Rita schnaubte. »Das können Sie doch allein organisieren. Herrgott, muss ich denn alles selber machen? Und da wollen Sie eine Gehaltserhöhung? Wofür eigentlich?«

Es war nichts zu machen. Bei dieser explosiven Stimmung war es am besten, den Rückzug anzutreten. Zu Utes Enttäuschung über die Abfuhr gesellte sich die Wut auf den Ehemann. Mit zusammengekniffenen Lippen verschanzte sie sich für Stunden hinter ihren Katalogen und war nicht ansprechbar. Zwei ältere Damen, Touristinnen, die sich ins Untergeschoss verirrt hatten, verließen empört das Geschäft. Lauthals zeterten sie zu Ellis Erstaunen über die unfreundliche Behandlung.

Heute war kein guter Tag, schrieb Rita am Abend ins Tagebuch. *Alle wollen sie was von mir. Die Mann-Schmitt geht mir mit ihrem Gejammer auf die Nerven. Soll sie doch ihren Ehemann von seinem hohen Ross runterholen. Die lässt sich ganz schön ausnutzen. Und ich soll dann dafür geradestehen. Mit fünfunddreißig habe ich ganz andere Probleme lösen müssen.*

Beim Durchlesen fiel ihr auf, dass der Eintrag nicht gerade vor Logik strotzte. Aber nach Logik war ihr heute nicht. Ganz im Gegenteil. Heute musste sie sich einfach alles von der Seele schreiben: den Frust, das Gefühlschaos, in das sie die jüngste Diagnose der Ärzte gestürzt hatte. Gebärmutterhalskrebs. Es gab nicht den geringsten Zweifel mehr. Sie hatte sich schlau gemacht und wusste, wie gering die Aussicht auf Heilung war, selbst wenn sie alles akzeptieren würde, was die Ärzte vorschlugen. Operation, Chemotherapie, wochenlange Reha in einer Nachsorgeklinik.

Als ob ich nicht genug bestraft bin mit dem hohen Blutdruck und dem Asthma. Verdammt nochmal, soll denn die ganze Schinderei umsonst gewesen sein? Ich will noch ein paar Jahre was vom Leben haben.

Kapitel acht

Gesine stellte einen Karton mit Pixi-Büchern neben Utes Arbeitsplatz.

»Ich gehe jetzt für eine Stunde«, sagte sie über die Schulter, »spätestens um eins bin ich zurück, eher früher. Ach ja, Rosi könnte sich mal die Kinderbuchecke vornehmen. Da sieht es aus wie Kraut und Rüben.«

Ute nickte abwesend. Sie saß an einer kniffligen Korrespondenz mit einem Verlag, der angefragt hatte, ob die Buchhandlung *Zum Eckstein* an einer Autorenlesung interessiert sei. Die Antwort war gar nicht so einfach. Natürlich war so eine Lesung immer eine gute Werbung, bei den beengten Bedingungen vor Ort aber kaum zu realisieren, jedenfalls nicht so, wie es sich der Verlag wünschte. Schon die Kinderbücher mussten ständig umziehen. Und jetzt, wo das Semester gerade angefangen hatte, platzte die Buchhandlung aus allen Nähten. Wenn sie doch das Tabakgeschäft nebenan dazumieten könnten. Angeblich stand die Chefin mit dessen Inhaber schon längere Zeit in Verhandlung. Allerdings hatte Rita sich bereits seit drei Tagen nicht blicken lassen. Am Telefon war sie kurz angebunden gewesen, hatte aber grundsätzlich grünes Licht für die Lesung gegeben.

Gesine konnte relativ frei entscheiden, wann sie in die Mittagspause gehen wollte. Man beobachtete einfach den Kundenstrom und traf kurze Absprachen. Auf fünf Minuten kam es in der Regel nicht an, dazu waren die Frauen in der Belegschaft viel zu diszipliniert. Allenfalls Rosi musste man im Auge behalten, auch heute glänzte sie wieder durch Unpünktlichkeit. Sie sollte eigentlich die in der Schule versäumte Zeit am Arbeitsplatz nachholen. Sicher kam sie wieder mit einer fantasievollen Ausrede daher.

Gesine schnappte ihre Umhängetasche und trat vor die Tür. Sie holte tief Luft und steuerte auf die Löwenapotheke an der nächsten Kreuzung zu. Als sie den Abholschein über die Abholtheke reichte, zitterte die Hand. Eine Woche war es jetzt her, dass sie hier gestanden hatte.

»Einen Augenblick bitte«, sagte die junge PTA und verschwand in den hinteren Räumen. Zwei Minuten später kam sie mit einem weißen DIN-A-5-Umschlag zurück.

»Bitte sehr«, sagte sie geschäftsmäßig. Gesine sah sich nach einer stillen Ecke um, wo sie den Umschlag in Ruhe öffnen konnte. Die PTA hatte wohl solche Situationen schon öfter erlebt.

»Sie können sich dahinten hinsetzen, wenn Sie wollen. Da sind Sie ungestört.«

Gesine nickte dankbar. Sie öffnete den Umschlag und überflog den Text. *Positiv*, stand da, *Ihr Test ist positiv.* Erleichtert wollte Gesine aufstehen, da drückte die plötzliche Erkenntnis sie mit Wucht auf den Stuhl zurück. Positiv, das bedeutete … Sie war schwanger. Wie betäubt blieb sie sitzen, unfähig, die Beine zu bewegen. Die freundliche PTA beobachtete sie und kam näher.

»Ist alles in Ordnung, kann ich Ihnen irgendwie helfen … ein Glas Wasser vielleicht?«

»Nein, nein, es ist nichts. Ich habe nur einen Moment geglaubt …« Gesine bekam sich wieder unter Kontrolle. «Vielen Dank«, murmelte sie und hastete nach draußen.

Um zwölf Uhr wollte sie sich mit Jochen in der Mensa treffen, aber bis dahin, ja was? Sie konnte jetzt unmöglich in die Buchhandlung zurückgehen.

Im Café Holbein, weit hinten, wo sie keinesfalls von jemandem aus dem Eckstein gegenüber zu erkennen war, studierte sie noch einmal gründlich das Testergebnis. Sie hatte es ja geahnt, das schon, aber so schwarz auf weiß … Gesine bestellte eine heiße Schokolade, keinen Kaffee. Heiße Schokolade hatte sie immer als Kind verlangt, wenn ihr etwas auf der Seele lag. Auch jetzt fühlte Gesine, wie sie sich nach dem dritten Schluck entspannte. Schwanger! Ein Kind! Etwas in ihr wollte sich freuen. Aber noch ließ sie die Freude nicht voll zu. Erst musste Jochen informiert werden, dann konnte sie die Zukunft planen. Mit Jochen und dem Kind. Wie gut ihr die Schokolade schmeckte! Sie bestellte eine zweite Portion, zur Feier des Tages.

Mit neuem Schwung betrat sie den Vorraum zur Mensa und stellte sich ans obere Ende der weitläufigen Garderobe, vor die Wand mit den Schließfächern. Das war für gewöhnlich ihr Treffpunkt. Es herrschte Hochbetrieb. Aus dem Audimax strömten die Erstsemester, womöglich aus ihrer allerersten Vorlesung. Aufgeregt schwenkten sie Schreibblocks und Kollegmappen. An den Mensa-Automaten bildeten sich lange Schlangen.

Gesine entdeckte ihren Freund in dem Moment, als er sich mit zwei anderen Studenten dort einreihen wollte.

Die zwei sahen aus wie Frischlinge. Jochen schien in ein intensives Gespräch mit ihnen verwickelt. Als Gesine ihm zuwinkte, legte er dem einen die Hand auf die Schulter und presste sie. Der zuckte zusammen und nickte zögernd. Wegen des Lärms und auch, weil Gesine keine Zuhörer haben wollte, reichte sie ihm wortlos den Umschlag mit dem Testergebnis. Jochen betrachtete ihn unschlüssig und stützte sich an der Wand mit den Schließfächern ab.

»Schau doch rein«, drängte Gesine. Sie konnte kaum erwarten, wie er reagieren würde.

Jochen zog den Bogen heraus und studierte ihn. Er sagte gar nichts. Gesine schaute ihn erstaunt, dann ungläubig an. Vielleicht machte er ja denselben Denkfehler wie sie.

»Ich – wir – kriegen ein Kind. Hallo, Jochen, sag doch was«, brach sie schließlich das Schweigen, »hast du denn nicht kapiert?«

»Ich … ich kann jetzt nichts dazu sagen. Sorry, ich muss zu den anderen. Die warten schon auf mich. Heute Abend, wir reden heute Abend darüber.« Er ließ den Bogen fallen, drehte sich abrupt um und rannte die Treppe zur Mensa hinauf.

Ein Mann auf der Flucht. Gesine schaute ungläubig hinterher. Was war los mit ihm? Er musste doch mit dieser Möglichkeit gerechnet haben, sie hatte ihn ja darüber aufgeklärt. Gesine nahm auf seinen Wunsch seit einem knappen Jahr die Antibabypille. Die war in Deutschland noch nicht lange auf dem Markt und wurde als großartige Errungenschaft gefeiert, als endgültige Befreiung der Frau aus der Sklaverei ungewollter Schwangerschaft. Eines der beiden Mädchen aus der WG hatte ihr vom Studentenarzt ein Rezept besorgt, nachdem Gesine bei ihrer Frauenärztin abgeblitzt war. Viele Ärzte gaben die Pille nur an verheiratete Frauen ab. Überhaupt wurde sie von der Sozialversicherung nur bezahlt, wenn eine notwendige ärztliche Indikation vorlag. Der Studentenarzt hatte empfohlen, nach einem Jahr eine Pause von zwei Monaten einzulegen, um die Chance auf Erfüllung eines späteren Kinderwunsches nicht zu gefährden. Gesine hatte diesen Rat ernst genommen; wie sich jetzt herausstellte, mit durchschlagendem Erfolg.

Betroffen und mit unguten Vorahnungen verließ Gesine die Mensa. Das kurze Hochgefühl aus dem Café Holbein hatte sich verflüchtigt. Auch war ihr jeder Appetit vergangen. Auf dem kurzen Weg in die Buchhandlung wurde sie immer wütender.

Männer, sagte sie zu sich selbst und merkte, dass lange unterdrückte Gedanken hochstiegen, *Männer sind doch das Letzte. Schwingen große Reden, wollen die Welt verbessern, aber wenn's drauf ankommt, kneifen sie. Feiglinge, nichts als Feiglinge!*

Sie stürzte sich in die Arbeit, stellte Büchertische um und schleppte schwere Kartons durch die Gegend.

Als Charly ihr dabei helfen wollte, funkelte sie ihn so ablehnend an, dass er schleunigst den Rückzug antrat. Keiner ihrer Verehrer kam an diesem Nachmittag in den Genuss ihres berühmten schlagfertigen Charmes.

Abends in der Wohnküche der WG pirschte sich einmal mehr der rote Wolf an sie heran.

»Hallo Schätzchen«, flötete er, »haben wir heute viel Erfolg gehabt?«

Gesine wusste, worauf er anspielte. *Erfolg* bedeutete für ihn, dass sie möglichst oft wegschaute, wenn sich einer der

Genossen im Souterrain bediente. Er war ganz besessen von dieser Geschichte. Zu blöd, dass Jochen ihm davon erzählt hatte.

Überhaupt Jochen. Wohin war der schon wieder verschwunden? Sie hatte ihn keine drei Minuten zu Gesicht bekommen, geschweige denn zur Rede stellen können. *Er geht mir aus dem Weg,* dachte sie grimmig, *das kann ja eine schöne Nacht werden.* Ihre Laune hatte sich im Lauf des Tages noch um einige Grade verschlechtert. Außerdem war sie erschöpft und hatte keine Lust auf die endlosen Strategiedebatten in der WG.

Der rote Wolf wich nicht von ihrer Seite. Er nuckelte an einer Colaflasche und legte ihr einen Arm um die Schulter. Sie hatte ihn noch nie Alkohol trinken sehen.

»Wir brauchen dich, Schätzchen, glaube mir, wir können überhaupt nicht auf dich verzichten, Süße. Du solltest jetzt mal aufmerksam lauschen, was wir dir für eine wichtige Rolle zugedacht haben. Eine ganz wichtige Rolle.«

Er dirigierte sie auf das durchgesessene Sofa in der Diele und verscheuchte mit einer kurzen Handbewegung ein Pärchen, das es sich gerade gemütlich machen wollte. Es ging also um die Juni-Aktionen, für die Wolfgang Frese eigens von Berlin nach Freiburg beordert war.

»Also merke auf! Am 14. Juni wird es rund gehen. Wie wir gehört haben, soll es eine Riesendemo der Kernkraftgegner geben. Mit internationaler Beteiligung, vor allem aus dem Elsass. Da möchten wir natürlich nicht abseits stehen. Und mal zeigen, was alles in die Luft fliegt, wenn so ein Reaktor explodiert.«

Das war natürlich Schwachsinn. In der WG gab es keine einheitliche Haltung zur Kernkraft. Gesine selber war in dieser Frage noch unentschlossen. Sie wusste allerdings, dass in Freiburg heftig darüber diskutiert wurde. Vor allem über den Bau eines Reaktors in Wyhl, einem kleinen Dorf nahe dem Naturschutzgebiet Taubergießen. Gesine hatte einmal auf einer Radtour durch die idyllischen Rheinauen eine reichhaltige Tier- und Pflanzenwelt bestaunt.

Es waren übrigens nicht nur Studenten, die gegen die Pläne der Landesregierung protestierten, sondern auch Landwirte, besonders die Weinbauern vom nahen Kaiserstuhl. Was genau deren Argumente waren, wusste Gesine nicht so recht. Erwärmung des Rheinwassers, Nebelbildung oder so.

»Wir werden ein Exempel statuieren. Gewalt gegen Sachen. Macht kaputt, was euch kaputt macht. Eine äußerst wirksame Methode, vielfach erprobt. In unserem Fall wollen wir das Bildungsbürgertum an einer empfindlichen Stelle treffen, nämlich bei seinen Büchertempeln. Du, liebe Gesine, du sorgst dafür, dass die eisernen Rollgitter vor euren Schaukästen und Fenstern an dem Tag nicht abgeschlossen werden.«

»Aber wozu soll das gut sein?«

»Na, na, ist das so schwer zu verstehen? Du weißt doch: Marmor, Stein und Eisen bricht …«

Der rote Wolf ließ keinen Zweifel daran, wie er das meinte. Er lachte meckernd über seinen Witz und tätschelte ihren Rücken.

»Aber ich will damit nichts zu tun haben. Ich kann das nicht.«

»Oh doch, du kannst!«

Wolf rückte ganz nah an sie heran, Jede Spur von Freundlichkeit verschwand aus seinem Gesicht.

»Stell dir einfach vor, irgendein anonymes Brieflein flattert deiner hochverehrten Chefin auf den Schreibtisch und erzählt ihr was von deiner großzügigen Geschäftsauffassung, von den kleinen Deals, an denen du so gut verdienst.«

»Aber das stimmt doch überhaupt nicht. Ich habe noch nie etwas dafür bekommen, also wirklich, wie kannst du so etwas behaupten?«

»Nicht? Wirklich nicht? Tja, da habe ich etwas anderes gehört. Schlimm, schlimm! Deiner Chefin wird das gar nicht gefallen. Und uns auch nicht. So ein schöner Arbeitsplatz! Und so nette Kollegen, habe ich mir berichten lassen. Nicht leicht, wieder so ein gemütliches Plätzchen zu finden.«

Gesine versuchte, auf die Seite zu rücken, doch der rote Wolf hielt sie eisern umklammert. Inzwischen lag die Hand mit der Colaflasche auf ihrem linken Knie.

»Und du brauchst doch dieses Plätzchen in den nächsten Monaten, nicht wahr? Wie ich höre, soll es auch bei dir rund gehen.«

Gesine starrte ihn an. Das war doch nicht möglich, meinte er wirklich ihre Schwangerschaft? Wenn das stimmte, konnte er die Information nur von Jochen haben. Entschlossen schob sie Arm und Colaflasche beiseite und stand auf.

»Ich bin müde, für heute reicht's mir. Wenn du Jochen siehst, sag ihm …, ach was, sag ihm gar nichts.«

Ohne weiteren Kommentar strebte sie zu ihrem Zimmer. In den Augenwinkeln konnte sie erkennen, wie Wolfgang Frese feixte. Ein widerlicher Bursche!

Vermutlich hatte sie trotz Erschöpfung eine schlaflose Nacht vor sich. Keine Ahnung, welches der Probleme, die sich da vor ihr auftürmten, das größere war. Das Ansinnen des radikalen Genossen aus Berlin empörte sie, sowohl von der Sache her als auch wegen der Art, wie er sie zu rekrutieren versuchte. Da war ohne Zweifel eine massive Drohung im Spiel. Eigentlich lächerlich. Und doch, Gesine hielt es für durchaus denkbar, dass Rita Bruder die Sache mit den angeblichen Deals aufgreifen würde. Das passte nämlich nur zu gut in ihr Denkschema, soweit glaubte Gesine, die Chefin zu kennen. Die würde der Sache bestimmt nachgehen. Hatte sie nicht neulich schon die Idee eines Privatdetektivs ins Spiel gebracht? Gesine fühlte sich ohnehin schon beobachtet. Besonders von Charly. Manchmal lächelte er unverschämt wissend.

Andererseits genoss eine Schwangere besonderen Kündigungsschutz. Was die Rechte von Arbeitnehmern anging, war Gesine wirklich gut beschlagen. Sie hatte sich natürlich beim ersten Verdacht auf Schwangerschaft schlau gemacht. Für ihre Rechte würde sie kämpfen, das war sicher. Aber erst einmal musste sie die Chefin von der Situation ins Bild setzen.

Nein, falsche Reihenfolge, erst einmal musste der werdende Vater endlich Stellung beziehen. Wie konnte er nur mit dieser Information hausieren gehen, bevor er ein einziges Wörtchen zu ihr gesagt hatte? Was ging ihm bloß derzeit im Kopf herum? Trotz Wohngemeinschaft schien ihrer beiden Lebensplan brüchig. Etwas Ruheloses, Gehetztes färbte die wenigen Stunden, die sie – ohne die WG-Meute – für sich allein hatten. Jochen war verändert, er schien völlig unter dem Einfluss des Berliners mit den roten Haaren zu stehen. Früher hatten sie sich selten gestritten, höchstens um Kleinigkeiten, ob man zu diesem oder jenem Open-Air-Konzert fahren oder das Wochenende lieber am Niederrimsinger Baggersee verbringen wollte. Neuerdings ging es meistens um Grundsätzliches, um Wertvorstellungen. Keine guten Aussichten auf ein harmonisches Familienleben von Vater, Mutter, Kind.

Gesine verlor sich in Erinnerungen an ihre eigene Kindheit. Familienausflüge an die Nordsee, endlose Ferientage in Sandburgen, die Knie bis an die Ohren hochgezogen, in einen Schmöker vertieft. Spannende Wanderungen im Watt, die Suche nach Wattwürmern, Muscheln und Krebsen. Sie hatte gar nicht gewusst, wie kostbar ihr diese Bilder einer unbeschwerten Jugend waren. Vielleicht war ja auch gar nicht alles so harmonisch. Man vergaß in der Erinnerung gerne, was unschön und belastend war, wenn man zu den im Kern positiv denkenden Menschen gehörte. Sie wollte ihrem Kind alles geben, was es zu einem glücklichen, selbstbewussten Leben befähigte. Es musste keine Reihenhausidylle sein, aber doch ein geborgenes Zuhause mit verlässlichen Eltern, so wie sie die ihren erlebt hatte.

Gegen Morgen schreckte Gesine aus einem wirren Traum auf, in dem es um brennende Kinderwagen und überfüllte Bahnhöfe ging, von denen keine Züge abfuhren. Sie wurde vollends wach, als Jochen sich schwer ins Bett fallen ließ. Er roch nach verräucherter Kneipe, warf ihr einen schuldbewussten Blick zu und murmelte ein undeutliches »Sorry«. Natürlich war jetzt kein guter Zeitpunkt für eine Aussprache. Aber eines wollte Gesine unbedingt wissen.

»Was hast du Wolf von uns erzählt? Wieso hast du überhaupt von uns erzählt? War das nötig?«

»Ich wollte dich schützen. Ich wollte nicht, dass er dich in die Sache reinzieht.«

»Du weißt doch hoffentlich, dass du gerade das Gegenteil

bewirkt hast, oder? Er hat mich ganz schön unter Druck gesetzt, dieser Chaot. Ganz zu schweigen davon, wie es mit uns weitergeht. Hast du nichts dazu zu sagen?«

»Doch, aber nicht jetzt. Hör zu, Gesine, Ich brauche einfach noch ein paar Tage, bis ich Klarheit habe. Ich weiß nicht, wie wir das mit dem Kind hinkriegen sollen. Ich weiß es wirklich nicht. Und jetzt lass mich schlafen, bitte. Gute Nacht.«

»Gute Nacht.«

Gesine überdachte noch einmal, was Jochen im Lauf des Tages zum Thema Schwangerschaft geäußert hatte: Da war zweimal das Wörtchen ›sorry‹, zweimal der Satz ›Wir reden noch darüber – morgen‹, zweimal ›Ich weiß nicht‹, einmal die Floskel ›Gute Nacht‹. Nicht gerade überzeugende Belege liebevoller Fürsorge eines Freundes und Liebsten, der Verantwortung ernst nahm. Gesine fand keine Ruhe. Wie konnte es da eine gute Nacht werden!

Kapitel neun

Ritas Tagebuch entwickelte sich zu einem dicken Konvolut von unerfreulichen Lebenserfahrungen. Sie sammelte darin ausführliche Beschreibungen ihres Krankenbildes, weinerliches Gejammer wegen miserabler Wirtschaftslage, bissige Bemerkungen über Gott und die Welt, abfällige Urteile über Freund und Feind unter den Geschäftskollegen und minutiöse Beobachtungen der Belegschaft. Akribisch notierte sie alle Verfehlungen, die sie in den letzten Monaten aufgespürt hatte. Niemand wurde verschont. Über jeden stellte sie ein kleines, gemeines Dossier zusammen. Sie staunte selbst, was da alles zusammenkam. Für jede Person wählte sie eine Extraseite, machte einen großen Kringel um den Namen und setzte ihren Stempel daneben. Allen stellte sie ein mehr oder weniger vernichtendes Zeugnis aus, mit Formulierungen, die nicht zimperlich waren und ihr eine Klage vor dem Arbeitsgericht eingebracht hätten. Unter anderem schrieb sie:

ROSI. Ein kleines freches Luder, verlogen und ohne wirkliches Interesse am Buchhändlerberuf. Begreift nicht, welche Chance ich ihr geboten habe. Nur mit Hauptschulabschluss kriegt man so eine Lehrstelle nicht jeden Tag. Wird es wohl nicht schaffen. Man sollte halt nicht sentimental sein. Und von sich auf andere schließen. Kein großer Verlust.

FRANZ. *Früher war mehr Verlass auf ihn. Möchte wissen, wo er sich immer rumtreibt. Manchmal kommt es mir vor, als ob er was im Schilde führt. Wenn er sich nicht beobachtet fühlt, blickt er mich an, als ob er mich fressen will. Der geborene Verlierer. Aufpassen, nicht dass er noch durchdreht!*

GESINE. *Hält mich wohl für blöd. Glaubt sie wirklich, dass ich ihre kleinen Liebesdienste nicht mitkriege? Apropos Liebesdienst. Ich glaube, das Mädel ist schwanger. Bin gespannt, wann sie damit herausrückt. Wahrscheinlich erledigt sich dann das Problem mit ihr von allein. Das fehlt noch: eine alleinerziehende Mutter, die die halbe Zeit wegen ihrem Balg ausfällt.*

UTE. *Dumme Kuh. Spielt die Vornehme und ist doch nur ein armes Würstchen, total abhängig von ihrem eingebildeten Arne. Ohne ihn wäre sie besser dran. Wie kommt sie überhaupt dazu, mich für einen Goldesel zu halten? Aber da sieht man mal wieder: Wenn man dem Teufel den kleinen Finger gibt … Von wegen Gehaltserhöhung. Da hat sie sich aber geschnitten.*

ELLI. *Die liebe Elli! Das Weib hat wohl nicht alle Tassen im Schrank. Hängt sich doch tatsächlich an Karl dran und glaubt, ich gebe die begeisterte Schwiegermutter. Was will sie überhaupt mit einem Mann? Hat sie nicht kapiert, dass sie ohne besser lebt? Vielleicht muss ich sie mal daran erinnern, was sie vor zwölf Jahren über Männer gedacht hat. Männer sind Schweine, so war‹s doch, oder?*

Im Gegensatz zu den anderen fiel die Eintragung über Karl äußerst knapp aus. Sie notierte:

KARL. *Es hat keinen Wert. Der Junge ist eine Niete. Das ist jetzt klar. Er ist nur an Geld interessiert. Geld und Weiber. Er traut mir nicht, und ich trau ihm genau so wenig.*

Den Rest der Seite entwertete sie durch einen diagonalen Strich, ausnahmsweise mit dem Lineal gezogen, in buchhalterischer Manier, als ob sie auf diese Weise verhindern könnte, ihr Meinung nochmals zu verändern.

Ritas neunundfünfzigster Geburtstag fiel auf den ersten Samstag im Mai. Wie samstags üblich wurde die Buchhandlung um vierzehn Uhr geschlossen. Das traf sich gut, denn um diese Zeit pflegte die Belegschaft vollständig anwesend zu sein, um die Planung der folgenden Woche festzuzurren. Rita ließ per Telefon wissen, sie wolle einen kleinen Umtrunk spendieren. Auch habe sie Wichtiges zu verkünden. Elli und Ute, bemüht, das in Schieflage geratene Betriebsklima wieder aufzurichten, organisierten einen prächtigen Strauß Pfingstrosen vom Münstermarkt und eine Platte mit Laugenbrezeln, die dick mit Butter bestrichen waren. Gesine räumte einen Büchertisch im Erdgeschoss ab und legte Papierservietten bereit. Sie stellte noch zwei Flaschen Mineralwasser dazu, sicherheitshalber. Alkohol würde sie nicht trinken. Charly zauberte einen Karton mit billigen neuen Gläsern hervor. Er hatte sie schnell vor Ladenschluss besorgt, als Geschenk für die Belegschaft, wie er sagte. Franz bekam den Auftrag, irgendwo im Haus ein paar anständige Stühle zu besorgen.

»Nimm Rosi mit, die kann dir tragen helfen«, ordnete Elli an und verhinderte damit, dass Rosi sich heimlich verdrückte. »Und beeilt euch, wir müssen nochmals das Lied proben, bevor sie kommt.«

»Muss das wirklich sein? Ich kann doch gar nicht singen.«

Der Einwand kam von Gesine. Auch Ute zeigte keine große Begeisterung. Sie hatten in all den Jahren noch nie für die Chefin gesungen. Und dann dieser Text, der war nun wirklich indiskutabel.

Das Lied kannte Rita bestimmt noch selber aus dem Kindergarten. Jeder kannte den Kanon. Der Text lautete: *Viel Glück und viel Segen auf all deinen Wegen, Gesundheit und Frohsinn sei auch mit dabei.* Statt *Frohsinn* sollten sie allerdings *Wohlstand* singen. Darauf bestand Elli recht energisch. Sie fand, das Wort passe besser zu Rita.

Die Idee zu dem Geburtstagsständchen stammte übrigens von Charly. Beim Durchblättern der Fotoalben seiner Tante hatte er entdeckt, dass die beiden Schwestern Anna und Rita in der Jugend sehr sangesfreudig waren. Ein ganzes Album widmete sich dem *Liederkränzchen*, einem Kreis erzbraver Kleinbürgermädchen. Die meisten trugen Zöpfe und weiße Kniestrümpfe. Nur wenige, unter ihnen Rita, präsentierten mutig einen modischen Bubikopf. Rita sah auf den Fotos gar nicht mal so übel aus, fand Charly, irgendwie unternehmungslustig, aber auch widerspenstig.

»Aber meine Damen«, beschwor Charly die skeptisch dreinblickenden Frauen, »Sie werden sehen, meine Tante wird begeistert sein. Sie liebt Gesang und hat was übrig für Reminiszensen, wirft gerne einen Blick zurück. Haben Sie das nicht gewusst?«

Vielleicht war es ja ehrlich gemeint. Wer konnte das schon wissen bei einem Mann, der nichts ernst zu nehmen schien. Also stellten sie sich zu einem Chor auf, die Kleinen nach vorne, die Großen nach hinten. Charly gab den Ton vor und dirigierte die Einsätze, wobei er am lautesten sang.

Solche musikalischen *Events* waren schon seine Spezialität im *California* gewesen. Deutsches Liedgut erfreute sich dort großer Beliebtheit, seitdem Elvis *Muss i denn, muss i denn zum Städtele hinaus* in die Charts gebracht hatte. Wie immer hatte Charly ein gutes Gespür für Trends gehabt und zu seinem Vorteil genutzt. Die Kenntnisse verdankte er übrigens dem unermüdlichen Chorleiter eines Kirchenchors, zu dem ihn Mutter und Tante im zarten Kindesalter von acht verdonnerten.

Die letzte Probe vor dem entscheidenden Auftritt geriet mehr schlecht als recht. Sie mussten dreimal neu anfangen, weil Rosi laut herausprustete und Gesine immer wieder den falschen Text sang. Franziskus brummte in einer eigenen Tonlage mit.

Exakt beim lang gezogenen, letzten Akkord – von Charly mit weit ausholender Geste abgewinkt – kam Rita herein. Wahrscheinlich hatte sie schon eine Weile draußen den ungewohnten Tönen gelauscht. Ihr Gesichtsausdruck verriet nichts Gutes.

»Was steht ihr hier so herum? Warum hilft mir denn keiner? Ich warte schon seit einer Ewigkeit draußen.«

Mit kräftigem Fußtritt schob sie einen Weidenkorb über die Schwelle. Drei Flaschenhälse lugten unter dem karierten Geschirrtuch hervor. Rita warf einen prüfenden Blick in die Runde. Er blieb an der Platte mit den Butterbrezeln hängen.

»Ich habe doch gesagt, dass ich für den Umtrunk sorge.«

Umständlich fischte sie aus dem Korb eine große Papiertüte. Sie enthielt ebenfalls das bei solchen Anlässen unvermeidliche salzige Backwerk. Allerdings ohne Butter. Dafür stellte sie ein großes Glas Essiggurken neben die Pfingstrosen.

»Charly, du hast wahrscheinlich am meisten Übung.

Mach mal die Flasche auf. Mir aber nur einen kleinen Schluck. Sekt vertrag ich nicht. Ich muss heute noch reden.«

Als alle ein gefülltes Glas in der Hand hielten, ergriff Elli als Dienstälteste im Namen der Belegschaft das Wort.

Einen ganzen Abend lang hatte sie nach einem für den Anlass passenden Zitat gesucht. Schließlich hatte sie in einem Büchlein mit dem Titel *Der Zitatenschatz des deutschen Volkes* das Richtige gefunden.

»Liebe Frau Bruder, liebe Rita«, eröffnete sie ihre Ansprache, »Jahre lehren mehr als Bücher, so sagt ein altes Sprichwort. Aber stimmt das wirklich? Wer so wie Sie über viele Jahre Bücher verkauft hat – und dies mit sehr großem Erfolg – , hat bestimmt seine eigene Meinung darüber. Auf jeden Fall ist aber eines sicher: Ein Leben unter Büchern ist ein erfülltes Leben. Sie haben uns dies bisher eindrucksvoll vorgelebt. Wir wünschen Ihnen, liebe Frau Bruder, noch viele gute Jahre und noch viele gute Bücher. Und weil wir wissen, dass dafür Gesundheit eine wichtige Voraussetzung ist, möchten wir mit unserem Geschenk ein wenig dazu beitragen.«

Elli trat vor und überreichte einen Umschlag. Nun war der Chor an der Reihe. Alle hielten sich an ihrem Glas fest, schmetterten den Kanon, angefeuert von der schönen Rede, laut und fast fehlerfrei durch den Raum. Der Gesang endete mit einem dreifachen Prosit. Vor der Tür klatschten einige zufällige Passanten und winkten. Gott sei Dank, das war geschafft.

Rita saß inzwischen auf dem einzigen gepolsterten Stuhl. Mochte der Himmel wissen, aus welcher Ecke des Kollegiengebäudes er stammte. Sie hielt die Augen gesenkt. Die starken Brillengläser gaben ihr das Aussehen einer Schildkröte. Sie verzog keine Miene. Auch während der Gesangsdarbietung rührte sie sich nicht. Weil das universitäre Sitzmöbel für ihre kurzen Beine zu hoch war, hatte ihr Franziskus nach knappem Wink Ellis einen Stapel Zeitschriften unter die Füße geschoben. Zur Feier des Tages trug sie ein großblumiges Seidenkleid. Es spannte an verschiedenen Stellen, besonders um Hüfte und Bauch, wahrscheinlich war es ein älteres Stück aus ihrem Schrank. Bequem sah es nicht aus. In ihrer starren Fülle ähnelte sie einer Buddha-Figur oder einer aztekischen Gottheit.

Den Umschlag mit dem Geschenk der Belegschaft legte sie ungeöffnet auf den Tisch. Immerhin nickte sie kurz und nippte nach dem dreifachen Prosit an ihrem kaum fingerbreit gefüllten Glas. Sie griff sich eine trockene Brezel, brach die Ärmchen heraus und knabberte lustlos daran. Endlich schien ihr zu dämmern, dass man ein Geschenk nicht so achtlos behandeln dürfe. Also nahm sie den Umschlag und schaute hinein. Eine Glückwunschkarte, natürlich von allen unterschrieben. Ein Gutschein für drei Besuche des Thermalbads in Bad Bellingen; dort hatte man gerade eine neue Quelle entdeckt, die wahre Wunder bei allen möglichen Beschwerden versprach.

Rita verzog die Lippen zur Andeutung eines Lächelns, beinahe wie Mona Lisa. Was hieß das nun? War es ein erfreutes Lächeln über die rührende Anteilnahme der Mitarbeiter, ein gequältes wegen der anhaltenden Schmerzen oder gar ein sarkastisches angesichts ihres realen Gesundheitszustands?

Nach einigen Minuten erhob sie sich, strich das Kleid glatt und begann zu sprechen. Dabei blickte sie niemanden an, sondern fixierte den großen Wandkalender, auf dem die Urlaubstermine der Belegschaft eingetragen waren.

»Ich danke euch für euer Bemühen, meinen heutigen Geburtstag schön zu gestalten. Euer Geschenk ist gut gemeint, und man wird sehen, ob ich es verwenden kann. Wie ihr euch erinnert, habe ich zu Beginn des Jahres von einschneidenden Veränderungen in der Buchhandlung gesprochen. Es ist viel passiert im letzten halben Jahr. Nicht alles hat sich so entwickelt, wie ich es mir vorgestellt habe. Meine Absicht, mit sechzig aus dem Berufsleben auszuscheiden, muss ich ändern. So lange werde ich nicht mehr durchhalten. Schließlich will ich noch etwas vom Ruhestand haben. Dieses halbe Jahr habe ich dazu verwendet, mir Klarheit zu verschaffen, wie es mit dem Eckstein weitergehen soll. Es wird euch nicht überraschen, dass ich auch auf die Finger geschaut habe. Ja, das könnt ihr ruhig wörtlich nehmen. Es ist nicht alles Gold, was glänzt. Manche – ich sage heute und hier nicht, wer – haben mich tief enttäuscht und mich zu Konsequenzen veranlasst. Nun habe ich meine Entscheidungen getroffen. Ja, ihr habt richtig gehört. Ich habe mich entschieden. Jetzt sage ich nur so viel: Erstens kommt es anders, zweitens als man denkt. Wer Genaueres wissen will, kann mit mir ein Gespräch unter vier Augen führen, aber da müsst ihr euch sputen. Ab August werde ich für längere Zeit nicht erreichbar sein. Und jetzt entschuldigt mich, ich fahre nach Hause. Nein, bleibt sitzen, auch du, Karl. Was ich jetzt brauche, ist mein Bett und absolute Ruhe. Adieu.«

Eine so lange Rede hatte Rita noch nie gehalten. Und auch noch nie eine so kalte und abweisende, beinahe feindliche. Das musste man erst einmal verdauen. Niemand stand auf, als Rita mit dem Autoschlüssel in der Hand davonging. Rosi suchte als erste den Absprung. Sie müsse unbedingt noch ihren Zug erreichen, sonst käme sie erst um sieben nach Hause und dann könne sie nicht mehr … Elli unterbrach den bekannten Redestrom mit einem einzigen Wort: »Verschwinde!« Das ließ sich Rosi nicht zweimal sagen.

Nach und nach löste sich die Geburtstagsparty auf. Ute und Gesine kümmerten sich um die Reste des opulenten Buffets, Franziskus durfte erneut Stühle schleppen. Da er nicht alle auf einmal transportieren konnte, schob er den gepolsterten und einen weiteren fürs erste in eine hintere Ecke mit der Absicht, sie zu vergessen. Elli und Charly sorgten zusammen dafür, dass die angebrochenen Flaschen nicht verdarben. Es wurde wenig gesprochen. Jeder versuchte, aus Ritas merkwürdiger Rede herauszufiltern, was ihn persönlich betraf. Das war fast unmöglich, denn manches hatte äußerst mehrdeutig geklungen. Man würde wohl das Vier-Augen-Gespräch suchen müssen.

So dachten Elli, Ute und Gesine. Rosi und Franz dagegen legten keinen gesteigerten Wert auf ein Tête-à-tête mit der Chefin. Rosi ging ihr möglichst aus dem Weg, seit sie wegen der Schulstemmerei und anderer Sünden in die Mangel genommen wurde. Franz spürte inzwischen einen abgrundtiefen, jedoch ziellosen Hass auf die Arbeitgeberin. Der kalte Schweiß brach ihm aus, wenn er nur an ihrer Bürotür vorbeischlich. Und das war leider mehrmals täglich nicht zu vermeiden. Was sollte er auch Gutes von ihr erwarten? *Gehe nie zu deinem Fürst, wenn du nicht gerufen wirst.* Das war die Devise, nach der er zur Zeit handelte.

Elli und Charly verließen als letzte die Buchhandlung. Wie selbstverständlich schlugen sie den Weg zu Ellis Wohnung ein. Beide wussten, dass einiges zu besprechen war.

»Du lässt dir doch bestimmt gleich nächste Woche einen Termin bei ihr geben«, eröffnete Charly das Gespräch, kaum dass Elli die Schuhe von den Füßen geschleudert hatte. Wie immer legte sie die Handtasche neben das Telefon im Wohnzimmer.

»Natürlich. Sie hat es ja angeboten. Und ich will schon gern wissen, was es denn nun mit diesen wichtigen Entscheidungen auf sich hat. Früher hat sie solche Dinge vorher mit mir besprochen. Und was ist mit dir?«

Charly schüttelte den Kopf. Er lehnte sich lässig ins Sofa zurück, die Beine übergeschlagen, beide Arme auf der Rücklehne ausgebreitet. Er streichelte Ellis Hals.

»Nee, dieses Gespräch habe ich schon hinter mir. Glaub ja nicht, dass sie außer Vorwürfen etwas herauslässt.«

»Was für Vorwürfe denn?«

»Nun, sie war nicht besonders amüsiert über unser Verhältnis.«

»Wie bitte? Du hast ihr davon erzählt?« Auf Ellis Hals erschienen rote Flecken und ihr Rücken versteifte sich. »Dazu hattest du kein Recht!«

»Aber Darling, ich dachte, ich könnte sie dadurch etwas milder stimmen. Ihr auf diese Weise eine elegante Lösung anbieten. Du und ich, das perfekte Führungsteam. Sie wäre alle Sorgen los und könnte sich in Ruhe auf ihre Gesundheit konzentrieren.«

In Wirklichkeit war es ganz anders gewesen. Rita hatte Charly als miesen Weiberhelden bezeichnet, der sich auf Kosten einer frustrierten alten Jungfer, die dazu noch eine heimliche Lesbe sei, ins gemachte Nest legen wolle. Natürlich hatte er sich verteidigen müssen. Elli sei alles andere als eine Lesbe. Und bitte, was gefalle Rita denn nicht an dieser Konstellation? Man könne doch auf diese Weise zwei Fliegen mit einer Klappe schlagen. Elli sei, das wisse er hundertprozentig, ohne Vorbehalt bereit, sich einem Geschäftsführer Karl Eisele unterzuordnen. Dafür habe er schon gesorgt, auch in anderer Beziehung, hatte er zynisch grinsend hinzugefügt.

Es war wohl nicht die richtige Strategie Rita gegenüber. Ebenfalls zynisch schlug sie ihm vor, er könne sich eine neue Bleibe suchen, am besten bei Elli einziehen. Nicht alles war logisch, was sie ihm in ihrem Zorn an den Kopf warf.

Elli wechselte vom Sofa in den Sessel. Sie verstand nicht, warum Charly sich so unbekümmert gab. Sie selber war alles andere als gelassen, Charlys Geständnis hatte ihr den Puls hochgejagt.

»Jetzt verstehe ich ihre dunklen Andeutungen. Verdammt Charly, das war nicht besonders clever von dir. Ich kenne Rita seit vielen Jahren. Und wenn sie eines nicht vertragen kann, dann ist es das Gefühl, übergangen zu werden. Ich hätte es ihr lieber selber beigebracht.«

»Vielleicht hast du ja Recht. Wir müssen unbedingt rauskriegen, was sie wirklich plant. Ich werde den Verdacht nicht los, dass sie uns beide an der Nase herumführt. Mein Gott, es kann doch nur gut sein, wenn endlich mal Klarheit herrscht. Ute und Gesine sehen auch nicht gerade glücklich aus.«

Und ich will endlich wissen, was in dem verdammten Testament steht, fügte er in Gedanken dazu.

»Sie ist wirklich in keiner guten Verfassung. Wenn Rita freiwillig in eine Klinik oder zur Kur fährt, muss es ihr schon ganz schön mies gehen. Hat sie denn gar nichts verlauten lassen? Man sollte doch meinen, dass sie sich wenigstens dir anvertraut, wenn sie dich schon aus Amerika herbeizitiert hat. Du bist ihr einziger Verwandter, Charly.«

»Kein Sterbenswörtchen, verschlossen wie eine Auster. Sie versteckt sogar ihre Medizin vor mir. Hat offenbar schwere Schlafstörungen, sie stöhnt die halbe Nacht, rumpelt durchs Haus, lässt sich aber bei nichts helfen. Nicht gerade erholsam für mich, muss ich sagen. Ich habe schon überlegt, mir was Eigenes zu suchen. Näher an der Innenstadt. Es wäre auch praktischer für uns.«

Elli hatte auch schon daran gedacht. Ihre eigene Wohnung war auf Dauer für zwei Personen zu klein. Aber sie hing an diesem Refugium, und bei aller Verliebtheit war sie doch noch nicht bereit, das Leben derart massiv umzukrempeln. Sie hatte noch nie eng mit einem Mann zusammengelebt. Schon jetzt ging ihr die eine oder andere Gewohnheit Charlys gegen den Strich, zum Beispiel die kindliche Neugier auf ihre Schränke und Schubladen.

»Du kannst natürlich immer bei mir unterkommen«, sagte Elli zögernd und legte eine kleine Pause ein, »ich meine, wenn dir die Situation mit ihr auf die Nerven geht, aber …«

»Aber selbstverständlich möchte ich dir nicht zur Last fallen. Es wäre ja nur für ein paar Tage. Ich verspreche dir, dass ich auch den Müll runtertrage und die Blumen gieße.«

Charly war höchst erfreut über das Angebot. Gerade das hatte er gewollt. Ein paar Tage in Ellis Wohnung. Mit Zugang zu ihrem Schlüsselbund.

Bereits am nächsten Abend stand Charly mit einer Reisetasche auf der Matte. Er hatte einen Plan. Genauer gesagt, er hatte zwei Pläne.

Da er bei seiner Tante in der Erkundung seiner Zukunftschancen keinen Schritt weiterkam, wollte er die Dinge endlich selbst beschleunigen. Zuerst musste er herausfinden, was denn nun in dem geheimen Testament stand. Dazu brauchte er den Schlüssel zu Ritas Büro im Souterrain. Elli hatte einen Schlüssel. Er hing an ihrem Schlüsselbund, durch einen roten Ring markiert. Nichts einfacher, als ihn kurz auszuleihen für die Anfertigung eines Duplikats.

Allerdings befand sich der Schlüsselbund zu seiner Enttäuschung immerzu in Ellis Reich- oder Sichtweite, entweder in ihrer Handtasche oder auf dem Nachttisch. Überhaupt entpuppte sich Elli als pedantische Ordnungsfanatikerin.

»Was machst du da?«, fragte sie misstrauisch, als sie ihn dabei ertappte, wie er in ihrem Wäscheschrank herumwühlte.

»Ich liebe ordentliche Frauen«, sagte er nonchalant und setzte sein unwiderstehliches Lächeln auf, »ich finde, so akkurat gefaltete Laken und Handtücher haben etwas Erotisches, sie fordern einen geradezu auf, mit beiden Händen zuzugreifen.«

Elli ließ den Blick unsicher zwischen dem Freund und dem zerwühlten Stapel Wäsche hin- und hergehen. Sie konnte an ihrem Wäscheschrank nichts Erotisches finden. War er womöglich ein heimlicher Fetischist? Wieder einmal merkte sie, wie wenig sie eigentlich von ihm wusste. Sie hielt die Augen offen.

Plan A war also gescheitert. Also musste Plan B her. Drei Tage später – Elli hatte sich gerade halbwegs an das Wohnen zu zweit gewöhnt – zog Charly während einer kleinen Flaute die Geliebte beiseite.

»Hast du was dagegen, wenn ich in der Mittagspause auf einen Sprung in die Wohnung gehe? Ich habe meine Brieftasche oben vergessen und muss unbedingt am Reisebüro vorbei, um das Hotel zu buchen und die Fahrkarte abzuholen.«

»Ist denn jetzt klar, wann du nach Frankfurt fährst?«

Charly hatte sich einige Tage Urlaub genehmigt. Er wollte einen alten Freund aus Kalifornien treffen, der auf einer Geschäftsreise nach Wien in Frankfurt Zwischenstation machte.

»Gerade das will ich endgültig festzurren. Wahrscheinlich bin ich gar nicht da, wenn du deinen Termin bei Rita hast. Ich muss den alten Knaben unbedingt noch einmal ans Telefon bekommen. Es kann also etwas dauern, bis ich zurück bin. Ich besorge uns auch noch etwas Gutes für den Abend«, fügte er verschwörerisch hinzu.

Wegen des Urlaubs gab es keine Probleme. Seit Charly ausgezogen war, wurde er von seiner Tante einfach ignoriert. Sie schien ihn völlig abgeschrieben zu haben. Wer sonst also sollte etwas dagegen haben, wenn er sich eine Auszeit nahm?

Charly bekam die Schlüssel und verschwand noch vor Mittag. Elli wunderte sich darüber, dass die Aussicht auf ein paar ungestörte Tage in der Wohnung sie mit heimlicher Vorfreude erfüllte.

Kapitel zehn

Als erste meldete sich Ute für eine Audienz bei der Chefin an. Dazu musste sie zwei volle Wochen nach der Geburtstagsfeier warten, denn Rita kam zwar täglich, aber immer nur für eine halbe Stunde vorbei, um »euch auf die Finger zu schauen«, wie sie bissig verlauten ließ. Ein- oder zweimal ließ sie sich herab, einen alten Kunden zu bedienen. Ansonsten schloss sie sich im Büro ein. Dort polterte es ab und zu, als ob etwas Schweres heruntergefallen sei.

Einmal befahl sie Franziskus zu einer Entrümpelungsaktion in den engen Raum. Entgegen der sonst bedächtigen Art trug Franz in Windeseile alles davon, was die Chefin ihm hinstellte: ineinander gestapelte Kartons, leere Aktenordner, deren Rücken mit schwarzen Filzschreibern flächig eingefärbt waren, eine uralte Olympia-Schreibmaschine und diverse verstaubte Bücher, die auch auf einem Wühltisch keinen Käufer mehr gefunden hätten. In Ermangelung eines Aktenvernichters war Rita dabei, mit einer großen Papierschere eng bedruckte Blätter – vermutlich aus den ausrangierten Ordnern – zu zerschneiden. Sie hätte dieses Geschäft ohne weiteres an Rosi delegieren können. Der Lehrling interessierte sich bestimmt nicht für Schriftstücke, als deren Absender das Universitätsbauamt Freiburg oder ein Anwaltsbüro Lutz und Frey firmierten.

Aber Ritas tief verankertes Misstrauen verhinderte eine solche Kooperation. Franziskus hatte gewagt, der Chefin anzubieten, den gesamten Papierkram zu verbrennen. Die Hausmeister der Universität verfügten über entsprechende Einrichtungen, dem sogenannten Papyrus-Krematorium.

»Nur über meine Leiche!«, giftete Rita. Franz trat schleunigst den Rückzug an. Er murmelte etwas Unfreundliches. Gesine, die gerade Bücher ins Reclam-Regal einordnete, glaubte, Folgendes verstanden zu haben:

»Nur über meine Leiche? Nur über meine Leiche? Warum auch nicht. Was nicht ist, kann noch werden.«

Armer Franziskus! Sie hätte gerne gewusst, was er damit meinte. Aber der Draht zu ihm war völlig abgerissen. Bedauernd schüttelte sie den Kopf.

Ute also hatte den ersten Termin bei Rita. Es war wieder Samstagnachmittag. Den ganzen Tag über fand die Belegschaft kaum Zeit zum Luftholen. Verspätete Eisheilige trieben Scharen von Urlaubern in die Buchläden. Lesen war angesagt. Ute hätte sich vor dem Gespräch gerne noch etwas ausgeruht, ihre Gedanken geordnet und an den Fragen gefeilt, die sie der Chefin stellen wollte. Es nagte an ihr, dass sie nicht wusste, ob sie zu jenen gehörte, von denen Rita enttäuscht war. Dieser Verdacht lag nahe, wenn sie den Ausgang der letzten Unterredung als Maßstab nahm. Und sie wollte auch wissen, ob in Sachen Geschäftsleitung endlich Klarheit bestand.

Ute wartete, bis die letzten Kunden und der Rest der Belegschaft verschwunden waren. Sie überprüfte noch einmal, ob sie alle Nachbestellungen unter Dach und Fach hatte. Alles bestens. Ihr fiel nichts ein, worüber die Chefin meckern könnte. Ob sie noch schnell eine Beruhigungszigarette rauchen sollte? Besser nicht.

Sie klopfte vorsichtig am Büro. Rita steckte den unordentlich frisierten Kopf heraus, zwängte sich durch die schmale Tür, drehte energisch den Schlüssel herum und nahm Kurs auf das Erdgeschoss.

»Wir reden oben. Da unten ist es zu stickig.« Gesicht und Kleidung wiesen Staubspuren auf; sie hatte wieder geräumt.

»Kommen Sie. Ich habe nicht alle Zeit der Welt.«

»Geht es Ihnen heute etwas besser?, fragte Ute, um den unfreundlichen Gesprächsauftakt etwas zu entschärfen.

»Besser? Was meinen Sie mit ›besser‹? Sie sehen doch, dass es mir nicht besser geht.«

Rita blieb auf halber Höhe der Treppe stehen. Wieder einmal rang sie nach Luft. Es sah gefährlich nach einem Asthmaanfall aus. Oben holte Ute eilig die vergessenen Stühle von der Geburtstagsparty herbei und platzierte sie am hintersten, voll beladenen Büchertisch, möglichst weit weg von der Eingangstür. Leider gab es keine Jalousien oder dergleichen. Wer immer es wollte, konnte von der Straße aus zwei Damen beobachten, wie sie sich steif gegenübersaßen.

»Und? Worum geht es diesmal? Wieder um eine Gehaltserhöhung?« Rita zeigte nicht den geringsten Hauch Wohlwollen.

»Wenn Sie erlauben, möchte ich auf Ihre Rede am Geburtstag zurückkommen. Sie sprachen von Enttäuschungen. Ich bin mir nicht sicher, was und wen Sie damit gemeint haben.«

Ute bemühte sich um einen moderaten Ton. Es hatte ja keinen Zweck, eine offensichtlich schwer kranke Frau anzugreifen.

»Gibt es vielleicht Ärgernisse, von denen ich nichts weiß?«

»Ärgernisse? Der ganze Laden hier ist ein einziges Ärgernis.« Jetzt legte Rita richtig los. »Muss ich Ihnen nochmals aufzählen, was mir nicht passt? Ich meine, das hätte ich neulich deutlich gemacht.«

Und nun betete sie eine Litanei an Vorwürfen herunter, auch solche, die Ute überhaupt nicht betrafen. Daher schwieg sie und ließ das Gewitter über sich ergehen. Erst als Rita von ihrem Rundumschlag zu persönlichen Beleidigungen überging, wollte sie aufmucken, kam aber nicht zu Wort.

»Glauben Sie ja nicht, dass ich Sie nicht durchschaut habe. Sie und Ihr hochnäsiger Mann. Sie halten sich für was Besseres, weil Sie mit einem Akademiker verheiratet sind. Und in der Wiehre wohnen. Ich kenne genug studierte Leute, die die Nase sehr hochtragen, nichts auf die Beine stellen und anderen Leuten auf der Tasche liegen. Schmarotzer sind sie, nichts anderes. Ihr Arne gehört auch dazu.«

»Aber mein Mann steht doch hier gar nicht zur Debatte«, wagte Ute bestürzt und empört einzuwerfen.

»Und ob der hier zur Debatte steht«, hob Rita von Neuem an, »seit Jahren verfolge ich, wie Sie durch Ihr Verhalten seine Faulheit unterstützen, anstatt sich auf die Hinterfüße zu stellen und ihn zum Teufel zu jagen. Wer so wenig Courage hat, kann es nicht weit bringen. Nicht bei mir. Merken Sie sich das.«

So also wurde sie von der Chefin eingeschätzt. Da erübrigte sich wohl jedes weitere Wort. Ute stand auf. Mit Mühe formulierte sie den nächsten Satz.

»Darf ich wenigstens wissen, wie Sie bezüglich der Geschäftsleitung entschieden haben?«

Ritas Miene versteinerte.

»Das geht Sie einen Dreck an. Sie kriegen sie jedenfalls nicht.«

Die Frau hat den Verstand verloren, entschied Ute, als sie auf dem Heimweg dieses vorbildliche Mitarbeitergespräch rekapitulierte. So viel Niedertracht ließ sich nicht mehr mit Krankheit entschuldigen.

Aber ein Stachel blieb. Wie viele bösartige Menschen hatte Rita leider zielsicher den wunden Punkt bei Ute erwischt und erbarmungslos ans Licht gezerrt. Ihre Abhängigkeit von Arne. Utes Entrüstung wuchs mit jedem Schritt. *Sie ist absolut irre und gemein,* dachte sie, *hoffentlich macht sie es nicht mehr lang. Soll sie doch der Teufel holen!* Dieser Gedanke hatte beinahe etwas Tröstliches.

Gesine hatte ein paar stressige Wochen hinter sich. Morgens kämpfte sie darum, dass sie das Gemeinschaftsbad einige Zeit für sich hatte, bis ihre Übelkeit abklang. Zum Glück gehörten die Mitbewohner nicht gerade zu den Frühaufstehern. Und die Würgegeräusche aus dem Bad konnte man auch ganz anderen Umständen zuordnen und musste nicht gleich an eine werdende Mutter denken. Aber lange war ihre Schwangerschaft nicht mehr zu verbergen. Dafür würde schon der rote Wolf sorgen. Er schlich sich meistens von hinten an, wenn Gesine das Geschirr spülte oder Wäsche aufhing, und erinnerte sie an ihren ungeheuer wichtigen Beitrag zur Juni-Demo. Kalte Schauer jagten ihr über den Rücken, wenn sie seinen Atem im Nacken spürte. Geradezu widerlich! Der Berliner Aktivist meinte es tatsächlich ernst. Vielleicht sollte sie Ute davon unterrichten und mit ihr zusammen nach einer Lösung suchen.

Was die Buchhandlung betraf, saß sie mit der Kollegin im

gleichen Boot. Es war ihr nicht entgangen, wie verstört Ute nach der Unterredung mit Rita herumlief. Immer wieder ließ die Kollegin die Hände auf die Tastatur der Schreibmaschine sinken und starrte minutenlang Löcher in die Luft. Vielleicht steckte ja noch etwas anderes dahinter. Gesine war nahe daran, sie zu fragen.

Jochen, der werdende Vater, war inzwischen zu der Erkenntnis gelangt, ein Kind sei mit seinem momentanen Engagement für eine gerechtere Welt nicht zu vereinbaren, *leider*, wie er betonte.

»Wir können dir eine Klinikadresse besorgen. Sehr nette Leute und absolut erstklassige medizinische Betreuung. Nicht so eine Hinterhausklitsche. Über die Kosten musst du dir keine Sorgen machen, das kriegen wir schon hin.«

»Wer sind denn ›wir‹?«, wollte Gesine nach langen Minuten des Schweigens wissen. Es hatte ihr die Sprache verschlagen. Mit dem Ansinnen, das Kind abzutreiben, war zwar zu rechnen gewesen, sie selbst hatte mit dem Gedanken gespielt, aber nur einen winzigen Moment. Was sie wirklich schockierte, war die routinierte Abgebrühtheit, mit der Jochen sie zu überzeugen suchte.

»Na ja, du bist nicht die einzige. Es gibt ein richtiges Netzwerk. Frag Hella. Die weiß ziemlich gut Bescheid.«

Hella war eine aus Jochens Fachschaft. Also noch jemand, der eingeweiht war.

Gesine machte sich nichts mehr vor. Ihr Freund hatte sich weit von ihr entfernt. Es gab nicht mehr viel, was sie verband. Selbst im Bett, sonst ein zuverlässiger Ort, um Streitigkeiten gütlich zu beenden, ging er ihr neuerdings aus dem Weg. Er lehnte es ab, über andere Möglichkeiten nachzudenken, erst recht nicht über die Probleme, vor die ein Säugling eine Studenten-WG stellen würde. Mit Jochen brauchte sie nicht mehr zu rechnen.

Es war – wie Gesine endlich erkannte – eine Rundumerneuerung ihrer Lebensumstände angesagt. Nun gut. Gesine riss sich zusammen. Zuerst musste sie ihre existentiellen Grundlagen sichern. *Das Sein bestimmt das Bewusstsein.* Dieser Satz war ja keineswegs falsch. Anders herum gab es aber auch einen Sinn, so oder so war ein Gang zur Arbeitgeberin in deren Büro unabdingbar.

Rita schien sie erwartet zu haben. Sie setzte ihr diabolisches Grinsen auf. Die Information über Gesines Schwangerschaft nahm sie mit einem Nicken zur Kenntnis. Sie wollte die genauen Daten wissen. Auch da nickte sie wieder.

»Und? Gibt es einen Vater zu dem Kind, oder …?« Sie ließ den Satz so im Raum stehen.

Gesine mobilisierte ihren Kampfgeist.

»Sie wissen doch, dass ich darauf nicht antworten muss«, sagte sie forsch, »ich könnte sehr gut allein für mein Kind sorgen. Ich habe ja auch noch meine Eltern. Die helfen mir.«

Das allerdings war bislang nur eine vage Hoffnung.

»Und wie haben Sie sich das praktisch vorgestellt?«

»Nach dem Mutterschaftsurlaub möchte ich nach Möglichkeit wieder voll arbeiten. Bis dahin habe ich bestimmt eine Lösung für die Betreuung. An der Uni gibt es zum Beispiel eine Krabbelstube.« *Allerdings nur für Studentenkinder,* aber das sagte sie natürlich nicht.

»So, möchten Sie, ich möchte aber was ganz anderes. Ich möchte eine Angestellte, die hundertprozentig funktioniert und nicht wegen jedem Husten ihres Bambinos ausfällt. Wenn Ihnen das nicht passt, können Sie ja gehen.«

»Ich werde in Anspruch nehmen, was mir gesetzlich zusteht. Mehr verlange ich gar nicht.« Gesine holte tief Luft. »Sie wissen ganz genau, dass es für Schwangere und Mütter einen besonderen Kündigungsschutz gibt«, setzte sie trotzig hinzu.

Auf diesen Satz schien die Chefin gewartet zu haben.

»Und Sie wissen wahrscheinlich auch, dass dieser Kündigungsschutz Sie nicht vor einer fristlosen Kündigung bewahrt. Fristlose Kündigung! Sie haben richtig gehört. Zum Beispiel wegen Diebstahls, Unterschlagung oder Veruntreuung. Es ist doch klar, was ich meine? Sagen Sie das mal Ihren linken Freunden. Glauben Sie mir, ich habe genügend Zeugen und Beweise gibt es auch. Sie liegen da drin.« Rita deutete auf den Rollschrank. »Und jetzt gehen Sie!«

Damit war auch dieses Mitarbeitergespräch erledigt. Gesine fand zwar, sie habe sich gut geschlagen, aber die Drohung mit der fristlosen Kündigung trotz bestehender Schwangerschaft war nicht zu unterschätzen. *So eine Ausbeuterin! Von Solidarität unter Frauen hatte die wohl noch nichts gehört. Die müsste wirklich mal einen Denkzettel verpasst kriegen. Vielleicht sind Wolfs rabiate Ideen ja doch nicht ganz abwegig.* Gesine musste nochmals gründlich nachdenken.

Blieb also noch Elli. Elisabeth Walter, Ritas Freundin, die musste jetzt *den Gang nach Canossa* antreten. Genau so empfand sie die bevorstehende Begegnung mit der Tante ihres Liebhabers. Warum nur hatte er den Mund nicht halten können? So ganz war sie nicht von seiner Erklärung überzeugt. Da waren wahrscheinlich noch andere Motive im Spiel.

Elli war nicht ganz blind für Charlys Charakterschwächen und hatte durchaus erkannt, dass er recht ungeniert jeden Vorteil von der Straße aufhob. Und was seine geschäftlichen Fähigkeiten anging, galt das Nämliche: Nehmen ist seliger als geben. Darin war er seiner Tante nicht unähnlich. Trotz allem, Elli konnte sich eine ersprießliche Zusammenarbeit mit ihm durchaus vorstellen. Natürlich hätte sie bei der Arbeit die Hauptlast zu tragen, geschäftlich wie privat. Aber gerade das wäre ihr eine Freude.

Keine geringe Schwierigkeit bestand darin, einen geeigneten Ort für die Aussprache zu finden. Elli wünschte sich einen anderen Rahmen als die Buchhandlung. Es ging ja auch um Privates. Aus begreiflichen Gründen kam Ellis Wohnung nicht in Frage, schon allein wegen der vielen Treppen. Ritas Domizil schied ebenfalls aus. Sie lud niemals Leute zu sich ein. Elli kannte das Haus nur von außen. Ein Café oder eine Kneipe? Das passte nicht so richtig, obwohl sie in früheren Zeiten öfter mal nach Geschäftsschluss ein Glas Wein zusammen getrunken hatten. Wenn aber die Aussprache aus dem Ruder lief? Rita konnte sehr laut werden. Und ihre Ausdrücke waren nicht immer vom Feinsten. Ein Horror-Szenario!

Elli hätte sich nicht den Kopf zerbrechen müssen. Rita lehnte rundweg jeden Vorschlag ab. Sie bestand auf ihrem Heimvorteil, der Buchhandlung. Lediglich über die Tageszeit ließ sie mit sich verhandeln. Sie einigten sich auf Donnerstag, den dreizehnten Juni, nach Geschäftsschluss. Charly war am Abend zuvor nach Frankfurt abgereist.

An diesem Tag summte es in der Stadt wie in einem Bienenstock. Die für den nächsten Tag angemeldete Demonstration hatte einiges Volk aus der Region und dem benachbarten Ausland angelockt. Es gingen Gerüchte um, bekannte deutsche und elsässische Liedermacher würden an vorderster Front mitmarschieren. Die Nachfrage nach einschlägiger Literatur, vor allem Liederbücher, hielt den ganzen Tag an. Es wurde halb acht, bis alle Kunden den Weg aus der Buchhandlung gefunden hatten. Auch nachdem die meisten Geschäfte geschlossen hatten, riss der Passantenstrom nicht ab. Es herrschte eine Stimmung wie auf einem Volksfest.

Rita tauchte kurz vor halb sechs auf und verbarrikadierte sich sofort im Büro. Sie verbot jede Störung. Mit dem Aussortieren und Ordnen der Unterlagen war sie weitgehend fertig; nun wollte sie noch einmal die Tagebücher sichten und eventuell einiges ergänzen. Gerade die richtige Einstimmung auf den Waffengang mit Elli.

Als das Kundengetrampel in den Verkaufsräumen endlich verebbte, schloss sie die Tagebücher im Rollschrank ein. Nur das neu begonnene mit den jüngsten Eintragungen ließ sie offen liegen. Sie vermisste ihren Stempel. Hoffentlich war er nicht zwischen all dem Abfall der letzten Tage abhanden gekommen. Nun, sie würde ihn später suchen. Wie immer drehte sie den Schlüssel zum Büro zweimal herum. Elli wartete im Erdgeschoss.

Es war schwer, den Anfang zu finden. Rita thronte wieder auf dem gepolsterten Stuhl, der inzwischen zum Inventar gehörte. Sie schwieg hartnäckig; wahrscheinlich erwartete sie Ellis Kniefall. Aber was war denn nun das Kapitalverbrechen, die Todsünde, deren Elli sich schuldig bekennen sollte?

»Können wir nicht wie zwei erwachsene Menschen miteinander reden? Dazu sind wir ja nun wirklich alt genug.«

Elli versuchte es mit einer Prise Humor. Die beiden

Frauen hatten früher öfter mal Scherze über das Leben als *komische Alte* gemacht. Heute war das offensichtlich der falsche Weg.

»Du willst erwachsen sein?« Rita verlor keine Zeit und ging gleich *medias in res.* »Und dabei benimmst du dich wie ein pubertierender Teenager.«

Darum ging es also, um Charly. Es waren gar nicht die eher lässlichen Sünden wie verlegte Post oder vergessene Bestellungen.

»Es ist absolut lächerlich, wie du dich an einen zwölf Jahre jüngeren Mann ranmachst, der jedem Weiberrock nachläuft. Und wie du dich auftakelst! Geradezu peinlich, was ich mir von unseren Stammkunden anhören muss.«

Elli schluckte, so viel Hass hatte sie nicht erwartet. Sie wollte etwas entgegnen, aber Rita war noch nicht fertig.

»Ist dir nicht klar, dass er dich nur ausnutzt? Keine zwei Monate würde er durchhalten ohne deine Hilfe. Und ohne den Sachverstand der Mann-Schmitt.«

Das stand eigentlich im Widerspruch zu Ritas Brandrede am Geburtstag. Aber um Logik ging es ihr offensichtlich nicht. Sie beugte sich vor, schob ihre starke Brille auf die Stirn und fixierte die langjährige Freundin aus nächster Nähe, ganz wie die Schlange das Kaninchen. Elli schob den Stuhl einen halben Meter zurück. Sie hasste es, dass Rita ihr auf die Pelle rückte. Das tat sie nämlich immer, wenn sie auf jemanden einen Anschlag vorhatte.

»Mensch Mädchen, mach dir doch nichts vor. Dein Charly taugt nichts. Männer taugen nichts. Ich weiß es, und du weißt es. Ich will, dass du dem Burschen den Laufpass gibst. Es wäre besser für dich. Denk an früher, denk an Schultis.«

Das war zu viel für Elli. Es war nicht fair, Charly mit dem feigen Liebhaber vergangener Zeit gleichzusetzen. Sie ging zum Gegenangriff über.

»Du bist ungerecht. Charly ist nicht so … so übel, wie du ihn hinstellst. Er hat gute Seiten, ist charmant und witzig, wir lachen viel zusammen.«

Über die eigentlichen Vorzüge des Bettgenossen mochte sie allerdings nichts preisgeben. Grässliche Vorstellung, sich darüber Ellis Kommentare anzuhören.

»Ich weiß, wie charmant er sein kann, ich kenne Karl besser als du! Schließlich habe ich ihn aufgezogen. Ich warne dich, Elli. Er ist ein nichtsnutziger Windhund, glaub mir, er ist zu allem fähig.«

»Und warum hast du ihn nach so vielen Jahren nach Freiburg zurückgeholt, wenn er dir so missfällt?«

»Dafür gibt es Gründe. Später einmal wirst du sie erfahren. Jetzt erwarte ich von dir einfach, dass du auf mich hörst. Wenn schon nicht aus Einsicht, dann aus Dankbarkeit.«

Aber Elli, gedemütigt und frustriert, weil Rita die eigenen Zweifel an Charly nährte, wollte nicht auf die Chefin hören und sagte erbost, zur Dankbarkeit sehe sie zur Zeit keine besondere Verpflichtung. Sie hielt nicht mehr hinterm Berg zurück mit der Enttäuschung über Ritas leere Versprechungen und arglistige Ränkespiele. Ein Wort gab das andere. Sie schieden in heftigem Streit, beide zornig bis unter die Haarspitzen. Rita vergaß sogar, dass sie noch nach dem Stempel fahnden wollte. Sie drängten sich beide zur selben Zeit durch den Ausgang. Rita benutzte die Ellenbogen und blieb Sieger. Elli schloss ab. Die Rollgitter blieben oben.

Teil zwei

Kapitel eins

Kriminalkommissar Haberstroh trabte müde und verärgert vom Bertoldsbrunnen in Richtung Hauptbahnhof. Er kam von einer Krisensitzung im Regierungspräsidium, wohin er seinen Chef begleiten musste. Dort war es hoch hergegangen. Der Polizeipräsident hatte sich allerhand anhören müssen. Hätte man die Eskalation nicht voraussehen müssen? Warum hatte man nicht rechtzeitig zusätzliche Hilfskräfte angefordert?

Haberstroh überdachte erneut die Ereignisse des Tages. Noch am Vormittag schien alles in schönster Ordnung. Der Kommissar, dessen Dienst erst am Nachmittag begann, hatte sich selbst davon überzeugt. Er lief freiwillig die Strecke ab, die von den Initiatoren der Demo mit dem Ordnungsamt ausgehandelt war. Als echtes Bobbele liebte er es, in der Stadt des Waldes und des Weines umherzustreifen. Es freute ihn, wenn er einem Touristen weiterhelfen konnte. Meistens fügte er den Wegbeschreibungen noch eine lange Liste hilfreicher Tipps an.

Die Stadt zeigte sich von der schönsten Seite. Der strahlend blaue Himmel versprach einen ungetrübten Frühsommertag. Straßencafés und Straßenkünstler kämpften um die Gunst des Publikums. Wer es sich leisten konnte, schlenderte über den üppig bestückten Marktplatz am

Münster, aß eine Rote mit Zwiebeln und Senf, setzte sich vor eine der alten Weinstuben und genoss das südliche Flair. Auch der Colombipark mit dem italienisch anmutenden Schlösschen fand seine Liebhaber; ganz sportliche Zeitgenossen suchten den Weg in die Höhe, um auf dem Kanonenplatz die idyllisch ins Dreisamtal geschmiegte Stadt zu bewundern. Literarisch gebildete Bürger pflegten dann auszurufen: *Freiburg leuchtet!*

Am Bertoldsbrunnen, dem zentralen Treffpunkt aller, die ein Stelldichein hatten, ging es hoch her. Obwohl seit neuestem eine Fußgängerzone, war das Verkehrsaufkommen beträchtlich. Mehrere Straßenbahnen und Buslinien mussten sich die mittelalterlichen Straßen teilen. Tagsüber gab es kaum eine Phase, wo der Fußgängerstrom abschwoll.

Keine Demo, die etwas auf sich hielt, wollte natürlich diesen magischen Ort auslassen. Hier würde man die größte Aufmerksamkeit erzielen und vielleicht sogar den einen oder andern zum Mitlaufen verführen. Da offiziell um die dreitausend Demonstranten erwartet wurden – die Veranstalter selbst rechneten mit weitaus mehr –, sollte die zentrale Kundgebung auf dem Münsterplatz stattfinden, wo um zwölf Uhr mittags die Marktstände noch dicht umlagert waren.

Es hätte eine richtig schöne Demo werden können; ein Medienereignis, geeignet, das liberale Klima der Kommune bundesweit ins rechte Licht zu rücken und ein paar attraktive Bilder von der Innenstadt zu zeigen.

Haberstroh, auf ein stressfreies Wochenende eingestellt, erfuhr erst im Polizeipräsidium, welche Katastrophe am frühen Abend über die Stadt hereingebrochen war.

Auf dem Münsterplatz wurden nicht nur flammende Reden gegen Atomkraftwerke und die derzeitige Landesregierung gehalten, sondern auch mehrstimmig alemannisch und elsässisch gesungen. Danach löste sich die Demo zögernd auf. Kleine Gruppen diskutierten heftig weiter, während sie sich durch die schmalen Gässchen rund um das Münster zwängten. Nicht wenige strebten auf ihre Stammkneipe zu, man wollte sich und den Erfolg der Demo feiern.

Urplötzlich tauchte eine etwa sechzig Mann starke Horde aus dem Nichts auf. Die Gestalten schwenkten keine Transparente oder Plakate, auch warfen sie keine Handzettel unter die erschrockenen Passanten. Daher war es unmöglich, sie einer bestimmten politischen Gruppierung zuzuordnen. Mit einiger Sicherheit konnte man nur feststellen, dass es sich um junge Leute handelte. Ihre Gesichter waren mit Schals oder tief herabgezogenen Mützen vermummt. Am Bertolsbrunnen teilten sie sich blitzschnell in mehrere Gruppen auf und stürmten in alle vier Himmelsrichtungen davon. Mit Baseballschlägern und anderen, stockähnlichen Gebilden schlugen sie wahllos auf die Schaufenster ein.

Die ganze Aktion dauerte vielleicht zehn Minuten, dann war der Spuk verschwunden. Die schnell alarmierten Polizisten, von denen einige sich fast schon mit den Demonstranten verbrüdert hatten, blieben ohne jede Chance. Das versicherten sie – offensichtlich unter Schock stehend – später in ersten Stellungnahmen. Dafür hatten die zahlreichen Reporter und Fotografen vor Ort ihren großen Tag.

In der Bertoldstraße herrschte um neun Uhr abends noch immer aufgeregtes Treiben. Die vermummten Chaoten waren längst verschwunden, jetzt standen zutiefst verstörte Geschäftsinhaber und neugierige Leute auf den Gehwegen, begutachteten die Schäden und diskutierten die Lage. Zahlreiche Schaufenster waren zu Bruch gegangen und die Auslagen verwüstet. Offenbar hatten nur wenige Ladenbesitzer mit dieser Welle von Gewalt gerechnet und ihre Geschäfte darauf vorbereitet. Demonstrationen, ja, die war man inzwischen gewöhnt. Da sperrte man für einige Stunden die Ladentür ab und beäugte aus sicherer Entfernung den Protestwurm, der sich durch die Straßen wälzte. So ähnlich war es ja auch beim Rosenmontagsumzug. Mit manchen Parolen konnte man sich durchaus solidarisieren. Zum Beispiel, wenn es gegen das geplante Kernkraftwerk in Wyhl ging. Aber dass vermummte Banden durch die Straßen zogen und alles kurz und klein schlugen, solche Bilder kannte man nur aus Hamburg, München oder Berlin. Aber doch nicht aus der beschaulichen Breisgaumetropole!

Haberstroh eilte an der Buchhandlung *Zum Eckstein* vorbei. Er kannte die Eigentümerin, Rita Bruder, seit seiner Kinderzeit. Er war im Nachbarhaus aufgewachsen und hatte mit dem Neffen Karl auf der Straße Fußball gespielt, obwohl der Junge einige Jahre jünger war. In Haberstrohs Erinnerung war Karl für sein Alter ziemlich durchtrieben.

An Spielregeln hielt er sich nur ungern und trickste, wo immer es ging. Haberstroh musste ihn mehr als einmal vor wütenden Kameraden retten. Der Junge gab ihn zeitweise als seinen großen Bruder Konrad aus, wenn er wieder einmal im Clinch mit den anderen Kindern lag.

Später kamen Haberstroh Gerüchte zu Ohren, Karl sei nach Amerika durchgebrannt. Genaueres wusste man aber nicht, auch nicht die Eltern, die immer noch in derselben Straße wohnten. Rita wimmelte alle Fragen ab, so verloren sie das Interesse an der Familiengeschichte der Nachbarin.

Bei der Beerdigung von Ritas Schwester Anna murmelten sie lediglich eine kurze Beileidsfloskel.

Den geschäftlichen Aufstieg Ritas verfolgten sie teils mit Bewunderung, teils mit Argwohn. Sie erinnerten sich noch gut daran, wie Rita mit einem Leiterwagen durch die zerbombten Straßen zog und den Menschen ihre unter großen Risiken geretteten Bücher abschwatzte. Weiß der Himmel, wie sie das anstellte!

Rita verstand sich auch recht gut mit den französischen Besatzern, zum Ärger der misstrauischen Nachbarn. Als Karl mit knapp vier Jahren an Tuberkulose erkrankte, sorgten die französischen Freunde dafür, dass der Knabe durch großzügige Lebensmittelgaben und Medikamente wieder auf die Beine kam. Nicht alle Kinder in Ritas Viertel, einer Handwerker-und Arbeitersiedlung im Freiburger Westen, überstanden den schrecklichen Winter 1945/46.

Haberstrohs Eltern waren einfache Leute. Wenn in späteren Jahren die Rede auf Ritas Erfolgsgeschichte kam, raunte seine Mutter, es sei ja wohl nicht alles mit rechten Dingen zugegangen. Man habe dies und das gehört. Haberstrohs Vater urteilte kurz und knapp, Rita habe *Dreck am Stecken. Basta!*

Wenn der ledige Polizeibeamte seine Fachzeitschrift über Motorsport in der Buchhandlung abholte, wechselte er gerne ein paar belanglose Worte mit der Nachbarin aus der Jugendzeit, falls sie gerade im Erdgeschoss zugange war. Meistens stöberte er auch noch nach spannender Urlaubslektüre. Kriminalromane mochte er weniger, dagegen hatte er eine Schwäche für utopische Romane und ließ sich gern von Elisabeth Walter beraten.

Und nun war Karl wieder aus der Versenkung aufgetaucht und arbeitete, wie es schien, in der Buchhandlung. Er hatte ihn sofort wiedererkannt, die schwarzen Locken, das leicht unverschämte Grinsen. Mit dem geschulten Blick eines Kriminalisten registrierte Haberstroh an ihm typische Spuren, die auf einige wilde Jahre hinwiesen. Schon merkwürdig, dass er jetzt wieder bei seiner Tante untergeschlüpft war und sich dabei offensichtlich recht wohl fühlte. Zumindest mit Elisabeth Walter schien er sich sehr gut zu verstehen.

Haberstroh hatte umgehend bei seinen Eltern zuhause nachgefragt, ob Karl ihnen schon über den Weg gelaufen sei. Es war ihm auch aufgefallen, dass Karls Tante seit einigen Wochen nur noch selten im Geschäft anzutreffen war. Es ging ihr wohl auch nicht besonders gut, so wie sie sich durch die Räume schleppte. Auch das hatten die Eltern bestätigt.

An der Kreuzung vor dem Stadttheater drehte Haberstroh um und ging zurück. Ein ungutes Gefühl beschlich ihn. Es war sicher nicht verkehrt, einen genaueren Blick auf die Buchhandlung zu werfen. Vorsichtig umkurvte er die überall verstreuten Glasscherben.

Die drei Schaukästen an der Gebäudewand zur Bertoldstraße, in denen gewöhnlich Neuerscheinungen präsentiert wurden, waren alle eingeschlagen und leergeräumt. Die großen Schaufensterscheiben zeigten Risse von oben bis unten. Dahinter leuchtete schwaches Licht.

Als Haberstroh die Stirn an die Glasscheibe des Eingangs presste, gab die Tür nach. Sie war nur angelehnt. Haberstroh stieß sie vollends auf und machte vorsichtig drei Schritte nach vorne. Überall lagen Bücher und Zeitschriften auf dem Boden. Die Registrierkasse stand offen, die Papierrolle war herausgerissen. Einige einsame Münzen und Kassenzettel verloren sich auf dem Tresen. Mehrere Büchertische lagen umgestürzt und die Bücher wild zerstreut.

Im Untergeschoss brannte Licht. Der Kommissar beugte sich über das Treppengeländer und rief:

»Hallo, ist da jemand? ... Frau Bruder, sind Sie da unten?«

Keine Antwort. Alarmiert stieg er die Treppe hinab, um sich ein genaueres Bild zu verschaffen.

In einer dunklen Ecke, die vor allem den Ladenhütern gewidmet war und von der Treppe aus nicht sofort eingesehen werden konnte, lag vor einem halb leeren Regal ein unordentlicher Haufen Bücher, ungefähr anderthalb Meter hoch. Die oberen Bretter des Regals, das bis an die Decke ragte, hingen an einer Seite schräg herab, als ob jemand sie im Fallen heruntergerissen hätte. Unter dem Bücherberg schauten zwei füllige Frauenbeine hervor, die Fersen nach innen verdreht, ein Fuß in der untersten Stufe einer betagten Trittleiter verhakt.

Haberstroh brauchte keine Minute, um die Situation zu erfassen. Er hechtete zum Telefon neben der sorgfältig abgedeckten Schreibmaschine, um den Notarzt zu alarmieren. Dann räumte er vorsichtig die Bücher beiseite. Er erkannte sofort, dass für Rita Bruder jede Hilfe zu spät kam. Daher richtete er sich auf und fasste die Umgebung der Toten ins Auge. Zunächst warf er einen Blick in die Nebenräume.

Dem ersten Eindruck nach wiesen sie nichts Ungewöhnliches auf. Vielleicht wirkten sie nicht besonders aufgeräumt; in dem einen gab es jede Menge Packmaterialien auf einem Tapeziertisch, darunter standen offene Kisten mit diversem Handwerkszeug. Ein halb gefüllter Aschenbecher, sowie eine angebrochene Sprudelflasche befanden sich auf dem Tisch im Personalraum, nebst einer Tageszeitung vom selben Tag. In einer Ecke standen mehrere leere Sektflaschen, sowie zwei angebrochene Schnapsflaschen einer bekannten lokalen Brennerei. Hier war wohl gefeiert worden. Mit dem Ellenbogen prüfte er die schwere Eisentür ins Innere des Kollegiengebäudes. Sie war – ganz nach Vorschrift – unverschlossen.

Die Tür zu Ritas Büro war halb geöffnet. Außen steckte ein gut bestückter Schlüsselbund. Sicherlich gehörte er der Toten. Haberstroh hatte das Büro noch nie offen gesehen; Frau Bruder ließ sich nicht gerne während der Arbeit am Schreibtisch beobachten. Offensichtlich hatte sie an diesem Nachmittag mit keiner weiteren Person in der Buchhandlung gerechnet. Wie die meisten Läden in der Bertoldstraße hatte die Buchhandlung nach Beginn der Demo geschlossen. Im Verkaufsraum des Souterrains stand alles am gewohnten Platz, ganz im Gegensatz zu oben. Routiniert achtete der Kommissar darauf, möglichst wenig anzurühren oder gar zu verändern.

Haberstroh starrte auf die tote Rita Bruder. Sie war von der Leiter gestürzt, das stand eindeutig fest. Handelte es sich um einen zwar bedauerlichen, aber doch simplen Unfall oder lag womöglich ein Verbrechen vor?

Auf den ersten Blick deutete vieles auf einen Zusammenhang mit der gewalttätigen Demonstration am Nachmittag hin. Dagegen sprach allerdings, dass im Untergeschoss zwar eine Tote lag, sich aber keinerlei Spuren von Vandalismus fanden. Sein unbehagliches Gefühl verstärkte sich. Irgendetwas passte da nicht zusammen. Jetzt aber musste erst einmal die Todesursache festgestellt werden und die

Spurensicherung ihre Arbeit tun. Und er musste den Neffen benachrichtigen.

Charly ließ das Telefon im Flur seiner Tante nur zweimal klingeln, dann hatte er bereits den Hörer in der Hand. Tatsächlich wartete er schon eine ganze Weile auf den Anruf. Er versprach dem Kommissar, sich sofort auf den Weg zu machen, um die Tote zu identifizieren und ein paar Fragen zu beantworten.

Während er unterwegs mit dem Taxifahrer einige oberflächliche Sätze wechselte, prüfte er im Geist alle Antworten, die er dem Polizeibeamten geben wollte. Von einer Telefonzelle am Bertoldsbrunnen aus rief er Elli an. Sie nahm die Nachricht vom Tod der Freundin kommentarlos entgegen und antwortete höchst einsilbig auf seine Fragen. Nein, sie war nicht verständigt worden. Ja, sie werde sofort kommen. Sicher, es seien ein paar Entscheidungen zu treffen, wie es in den nächsten Tagen weitergehen sollte.

Er konnte sie vor der Eingangstür abfangen. Sie war kreidebleich und wich zurück, als er den Arm um sie legen wollte.

»Es ist wahrscheinlich kein schöner Anblick, der Kommissar hat so was angedeutet.«

»Hast *du* sie schon gesehen?«

»Nein, ich bin eben erst gekommen. Zu blöd, dass ich heute Mittag den VW in die Werkstatt gebracht habe. Was hast du von der Demonstration mitbekommen?«

Elli ließ sich Zeit mit der Antwort.

»Rita kam so um zwei herum, kurz bevor es mit der Demo losging. Sie hat mich nach Hause geschickt, Ute auch. Sie selber wollte aber noch einiges im Büro erledigen.«

»Und die anderen?«

»Soweit ich weiß, war Rosi in der Schule. Gesine ist schon seit zwei Tagen krankgeschrieben und Franziskus ... keine Ahnung.«

»Da hatten es die Burschen schön einfach ..., aber es musste ja so kommen.«

Elli antwortete nicht auf diese kryptische Bemerkung. Sie warf einen entsetzten Blick auf das Chaos im Erdgeschoss. Mechanisch bückte sie sich, um einen in Leder gebundenen Atlas aufzuheben.

»Lass das liegen! Wir dürfen bestimmt nichts anfassen.«

Charly packte Elli am linken Arm und führte sie mit sanfter Gewalt ins Souterrain; es entging ihm nicht, wie steif sie sich von ihm wegdrehte, um möglichst jeden Körperkontakt zu vermeiden.

Haberstroh nickte dem Paar ernst zu. Er war dabei, den beiden Beamten von der Spurensicherung Anweisungen zu geben.

Die Leiche lag bereits auf einer Trage, zugedeckt bis zum Hals. Die kurzsichtigen Augen, nunmehr ungeschützt von der starken Brille, starrten aufgerissen irgendwo hin, als ob sie etwas völlig Unerwartetes sehen würde oder auch etwas nur allzu Bekanntes. Rita schien noch im Tod außerordentlich wütend. An den Knien und Oberarmen hatte der Arzt Schwellungen und blaurote Hämatome vorgefunden, Verletzungen, die wohl durch den Sturz von der Leiter verursacht waren. Keine Anzeichen eines Kampfes. Aber natürlich würde erst der Gerichtsmediziner Genaueres sagen können, auch stand die genaue Todeszeit noch nicht fest.

Charly bestätigte, dass es sich bei der Toten um seine Tante handelte. Er zeigte keine besondere Betroffenheit.

Lässig lehnte er am Treppengeländer, die Hände in den Hosentaschen. Elli nahm mit weichen Knien auf einer Treppenstufe Platz. Ihr konnte man die Bestürzung anmerken. Sie kämpfte mit den Tränen.

»Wann haben Sie Frau Bruder zuletzt gesehen«, fragte Haberstroh. Er wandte sich zuerst an Charly.

»Heute Morgen. Ich habe sie mit dem Auto hergefahren und dann den Wagen in die Werkstatt gebracht. Sie wollte mir Bescheid geben, falls ich sie abholen sollte ... Als Sie angerufen haben, wollte ich gerade nachfragen.«

»Und Sie, Frau Walter? Sagen Sie bitte, wann Sie zuletzt mit Frau Bruder Kontakt hatten«.

Schwache Untertöne von Mitgefühl färbten seine Rede. Charly registrierte es mit Interesse.

Elli berichtete, was sie schon Charly über den Verlauf des Nachmittags erzählt hatte. Haberstroh nickte wieder und ließ sich Namen und Adressen der anderen Mitarbeiter geben.

»Es sind noch ein paar Dinge zu klären. Wir müssen die Räume erst einmal versiegeln. Und bitte kommen Sie beide morgen um zehn aufs Polizeipräsidium.«

Er räusperte sich. »Herzliches Beileid, Herr Eisele. Ich wünschte, wir hätten uns unter anderen Vorzeichen getroffen. Wissen Sie ... Ich habe Ihre Tante gut gekannt ... Und Sie übrigens auch. Wir waren ja mal Nachbarskinder.«

Charly grinste. »Ja, ich weiß. My big brother Conny!«

Elli schaute befremdet. Der Kommissar verzog säuerlich das Gesicht.

»Konrad«, sagte er, »ich heiße Konrad, wenn's recht ist.«
Damit waren sie entlassen.

Kommissar Haberstroh war unschlüssig. Er könnte die Ermittlung im Fall Rita Bruder ohne Weiteres an einen Kollegen abgeben. Wahrscheinlich wäre es sogar klüger. Daran, dass er am Abend zu Hause gar nicht abschalten konnte, obgleich doch weitaus aufregendere Ereignisse im Raum standen, merkte er seine Unsicherheit. Rita Bruders Tod führte ihn in die Vergangenheit zurück, in eine bescheidene, aber durchaus glückliche Kindheit, die in eine solide Berufslaufbahn mündete. Ganz anders als bei Karl. Etwas Zwielichtiges umgab den Burschen. Seine sekundenschnelle Anwesenheit am Telefon, die erstaunliche Gelassenheit beim Anblick der toten Verwandten, die flinken Antworten weckten Haberstrohs kriminalistisches Gespür. Auch hatte er die Spannungen zwischen Karl und Elli wahrgenommen. Noch vor ein paar Tagen waren die beiden ein Herz und eine Seele gewesen. Das war ihm sofort aufgefallen, als er seine Zeitschrift abholte.

Als er am Abend beim Zähneputzen sein Konterfei im Spiegel studierte, streifte ihn plötzlich ein Hauch von Neid. Es war nicht zu leugnen: Karl Eisele sah blendend aus, sportlich gestählt und mit einer gewissen Weltläufigkeit ausgestattet. Ganz im Gegensatz zu ihm selber, dem biederen Mannsbild, das zwar nur wenige Jahre älter war, aber mit grauen Strähnen im bereits schütteren Haar seinem Beruf Tribut zollte. Und was seine Figur betraf, unregelmäßiges Essen und fehlende Kontrolle durch eine Ehefrau hatten sich nicht gerade vorteilhaft ausgewirkt. *Conny* hatte ihn dieser Windhund frech genannt. Auf diese – wie er fand – abwertende Abwandlung seines Vornamens pflegte Haberstroh allergisch zu reagieren. *Conny, sprach die Frau Mama, ich geh aus und du bleibst da,* hatte einmal eine abgeblitzte Kollegin in Umlauf gebracht. Nicht zuletzt deshalb war er endlich mit fünfunddreißig in eine eigene Wohnung gezogen.

Was für abwegige Gedanken! Wie kam er dazu, sich auf einen Schönheitswettbewerb mit diesem Windbeutel einzulassen?

Morgen nehme ich ihn mir ganz genau vor, dachte er, kurz bevor ihm die Augen zufielen, *aber pass auf, alter Schwede, schön objektiv bleiben! Noch haben wir keinen Mordfall. Und da gibt es ja auch noch andere Spuren zu verfolgen. Was für ein dramatischer Tag!«*

Kapitel zwei

Charly traf mit einer Stunde Verspätung auf dem Polizei-präsidium ein. Er ließ sich erst einmal auf einem der harten Stühle im Vorzimmer nieder. Dort bat ihn ein milchbär-tiger Polizeibeamter in Zivil höflich um Geduld. Charly schaute ihm zu, wie er einen Text, wahrscheinlich ein Pro-tokoll, in die Schreibmaschine hackte und alle paar Sekun-den fluchte, weil er sich vertippte. Ein dampfender Kaffee-becher mit der Aufschrift *nobody is perfect* verbreitete eine geradezu heimelige Atmosphäre. Daher fühlte sich Charly nicht direkt unbehaglich. Schließlich war es nicht das erste Mal, dass er auf ein Polizeirevier gebeten wurde. Da hatte er schon viel ungemütlichere erlebt.

Er studierte eingehend die Einrichtung des Büros. Dies war eine gute Methode, um die grotesken Bilder seiner Tante unter den Büchern zu verdrängen. Gymnastik war dazu auch geeignet, isometrisches Training zum Beispiel. Sehr wirksam, wenn man unter Anspannung stand und warten musste. Ach ja, die Zeit in Santa Barbara, er ver-misste sie wirklich. Er streckte seine langen Beine aus und machte ein paar unauffällige Dehnübungen.

Elli war also schon mitten im Gespräch beim Kommis-sar. Oder war es ein Verhör? Am Abend zuvor – nach der lästigen, aber notwendigen Konfrontation mit der Leiche – trat sie geradezu fluchtartig den Heimweg an, ohne all die unangenehmen Fragen zu stellen, mit denen Charly gerechnet hatte. Zum Beispiel, seit wann er denn wieder aus Frankfurt zurück war und warum er sich nicht bei ihr gemeldet habe. Aber nichts dergleichen. Ihre körperlichen Abwehrmanöver deuteten darauf hin, dass sie tief verärgert war oder Angst hatte.

Charly fragte, ob er sich die Zeitungen ausleihen dürfe, die halb zerknittert auf dem Schreibtisch lagen. Der junge Beamte nickte abwesend und kämpfte weiter mit den Tücken der Schreibmaschine. Charly studierte die Schlagseiten. Selbstverständlich waren sie alle der entgleisten Demonstration in Freiburg gewidmet. Es gab auch Aufnahmen von den demolierten Schaufenstern um den Bertoldsbrunnen herum. Das Martinstor und das Schwabentor waren groß im Bild. Und natürlich die Rednerbühne vor dem Münsterportal. Speziell über die Zerstörungen an der Buchhandlung *Zum Eckstein* war nichts zu lesen, auch keine Zeile darüber, dass man die bekannte Buchhändlerin Rita Bruder tot im Untergeschoss aufgefunden habe. Aber das würde todsicher noch kommen. Die meisten Kommentare befassten sich mit dem Versagen der Polizei und forderten personelle Konsequenzen.

Charly legte die Zeitungen wieder zurück. Er schaute auf die Uhr. Jetzt wartete er schon über eine halbe Stunde. Da hätte er ja noch in Ruhe seine Hemden in die Wäscherei bringen können. Er musste sich bald um eine Zugehfrau kümmern. Bisher hatte seine Tante … Halt! Er ließ den Kopf ein paarmal kreisen. Links herum, rechts herum. Der junge Polizist schaute irritiert auf, sagte aber nichts.

Endlich ging die Tür zu Haberstrohs Zimmer auf und

Elli stolperte heraus, ohne irgendjemanden eines Blickes zu würdigen. Der Kommissar folgte ihr auf dem Fuß, winkte Charly zu sich herein und deutete auf den Stuhl vor seinem Schreibtisch.

»Halten Sie sich bitte zur Verfügung«, rief er Elli nach. Als sie wortlos an Charly vorbeischrammte, wirkte sie völlig erschöpft, um Jahre gealtert. Es war ihr anzusehen, dass keine gute Nacht hinter ihr lag. *Reiß dich zusammen, altes Mädchen,* dachte er plötzlich verärgert. *Ist es nicht das, was alle wollten? Du wirst schon noch dahinterkommen und mir Recht geben.*

Haberstroh schloss die Tür. Er rückte seinen Sessel zurecht und lehnte sich zurück.

»Ich möchte noch einmal von Ihnen hören, wie Ihr Tag gestern abgelaufen ist, bevor ich angerufen habe.«

»Wenn es denn durchaus sein muss«, begann Charly salopp.

Haberstroh schob die Augenbrauen zur Stirn und legte die Fingerspitzen zu einem Dach zusammen.

»Es muss«, sagte er trocken, »und zwar so genau wie möglich. Wir müssen allen erdenklichen Hinweisen nachgehen. Schließlich ist Ihre Tante unter reichlich mysteriösen Umständen zu Tode gekommen.« Er rückte einen Stoß Vordrucke akkurat vor sich hin und griff nach einem Kugelschreiber. »Also?«

»Gibt es denn schon eine eindeutige Todesursache? Und eine Aussage über den Todeszeitpunkt?«

Haberstroh zögerte ein klein wenig mit der Antwort.

»Nein, das Gutachten liegt noch nicht vor. Gerade deshalb brauchen wir ja jede noch so unbedeutende Information. Also, bitte, Herr Eisele!«

»Ganz wie Sie meinen, Herr Kommissar. Nun denn. Ich habe meine Tante gegen Mittag vor der Buchhandlung abgesetzt. Dann habe ich das Auto in der Rehlingstraße zur Reparatur gebracht, mir, ebenfalls in der Rehlingstraße, eine Pizza besorgt und mich an die Dreisam gelegt, gegenüber der Lessingstraße. Übrigens eine sehr beliebte Gegend. Jede Menge junges Volk. Man sollte dort ein Café hinbauen. Kurz nach zwei Uhr habe ich den Wagen abgeholt und bin nach Hause gefahren. Ich glaube, Ihre Mutter hat mich gesehen, jedenfalls hat sie in meine Richtung gewinkt. Und dann habe ich auf den Anruf meiner Tante gewartet. Den Rest wissen Sie ja.«

An diesem Bericht war nichts auszusetzen. Es war übrigens völlig unerheblich, ob Haberstrohs Mutter Karl Eisele um zwei tatsächlich gesehen hatte. Um diese Zeit war die Buchhändlerin noch putzmunter gewesen. So jedenfalls hatte Elli Walter ausgesagt.

»Sie wohnen im Haus Ihrer Tante? Oder haben Sie noch eine andere Bleibe?«‚fragte der Kommissar weiter.

Aha, da hatte jemand geplaudert! Jemand, der ziemlich böse auf ihn war. Elli. Warum war das Mädchen nur so sauer? Jetzt musste er aufpassen, was er sagte.

»Nun ja, es ist kein großes Geheimnis, dass Frau Walter und ich uns näherstehen. Ja, es stimmt, ab und zu habe ich bei ihr übernachtet. Ist das etwa strafbar? Wir sind beide volljährig.«

»Wie sind Sie denn mit Ihrer Tante zurechtgekommen? Nach so vielen Jahren im Ausland?« Haberstroh ignorierte den unverschämten Unterton in Charlys Antwort.

»Ich muss zugeben, es war nicht immer einfach, aber eigentlich ging es ganz gut. Sie wollte mir die Geschäftsleitung übertragen, weil sie gesundheitlich ziemlich angeschlagen war.«

»Hatten Sie größere Meinungsverschiedenheiten? Über Geld, über Ihre Beziehung zu Frau Walter?« Der Kommissar ließ nicht locker.

Charly holte zu einer Gegenfrage aus.

»Darf ich vielleicht erfahren, warum Sie das alles wissen müssen? Was werfen Sie mir eigentlich vor? Stehe ich etwa unter Mordverdacht?«

»Keinesfalls, Herr Eisele, keinesfalls. Aber Sie werden es als Erster erfahren, wenn es so weit ist.« Haberstroh konnte zur Not ganz schön sarkastisch werden. »Und nun, sagen Sie mir bitte, wann Sie aus Frankfurt zurückgekommen sind. Ach ja, und auch, in welchem Hotel Sie dort übernachtet haben.«

Das war es also. Elli glaubte, er habe mit dem Tod Ritas zu tun. Das erklärte alles: ihre Abwehr, ihr Misstrauen, ihre Feindseligkeit. Es würde ein schönes Stück Arbeit werden, ihr diesen Verdacht auszureden.

Charly beschloss, dem Kommissar eine kleine Portion Wahrheit zu gönnen. Vielleicht ließ er ihn dann in Ruhe.

»Um der Wahrheit die Ehre zu geben, Herr Haberstroh, ich bin gar nicht nach Frankfurt gefahren. Ich … ich habe mir eine kleine Auszeit genommen, um Klarheit zu gewinnen, ob ich das Angebot meiner Tante überhaupt annehmen will. Ich bin nun mal kein sesshafter Typ, bin viel herumgekommen. Feste Beziehungen sind nicht meine Kiste. Hier fehlt mir das Großzügige, die Weite, das Meer. Kalifornien ist meine wahre Heimat. Freiburg ist ja ganz nett, aber halt doch Provinz.«

Auf dieses ehrliche Bekenntnis ging Haberstroh nicht ein. Sein Herz hing an dieser Provinz.

»Und wo haben Sie dann die zwei Tage vor dem Tod der Tante verbracht? Wo, wenn nicht in Frankfurt und nicht bei Frau Walter?«

»Im Hotel Viktoria, vom elften bis dreizehnten Juni.« Eilig fügte er hinzu: »Vom dreizehnten auf den vierzehnten habe ich wieder bei meiner Tante übernachtet. Das können Sie alles nachprüfen.«

»Das werden wir. Das werden wir. Halten Sie sich zu unserer Verfügung. Unterschreiben Sie bitte hier.« Der Kommissar schob ihm zwei eng beschriebene Blätter über den Schreibtisch.

Charly machte sich nicht die Mühe, das Protokoll gründlich zu lesen. Er setzt seine Unterschrift schwungvoll unter das Dokument und verließ pfeifend den Raum. *Das ist Pfeifen auf der Kellertreppe,* dachte Haberstroh, *der ist nicht so munter, wie er vorgibt.*

Der Kriminalkommissar öffnete ein Fenster, um etwas Luft zu schnappen. Betäubender Lindenduft drang ins Zimmer und erinnerte ihn an längst vergangene Sommer, in denen Linden eine große Rolle in seinem Liebesleben gespielt hatten. Ein aalglatter Bursche, dieser Eisele. Was bisher auf dem Tisch lag, reichte nicht für einen Tatverdacht. Auch nicht die mehr oder weniger versteckten Anschuldigungen der langjährigen Mitarbeiterin und Freundin der Verstorbenen. Die war ja vielleicht nur verärgert, weil ihr Liebhaber sich aus dem Staub gemacht hatte. Andererseits schien sie ziemlich fest von seiner Schuld überzeugt. Was sie über das Verhältnis zwischen

Tante und Neffen ausgesagt hatte, klang bei weitem nicht so harmlos wie in Karls Darstellung.

Elli beschäftigte ihn zunehmend. Sie war ihm in der Buchhandlung aufgefallen, lange bevor Karl Eisele auf der Bildfläche erschien. Wenn er ehrlich war, galten seine regelmäßigen Besuche weniger der alten Nachbarin als der vagen Hoffnung, ein hübsches Gespräch über literarische Neuerscheinungen mit Elli zu führen. Er interessierte sich nicht für junge, flippige Dinger in Miniröcken, sondern legte Wert auf eine eher altmodisch-romantische Weiblichkeit, verbunden mit einer gewissen Reife. Elisabeth Walter besaß in seinen Augen diese Ausstrahlung, auch wenn sie zur Zeit deutlich unter Druck stand. Er fand sie alles in allem sehr überzeugend in ihren Ausführungen, ohne larmoyante Geschwätzigkeit oder Wichtigtuerei. Solch angenehme Zeugen gab es nicht oft. Er verstand nicht, was sie an dem windigen Angeber gefunden hatte. Aber das war ja wohl Schnee von gestern.

Er verriegelte das Fenster wieder. Es nutzte nichts, sich schon jetzt auf eine einzige Sicht der Dinge festzulegen. Erst musste er den Bericht aus der Gerichtsmedizin abwarten. Und sobald wie möglich die anderen Angestellten anhören.

Jetzt war Samstagmittag. Eine gute Gelegenheit, die Eltern zu besuchen. Seit dem Auszug ließ er sich immer seltener bei ihnen blicken. *Ich sollte wenigstens häufiger anrufen,* dachte er reuevoll. Vorwürfe gab es aber keine, seine Mutter war viel zu stolz auf ihren erfolgreichen Sohn mit dem staatstragenden Beruf. Sie genoss es, wenn er andeutungsweise über seine Ermittlungen sprach. Bestimmt wollte sie einiges über Ritas Tod wissen. Bei dieser Gelegenheit konnte er auch Karls Aussage überprüfen. Und er wollte sein altes Motorrad auf Vordermann bringen. Er sehnte sich danach, wieder einmal den Schauinsland hochzubrettern. Früher hatte er sich nach einer rasanten Tour ein stilles Plätzchen gesucht. Der Blick über den in blauem Dunst verschwimmenden Schwarzwald klärte die Gedanken und ließ den Stress weichen. Natürlich wäre so ein Ausflug noch viel schöner mit einem weiblichen Sozius, mit Elisabeth zum Beispiel. Mutter! Ihm fiel ein, dass seine Mutter mit zweitem Vornamen ebenfalls Elisabeth hieß.

Am Sonntagmorgen saß Ute wieder einmal mit einem Becher Kaffee im Kinderzimmer. Seit drei Tagen litt sie unter einer starken Migräne. Sie hatte sich am Freitagvormittag bei Elli krank gemeldet. Arne schlief noch. Neuerdings hatte er das Revier gewechselt und sich im Gästezimmer eingenistet. Er benutzte es allerdings nicht oft als Nachtquartier. Seit zwei Monaten dümpelte das Eheschiff vor sich hin. Statt des Befreiungsschlages, den sich Ute nach der Entdeckung von Arnes Doppelleben erhofft hatte, zappelten sie in einem Schlamm aus Verdächtigungen, Ausflüchten, mürrischem Schweigen und gelegentlichen Wutausbrüchen.

Gestern zum Beispiel kam Arne aus dem Gästezimmer und setzte sich an den gedeckten Frühstückstisch. Als Ute ihm erneut das Bündel mit den unbezahlten Rechnungen hinschob, blätterte er flüchtig darin um. Dann widmete er sich wieder seinem Vier-Minuten-Ei.

»Die kenne ich doch schon.«

»Kannst du mir endlich erklären, wo die herkommen?«

»Nun, aus der Hängeregistratur, wo du sie gefunden hast«, sagte Arne. Ute wurde wütend.

»Du weißt, was ich meine! Wer ist Eva Cario?« Diese Frage hatte sie bisher noch nicht gestellt.

»Ach, du spionierst mir also nach? Da muss ich mich aber vorsehen.«

Arne entfaltete im Zeitlupentempo seine geliebte Wochenzeitung, mit der er das Wochenende zuzubringen gedachte.

»Es ist ein Atelier, nur ein gemietetes Atelier, ich brauche das einfach, in der Wohnung hier ist es zu dunkel zum Malen. Das ist doch nichts Neues.«

Und so ging es weiter. Auf jede Frage folgte eine Gegenfrage oder eine Ausflucht, wie in dem Bergmannfilm *Szenen einer Ehe*. Arne leugnete nichts und gab nichts zu.

Er zuckte abweisend die Schultern, als Ute fragte, wie er sich die Bezahlung seiner Schulden vorstelle.

»Du machst das schon. Wahrscheinlich verkaufe ich demnächst eines von den Bildern, das hier.« Er deutete mit dem Eierlöffel auf die grellrot-schwarzgraue Seelenlandschaft über der Récamiere. »Es gibt durchaus Leute, die sich dafür interessieren, weißt du.«

Ute glaubte ihm kein Wort. Er hatte schon öfter von todsicheren Verkäufen gefaselt. Es war wohl nicht zu ändern, sie musste noch einmal bei der Bank um einen Kredit nachfragen.

Als das Telefon klingelte, fuhr Ute erschreckt aus den trüben Gedanken hoch. Halb acht! Wer rief denn an einem Sonntag so früh an?

Es war Elli. Ohne Einleitung informierte sie Ute über den Tod von Rita Bruder und dass man ihre Leiche am Freitagabend im Souterrain aufgefunden habe.

»Am Freitagabend? Und wer hat sie gefunden?«

Ute war fassungslos. Sie wollte Genaueres wissen. Elli schien nicht gewillt, nähere Erklärungen abzugeben. Ihre Stimme klang merkwürdig leblos, fast abweisend.

»Die Buchhandlung ist bis auf Weiteres geschlossen. Entschuldige Ute, ich kann jetzt nicht lange reden. Ich muss noch die anderen verständigen.«

»Weiß denn Charly schon Bescheid? Ist er überhaupt aus dem Urlaub zurück?«

»Ja, er weiß Bescheid. Ja, und das wollte ich noch sagen: Macht euch alle darauf gefasst, dass die Kripo mit euch reden will.«

Bevor Ute erneut ein Feuerwerk an Fragen abschießen konnte, legte Elli auf.

Arne kam aus seinem Zimmer geschlurft, nur mit einer Pyjamahose bekleidet, er rieb sich fröstelnd die spärlich behaarte Brust, um den Kreislauf anzuregen. Der hatte es wahrscheinlich bitter nötig.

»Welcher Idiot …?« Ute, blass wie Schneewittchen im gläsernen Sarg, unterbrach ihn sofort.

»Rita Bruder ist tot.«

»So, ist es jetzt soweit? Hast du nicht erzählt, sie sei schwer krank? Kein großer Verlust für die Menschheit, vermute ich.«

»Du hast wohl nicht verstanden, was das für uns bedeutet. Mein Arbeitsplatz, unser Einkommen ist in Gefahr.«

»Ach, was soll's! *Du* findest doch immer wieder eine Stelle, eine Arbeitsmaus wie du.«

Arne verschwand im Badezimmer und drehte die Dusche auf.

Es war wohl der herablassende Zungenschlag, mit dem

Arne dieses »Du« begleitete, was Ute den Rest gab. Als sie im Kinderzimmer über diese Szene nachdachte, wurde ihr endgültig klar: Diese Ehe war nicht zu retten. Schluss! Ende! Feierabend! Sie würde die Scheidung einreichen.

Am gleichen Tag erfuhr auch Gesine durch das Telefon vom Tod der Chefin. Allerdings nahm sie den Anruf nicht selbst entgegen, sondern er wurde ihr von Jochen übermittelt, und zwar am frühen Abend.

Gesine kam von einem langen Spaziergang durch die weitläufigen Schrebergartenanlage an der Wonnhalde zurück. Sie brauchte Bewegung, weil die Übelkeit, ihr ständiger Begleiter, dann abflaute. Außerdem musste sie ihre widerstreitenden Gefühle ordnen.

Die vergangene Woche hatte von ihr einen mächtigen Spagat zwischen verschiedenen Loyalitäten gefordert. Sie hatte beschlossen, das Thema Demo und Gewalt möglichst zu vermeiden, solange Jochen und sie zusammen in der WG wohnten. Mit ihrer Ansicht dazu war sie hier hoffnungslos im Hintertreffen, genauer gesagt, allein auf weiter Flur.

Andererseits lagen ihr die Ereignisse vom Freitag schwer auf der Seele. Die große Küche der WG war zu einer Malerwerkstatt umfunktioniert worden. Unter Geschrei und Gelächter wurde an den Transparenten für die Demo herumgepinselt. Schon erstaunlich, wie sonst eigentlich intelligente, zur künftigen Elite gehörende Menschen ob der plattesten Vorschläge in Begeisterungsstürme ausbrachen. Ein außer Rand und Band geratener Kindergarten. Und das Ganze unter der Regie des süffisant lächelnden Leitwolfs aus Berlin. Gesine hatte Reißaus genommen. Sie wollte keinesfalls an der Malstunde mitwirken und natürlich dem sie lauernd beobachtenden Anführer entgehen.

Jetzt, am späten Sonntagnachmittag, herrschte in der WG ungewohnte Stille. Von den sechs regulären Bewohnern waren vier ausgeflogen. Vier gleichlautende Zettel hingen an der Pinnwand im Flur: *Bin kurz nach Hause gefahren.* Ein erstaunlicher Ausbruch kollektiven Heimwehs mitten im laufenden Semester.

Auch der rote Wolf hatte eine Botschaft hinterlassen.

Hallo Genossen! Bin unterwegs nach Berlin, wo wichtige Aufgaben auf mich warten. Hat echt Spaß gemacht. Ihr könnt stolz auf euch sein. Macht weiter so. Nieder mit dem Kapitalismus! Freiheit für die Ausgebeuteten!

Es grüßt Wolfgang. PS. Ihr könnt mich unter folgender Nummer erreichen. Fragt am Telefon einfach nach Tupamaro WF.

Eine zehnstellige Zahl war rot umrandet, die Berliner Wohnungsadresse hatte er jedoch nicht hinterlassen.

Gesine stellte sich neben Jochen, der die Pinnwand studierte. Sie wollte mit ihm über einen kurzfristigen Zimmerwechsel in der WG verhandeln. Es gab ja jetzt für ein paar Tage reichlich Platz. Jochen schien mit allem einverstanden, fast erleichtert. Über die Schwangerschaft schaute er einfach hinweg, ein Meister der Verdrängung. Auch er habe Pläne, verkündete er und schaute an Gesine vorbei. Er wolle sein Studium woanders fortsetzen, in Köln oder München. Vielleicht auch an der Freien Universität in Berlin.

»Deine Kollegin Walter hat angerufen. Eure Buchhandlung wird für ein paar Tage geschlossen. Die hat wohl einiges abgekriegt.«

»Wirklich? Was du nicht sagst. Und, was hat sie noch verlauten lassen?«

Jochen nahm den Zettel mit Wolfs Nummer von der Pinnwand und steckte ihn, sorgfältig gefaltet, in die hintere Hosentasche.

»Es muss einen Unfall in der Buchhandlung gegeben haben. Sie hat gesagt, deine Chefin wäre tot. So hab ich sie jedenfalls verstanden.«

Gesines Magen meldete sich. Sie kämpfte mit aller Gewalt gegen die aufsteigende Übelkeit.

»Was sagst du da? Tot?«

»Tot.«

»Durch einen Unfall? Mensch, Jochen, lass dir doch nicht jedes einzelne Wort aus der Nase ziehen!«

»Mehr weiß ich auch nicht. Und wenn du es genau wissen willst, es interessiert mich auch nicht. Ruf doch selber an.«

Damit ließ er sie stehen. Gesine schien es, als sei ihm das Thema äußerst unangenehm. Sie konnte sich denken, warum. Jochen hatte natürlich an der Demo teilgenommen, voll begeistert, geradezu berauscht von den in der WG kreierten Parolen. Sie hatte ihn gesehen, zuerst in einem Pulk von AKW-Gegnern, später in einer ganz anderen Formation. Eine, die vermummt durch die Straßen raste und Scheiben einschlug. Gesine hatte den Schal um Jochens Gesicht sofort erkannt, ein etwas ausgefallenes Stück mit dem Schriftzug: *Alle reden vom Wetter, wir nicht.* Sie hatte ihm den Schal zusammen mit dem dazu gehörigen Poster zum ersten Jahrestag ihrer Freiburger Zeit geschenkt. Damals war in der Tat das Wetter nicht ihr Lieblingsthema. Sie hätte nie gedacht, dass dieses witzige Stückchen Stoff – eine Persiflage auf eine Werbekampagne der Bundesbahn – einmal eine ganz und gar nicht witzige Bedeutung bekommen könnte.

Elli war nicht zu erreichen, weder am späten Sonntagabend, noch am Montag. Von Ute bekam sie kaum mehr Informationen, als sie schon selber hatte. Auch Ute blieb auffallend einsilbig, an ihr schien noch eine andere, unerfreuliche Sache zu nagen. Gesine wagte allerdings nicht, danach zu fragen. So intim standen sie nicht zueinander, wenngleich sich das Verhältnis in den letzten Wochen deutlich verbessert hatte. Ute nahm sogar regen Anteil am Verlauf der Schwangerschaft. Das Thema schien ihr sehr am Herzen zu liegen. Gesine war positiv überrascht über die detaillierten Fragen der spröden Kollegin.

Gesine saß am Tisch in der leeren Küche und blätterte in den Anzeigenseiten der Lokalzeitung. Es würde alles andere als leicht werden, eine passende Wohnung für sie und das Baby zu finden. Eine alleinerziehende Mutter gehörte nirgends zum bevorzugten Personenkreis bei den Vermietern. Immerhin hatte Jochen ihren Wink verstanden und seine sieben Sachen in mehreren Umzugskartons verstaut. War er womöglich schon auf dem Absprung? Sie sprachen nur noch das Nötigste miteinander und Gesine verkniff sich die Frage, in welches Zimmer er umsiedeln würde.

Am Dienstag fanden Gesine und Ute in der Post die Vorladung aufs Kommissariat. Beide fühlten sich äußerst unbehaglich, wenn auch aus unterschiedlichen Gründen.

Gesine überlegte kurz, ob sie überhaupt verpflichtet war, der Vorladung zu folgen. Sie hatte bisher noch nie mit der Polizei zu tun, im Gegensatz zu einigen aus Jochens Clique, wo man nur verächtlich von den *Bullen* sprach. Wer weiß, was dort alles zur Sprache käme. Ein ganz reines Gewissen konnte sie nicht haben, wenn man nach der herrschenden bundesbürgerlichen Rechtsauffassung über Eigentum ging. Aber wenn sie sich weigerte – und das Recht dazu hatte sie –, würde sie sich erst richtig verdächtig machen. Sie hatte Wolfs Drohung mit der anonymen Anzeige nicht vergessen. *Verdammt nochmal, Jochen, da hast du uns ganz schön was eingebrockt,* dachte sie immer wieder, zwischen Wut und Beklemmung hin- und hergerissen. Zuletzt nahm sie sich zusammen und bestätigte den Termin.

Utes Beklemmung hatte subtilere Wurzeln. Hatte sie nicht neulich die Chefin zum Teufel gewünscht? Eine Zeit lang hatte sie sogar mit dem Gedanken gespielt, ein wenig schwarze Magie einzusetzen, um sich für die Kränkung zu rächen. Schwarze Magie, besonders Voodoo-Zauber, fand Ute unglaublich spannend und faszinierend. Sie las alles darüber, was sie finden konnte. In der Buchhandlung galt sie als Expertin auf diesem Gebiet, zum Erstaunen mancher Kunden, die ein solches Hobby nicht bei der nüchternen und pedantischen Verwalterin der Karteikarten vermuteten.

Jetzt hatte Ute beinahe ein schlechtes Gewissen. Sie besah sich ihre Sammlung an Püppchen in der Vitrine. Eines davon hatte verblüffende Ähnlichkeit mit Rita Bruder, vor allem die schielenden Augen. Nach dem katastrophalen Gespräch mit ihr hatte sie abends das Püppchen längere Zeit angestarrt und ihm allen möglichen Unbill an den Hals gewünscht. *Der Gedanke legt den Grund für die Tat,* schoss ihr durch den Sinn. Sie hatte über diesen Aphorismus einmal einen Aufsatz schreiben müssen. Ach was, sie hatte sich wirklich nichts vorzuwerfen, natürlich würde sie der Bürgerpflicht folgen und den Vorladungstermin wahrnehmen.

Rosi hingegen fand die Vorladung super, im Gegensatz zu ihren Eltern, die der Tochter neuerdings nicht mehr so recht trauten. Das Mädchen, obgleich noch lange nicht volljährig, ging meist eigene, unbekannte Wege. Nein, sie würden einer Vernehmung bei der Polizei nicht zustimmen. Auf jeden Fall hatte Rosi in der Schule und bei ihren Freunden jetzt was zu erzählen. Und dass die Buchhandlung geschlossen war, störte sie nicht im geringsten. Warum auch traurig sein über die dahingeschiedene Chefin? Die war doch ohnehin schon ein Auslaufmodell. Rosi, die Frohnatur, machte sich keine Sorgen über die Zukunft. *Unkraut vergeht nicht,* dachte sie und musste über sich selber lachen, denn sie hielt sich für alles andere als Unkraut.

Franz Seeler, der unheilige Franziskus, blieb übrigens verschwunden. Der Briefträger hatte Mühe, die Vorladung der Polizei in seinem von Werbung überquellenden Briefkasten unterzubringen.

Kapitel drei

Kommissar Haberstroh kam mit frischen Kräften an seinen Schreibtisch zurück. Er war zweimal die berühmte Schauinslandstrecke hinaufgeprescht in einer Zeit, die er für sich selbst als recht beachtlich einstufte. Schade, dass man ständig auf die ehrgeizigen Radfahrer Rücksicht nehmen musste. Zu zweit, manchmal zu dritt, blockierten sie die Rennstrecke. Als vorbildlicher Polizeibeamter hielt er sich natürlich streng an alle Verkehrsregeln, nicht ohne innerlich über das Radlervolk zu fluchen. Er nahm sich vor, seine neu entfachte Begeisterung für den schnellen Fahrtwind um die Nase sorgfältig zu hegen. Es gab ja so viele schöne Strecken den Schwarzwald rauf und runter, manche sehr anspruchsvoll und nicht ungefährlich.

Auf dem Schreibtisch lag der Bericht des Gerichtsmediziners zum Todesfall R. Bruder.

Schnelle Arbeit, dachte er anerkennend. Der Kollege hatte wohl sein Wochenende geopfert, vielleicht auf Druck von oben, denn der Verdacht, dass der Todesfall im Zusammenhang mit der Demonstration stand, war ja nicht von der Hand zu weisen. Haberstroh hatte von der Staatsanwaltschaft Anweisung, besonders in diese Richtung hin zu ermitteln.

Er studierte die Unterlagen sorgfältig. Wie er schon vermutet hatte, ergab der Befund keinen Hinweis auf fremde Gewalteinwirkung.

Alle äußerlichen Verletzungen, sowie der Bruch des rechten Oberschenkels waren zwar kurz vor dem Tod entstanden, schieden aber als Todesursache eindeutig aus. Überraschend allerdings waren zwei weitere Untersuchungsergebnisse. Rita Bruders Blut wies eine ungewöhnlich hohe Konzentration eines sehr starken Schmerzmittels auf. Sie litt seit Jahren an schweren Asthma-Anfällen. Nach Auskunft ihres Arztes befand sich die Patientin auch im fortgeschrittenen Zustand einer Krebserkrankung. Die auffällig hohe Dosierung des Schmerzmittels hatte er verordnet. Als Todesursache war Herzversagen infolge eines Kreislaufschocks festgelegt worden. Als Todeszeit galt Freitag, der 14. Juni, zwischen 15.00 und 19.00 Uhr.

Damit war von forensischer Seite her einem Mordfall erst einmal der Boden entzogen.

Haberstroh grübelte. Wenn nur dieses Bauchgefühl nicht gewesen wäre! Er notierte sich die verbleibenden Verdachtsmomente auf verschiedene kleine Zettel, nummerierte sie und schob sie nach Wichtigkeit zu einer Rangfolge zusammen.

1) Die von E.W. geschilderten Auseinandersetzungen zwischen R.B. und K.E., sowie ihr latenter Verdacht die verheimlichte und erst auf meine energische Nachfrage gestandene Anwesenheit des K. E. in der Stadt zum Zeitpunkt des Todes 2) die auffallend schnelle Reaktion des Neffen auf meinen Anruf 3) das ungerührte Verhalten des K. E. bei der Identifizierung der Leiche 4) die auffallende Diskrepanz zwischen dem Chaos im Obergeschoss und der relativen Ordnung im Untergeschoss

5) die nicht verschlossene Eingangstür oben die 6) nicht verschlossene Brandschutztür zum KG II im Untergeschoss

Auf dem letzten Zettel stand: *mein persönlicher Eindruck von Karl Eisele*

Diesen letzten Zettel legte er auf die Seite. Er wusste, damit begab er sich auf gefährliches Gebiet, was seine Professionalität betraf. Aber er hatte schon gute Erfahrungen mit seinem Bauchgefühl gemacht.

Haberstroh seufzte. Nicht gerade überzeugend, diese Indizien, um nicht zu sagen, sehr, sehr dünn. Ohne konkretere Verdachtsmomente konnte er den zuständigen Staatsanwalt kaum überzeugen, es sei denn, weitere Zeugenaussagen erhärteten den Anfangsverdacht gegen den Neffen. Er prüfte die Liste der noch vorgeladenen Personen, alle aus der Belegschaft. Er musste sie unbedingt über das Betriebsklima befragen. Nach Elli Walters Ausführungen stand es zuletzt nicht besonders gut darum. Franz Seeler und die Azubi Rosi Ganter standen als letzte auf der Liste. Es war ungewiss, ob sie überhaupt vernommen werden konnten. Bei Rosi brauchte man die Zustimmung der Eltern und Franz musste erst einmal wieder aus der Versenkung auftauchen. Damit war noch lange nicht gesagt, dass er zur Vernehmung käme.

Am Ende der Woche konnte der Kommissar folgende – weitgehend übereinstimmende – Erkenntnisse zum Betriebsklima verbuchen:

Rita Bruder war wegen ihrer angeschlagenen Gesundheit häufig gereizt und sprunghaft in Entscheidungen gewesen. Sie neigte zu ungerechtfertigten Anschuldigungen, und zwar allen Mitarbeitern gegenüber.

Das Verhältnis zwischen Rita Bruder und ihrem Neffen verschlechterte sich von Woche zu Woche.

Die Beziehung zwischen Elli Walter und Karl Eisele war allgemein bekannt, jedoch von den beiden nicht bestätigt.

Leichte Varianten gab es bei den folgenden Fragen:

Frage: *Hatte Frau Bruder Feinde?*

Ute: *Feinde? Sie sollten eher fragen, ob sie Freunde hatte. Es lag nicht in ihrer Natur, sich Freunde zu schaffen.*

Gesine: *Feinde? Na ja, bei ihr ging es nach Zuckerbrot und Peitsche. Mit Frau Walter war sie befreundet, soweit ich es sehen konnte.*

Frage: *Glauben Sie, dass die Beziehung zwischen Frau Walter und Karl Eisele für Frau Bruder ein Problem darstellte?*

Ute: *Ja, das glaube ich schon. Da war dieser Altersunterschied und vielleicht eine Art Eifersucht, ja, das wäre möglich.*

Gesine: *Wissen Sie, solche Geschichten interessieren mich nicht besonders. Was hätte sie denn dagegen haben sollen?*

Frage: *Wann haben Sie Frau Bruder zum letzten Mal lebend gesehen?*

Ute: *Das war kurz vor zwei, als wir die Buchhandlung schlossen. Ich bin dann sofort nach Hause gegangen.*

Gesine: *Das war kurz vor zwei, als Frau Bruder gemeinsam mit Frau Walter und Frau Mann-Schmitt herauskam. Frau Bruder ging zurück in die Buchhandlung, die beiden anderen gingen nach kurzem Wortwechsel in verschiedene Richtungen. Ich saß zu dieser Zeit im Café Holbein, nachdem ich meine Krankmeldung abgegeben und Medikamente in der Löwenapotheke abgeholt hatte. Nach der Demo ging ich noch einmal an der Buchhandlung vorbei, so gegen halb fünf.*

Da sah ich Herrn Eisele, wie er sich vor der Buchhandlung die zerschlagenen Schaufenster anschaute. Nein, ich kann nicht mit Bestimmtheit sagen, ob Herr Eisele die Buchhandlung betreten hat. Mir war übel und ich wollte nur nach Hause.

Diese Aussage bedeutete – der Kommissar frohlockte –, Karl Eisele durfte wahrscheinlich erneut zur Vernehmung vorgeladen werden. Haberstroh sah sich einen großen Schritt weitergekommen.

Kapitel vier

Charly stellte sich auf arbeitsreiche Tage ein. Nachdem er das Kommissariat ungehindert verlassen hatte, fuhr er im VW der Tante, der jetzt ihm gehörte – wem sonst? – zum Haus zurück, das jetzt ebenfalls ihm gehörte. Davon ging er aus. Als einziger Verwandter musste er nicht befürchten, dass jemand etwas dagegen hätte, wenn er weiter dort wohnte. Von Elli wusste er, sie hatte eine Vollmacht, nach der sie im Falle des Ablebens ihrer Chefin die Geschäfte kommissarisch weiterführen sollte, bis das weitere Schicksal der Buchhandlung entschieden wäre. Es konnte übrigens nur eine Frage von wenigen Tagen sein, dass die Einladung zur Testamentseröffnung ins Haus flatterte. Charly war es ganz recht so. Er hatte keinerlei Lust auf den alltäglichen Trott, schon gar nicht auf Kondolenzsprüche von Stammkunden. Endlich durfte er seiner Leidenschaft, dem Stöbern in Schränken und Schubladen, ungehemmt frönen und nach verborgenen Schätzen und Geheimnissen suchen. Man hatte ihm einige Schmuckstücke der Toten übergeben, neben einem Fingerring mit einem länglichen Rosenquarz und einer Armbanduhr auch eine lange, dünne Goldkette, an der ein altmodischer kleiner Schlüssel hing. Rita hatte sie um den Hals getragen.

Als erstes setzte Charly die Alarmanlage außer Gefecht.

Dann kochte er einen starken Kaffee und machte es sich im Wohnzimmer bequem, um einen Schlachtplan zu entwickeln. Es gab einiges zu regeln. Natürlich musste er sich um die Beerdigung kümmern. Bestimmt hatte Rita dafür etwas vorbereitet, wahrscheinlich gab es im Haus Unterlagen dazu. Oder Elli wusste Genaueres. Ja, Elli musste er später auf jeden Fall anrufen.

Dann betrat er, hin- und hergerissen zwischen Neugier und Widerstreben, zum ersten Mal das privateste Refugium der Tante, das Schlafzimmer. Es war aufgeräumt; einige Kleider hingen auf Bügeln zum Auslüften an der offenen Schranktür. Wieder einmal wunderte er sich, wie die ältere kranke Frau ohne Hilfe alle häuslichen Arbeiten erledigt hatte. Es passte zu ihrer Manie, ja keinem anderen Menschen Einblicke in ihr persönliches Leben zu gewähren.

Charly öffnete das Fenster und schaute hinaus. Ein strahlender Tag. Ein Tag, um eine Spritztour an den Kaiserstuhl zu machen und in einer gemütlichen Weinstube einzukehren. Zur Zeit gab es in jedem Gasthaus, das etwas auf sich hielt, frischen Spargel und Erdbeerbowle.

Charly spürte die Verlockung und auch den drängenden Wunsch, ein paar Stunden das Bild der toten Tante unter den Büchern zu verdrängen. Es war nicht so einfach, die Wut zu unterdrücken, seit er Ritas letzte Eintragungen über ihn und den Rest der Mannschaft zu Gesicht bekommen hatte.

Das war am letzten Donnerstag gewesen. Charly war stolz auf sich, wie geschickt er die Sache eingefädelt hatte, um endlich in Ritas Büro an das verdammte Testament heranzukommen. Elli war sicher ahnungslos. Von dem schlauen Manöver mit dem ausgeliehenen Schlüsselbund hatte sie keine Ahnung. Zwei Stunden später steckte das Duplikat des Büroschlüssels in der Hosentasche. Ebenso gutgläubig kaufte sie ihm die Geschichte mit Frankfurt ab. Am Donnerstagabend musste er lange warten, bis alle aus der Buchhandlung verschwunden waren. Gut, dass er in der schräg gegenüberliegenden Universitätskirche warten konnte. Wer sollte sich schon an einen frommen Studenten erinnern; bestimmt betete der für das Gelingen seines Examens.

Erst als die Nachtbeleuchtung in der Buchhandlung anging, wagte er sich in das Gebäude. Das Testament fand er natürlich nicht, im Gegenteil: Rita hatte im wahrsten Sinne des Wortes *tabula rasa* gemacht. Gähnende Leere zierten die meisten Regale. Nur noch wenige Aktenordner – alle neueren Datums – hatten Ritas Räumungswut überlebt. Schreibtischschubladen, Ablagekörbe, Papierkorb, alles war ohne jeden Wert für Charlys Suche. Das Rollschränkchen, in dem er allerhand Aufklärendes vermutete, war verschlossen. Er müsste es mit Gewalt aufbrechen, um an den Inhalt zu gelangen. Wütend trat Charly mehrmals dagegen in der vergeblichen Hoffnung, es würde sich diesem Angriff ergeben.

Auf dem Schreibtisch lag, beschwert durch einen Becher voll Kugelschreibern, Bleistiften, Brieföffner und einer überdimensionalen Lupe, ein schulheftähnliches Notizbuch. Es hatte einen Aufkleber mit dem Datum *Juni 1972 bis...* Das laufende Tagebuch, wie sich Charly erinnerte. Er wunderte sich darüber, dass Rita das Heft nicht weggeschlossen hatte. Vielleicht war sie angerufen worden und hatte es dann vergessen. Obwohl, das passte nicht zur

Tante. Umso besser. Er blätterte flüchtig darin und schlug die letzte beschriebene Seite auf. Im Gegensatz zu den vorhergehenden Seiten fehlten hier die merkwürdigen Stempel.

Die letzte Eintragung lautete:

Juni 1972. Endlich habe ich alles unter Dach und Fach und kann in Ruhe dem Krankenhaus entgegensehen. Es ist gut, dass mein Testament aus dem Haus und beim Notar sicher verwahrt ist. Und das muss ich sagen, er hat mich richtig gut beraten. Der alte Lutz hätte sich ruhig etwas mehr anstrengen können. Wozu habe ich denn einen Anwalt? Er ist halt auch nicht mehr der Jüngste. Aber ich sollte gerecht sein, er hat mich aus mancher Bredouille geholt. Aber Elli muss ich mir ernsthaft vornehmen. Hat die den Verstand verloren? Wirft sich dem Kerl dermaßen an den Hals! Und dieser dummen Gans wollte ich meine Buchhandlung überlassen? Nein und nochmals nein, ich werde das Mädchen zur Raison bringen, und wenn es das Letzte ist, was mir in diesem Leben gelingt.

Damit hatte es Charly endlich schwarz auf weiß. Vor dem Ableben der Tante würde er nichts, aber auch gar nichts über den Inhalt des Testaments erfahren, falls Rita nicht freiwillig etwas davon preisgab. Der klug ausgetüftelte Plan mit dem Schlüssel war also erfolglos gewesen. Immerhin, Elli war anscheinend aus dem Rennen.

Charly blätterte an den Anfang des Tagebuchs zurück. Was für eine bösartige Alte! Sie ließ an ihrer Umgebung kein gutes Haar, auch wenn manche Beobachtung nicht ohne Witz formuliert war. Aha! Die Belegschaft bekam also auch ihr Fett ab. Das Grinsen verging ihm allerdings, als er auf die Seite mit den dürren Worten und der diagonalen Linie kam. Er wusste nun, was die Tante über ihn dachte.

Er war eine Niete. Und der Querstrich war auch nur auf eine Art zu interpretieren: Junge, du bist ausgestrichen aus meinem Leben. Da hatte er das Testament.

So vorsichtig, wie er gekommen war, schlich sich Charly wieder aus dem Gebäude. Später erinnerte er sich nur noch dumpf an die folgende Nacht, die er zuerst an der Bar des Hotels *Viktoria,* später auf dem Bett liegend verbracht hatte, mit einer Hand immer in Reichweite der Zimmerbar.

Nun also wollte er den letzten Geheimnissen in Ritas Schlafzimmer auf die Spur kommen. Charly betrachtete den kleinen altmodischen Schlüssel. Die Tante hatte die Goldkette um den Hals getragen, den Schlüssel an dem riesigen Busen verborgen. Lächerlich. Wie in einem Kitschroman. Womöglich war das alte Schrapnell eine heimliche Romantikerin gewesen. Na ja, bei so alten unverheirateten Weibern wusste man nie. Obwohl, eine fromme Helene war seine Tante nie gewesen.

Der Schlüssel passte in jedes Schloss des Schreibtisches. Das war ihm nicht unlieb, so musste er das kostbare Möbel nicht beschädigen und konnte es später zu Geld machen.

Charly fing systematisch an: zuerst die Schublade unter der Schreibtischplatte. Hier fand er ein Bündel neuerer Kontoauszüge. Sie betrafen, wie er erfreut feststellte, Ritas Privatvermögen. Es handelte sich um verschiedene Konten, darunter ein Sparkonto über zwanzigtausend DM. Sie hatte sich also einen Notgroschen zurückgelegt, der natürlich – wie es ihrem Naturell entsprach – etwas üppig ausgefallen war. Leicht zugängliches Geld, das Charly nur zu gut brauchen konnte. Auf jeden Fall für ein neues Auto. Die anderen Kontenauszüge waren nicht so leicht zuzuordnen;

sie stammten von verschiedenen Banken, auch von einer Schweizer Bank, wahrscheinlich handelte es sich um ein Nummernkonto. Damit musste er sich später gründlicher befassen.

Außer den Kontoauszügen lagen da verschiedene handschriftliche Notizzettel, unsortiert und bunt gemischt mit Postkarten, Prospekten von Kliniken und Sanatorien, auch Werbepost. Nichts Aufregendes. Charly schob die Schublade wieder zu.

Die kleinen Frontschubladen, je vier auf jeder Seite des Schreibtischaufsatzes, weckten sein Interesse. Seiner Erfahrung nach waren sie geradezu prädestiniert für Heimlichkeiten. Auf der linken Seite fand er ein Sammelsurium an Münzen, Medaillen, Orden und Ähnlichem, eben alles, was metallisch glänzte. Manche Stücke waren geschwärzt, als ob sie durchs Feuer gegangen wären. Charly sah gleich, dass dies nicht das Depot eines versierten Münzsammlers war. Eher wie der Hort eines Geizhalses, der jedes Geldstück oder was einem solchen ähnlich sah, aufhob, wo immer er es fand. Ob überhaupt ein nennenswertes Stück dabei war, konnte er auf Anhieb nicht feststellen. Dazu müsste er sich schlau machen. Vielleicht ein netter Zeitvertreib während ungemütlicher Wintertage. Aber wahrscheinlich würde er den ganzen Schrott zu einem Fachmann bringen und hoffen, dass etwas Anständiges dabei herauskam.

In den Schubladen auf der linken Seite hatte Rita den privaten Briefwechsel deponiert. Charly breitete die ordentlich gebündelten Pakete vor sich aus. Einige – von unterschiedlichen Absendern – waren nach Jahren geordnet. Ein Paket betraf den Briefwechsel zwischen den Schwestern Rita und Anna aus den Jahren 1942/43, also um seine Geburt herum. Den würde er zuletzt lesen. Jetzt nur nicht sentimental werden!

Charly schnappte sich ein Bündel mit den Jahreszahlen 1945/46/47. Es handelte sich um insgesamt einunddreißig Schreiben, handschriftlich in Sütterlinschrift. Alle hatten einen ähnlichen Inhalt. Charly überflog sie kurz. Er suchte nach bekannten Namen. Schließlich konzentrierte er sich auf einen Brief, den er halbwegs entziffern konnte. Er lautete folgendermaßen:

Sehr geehrte Frau Bruder,
wir sind Ihnen nach wie vor dankbar, dass Sie uns in der Stunde größter Verzweiflung geholfen haben, unsere wenigen kostbaren Bücher aus der Wohnung in der Rheinstraße zu bergen und sicher zu verwahren, bis wir eine neue Bleibe gefunden haben. Dies ist schon seit einiger Zeit der Fall, und zwar in St. Märgen, wie wir Ihnen bereits vor einigen Wochen geschrieben haben. Leider haben wir gar nichts von Ihnen gehört. Da meine Frau und ich gesundheitlich schwer angeschlagen sind, können wir uns nicht persönlich um den Rücktransport kümmern und sind weiterhin auf Ihre Hilfe angewiesen. Leider ist uns die Bücherliste abhanden gekommen. Aber Sie haben ja sicher alles genau aufgeschrieben.
Wir verbleiben mit freundlichen Grüßen
Ihre Emma und Wilhelm Waldvogel

Nicht alle Briefe waren so freundlich gehalten. In manchen, vor allem den später datierten, wurde der Ton etwas rauer, man spürte die Verzweiflung, weil man bei der ach so hilfreichen Frau Bruder nichts erreichte. Da war die Rede von ›Ausnützen einer Notlage‹ und ›Betrug‹, auch von

›Einschalten eines Rechtsanwaltes‹. Kein einziger Brief bestätigte eine geglückte Rückgabe. Allerdings gab es auch keine Dokumente über Prozesse. Nach 1947 schien alles im Sande zu verlaufen.

Charly kapierte. So also begann die Tante mit ihrem Antiquariat. Ziemlich clever, wenn auch nicht gerade die feine englische Art. Warum wohl hatte Rita diese längst verjährten Forderungen aufbewahrt?

Ein anderer Briefwechsel aus dem Jahr 1962 betraf die Anmietung der Räume im neu erbauten Kollegiengebäude II der Universität Freiburg. Aus diesem ging hervor, dass Rita es sehr gut verstanden hatte, ihren Status als echtes Freiburger Bobbele und erfolgreiche Unternehmerin der Nachkriegszeit ins Spiel zu bringen. Auch war sie auf dem Papier zu Zugeständnissen bereit, die vor allem den im Neubau untergebrachten Fakultäten entgegenkamen. Ebenfalls eine Erfolgsgeschichte, wie Charly widerwillig, aber auch respektvoll zugeben musste. Sie beruhte vor allem auf der Melange von Heimatverbundenheit und Geschäftstüchtigkeit.

Nach der Lektüre dieses Briefbündels fand Charly, er habe eine Pause verdient. Der Blick aus dem Fenster verriet ihm, dass es noch immer ein strahlender Tag war, der am besten in einem Gartenlokal ausklingen sollte. Er kannte eines, gar nicht weit vom ererbten Häuschen entfernt, idyllisch gelegen zwischen einem Lindenwäldchen und einer Kleingartenanlage. Die Nähe hatte den unschätzbaren Vorteil, dass es nicht auf ein Glas ankam, denn er konnte zu Fuß nach Hause gehen. Schnell steckte er noch den Briefwechsel zwischen Rita und Anna ein. Gut möglich, dass die Umgebung der Lektüre förderlich war.

Charly fand ein lauschiges Plätzchen an einem Tisch, der gerade von einer kinderreichen Familie geräumt wurde. Er bestellte eine üppige Portion Elsässersalat und eine Flasche Edelzwicker, von dem er sofort ein Glas leerte. Vorsorglich belegte er die anderen Stühle mit seinem Jackett und der Leinentasche mit der Aufschrift *Auch Lesen hält Leib und Seele zusammen.* Nur ein älteres Ehepaar hatte die Unverschämtheit, nach freien Plätzen an seinem Tisch zu fragen. Andere deuteten das Arrangement sofort richtig und ließen ihn in Ruhe.

Etliche Stunden später, nach einer zweiten Flasche, traute sich nur noch die ältliche Bedienung an den Tisch. Ein völlig betrunkener Charly verlangte mit schwerer Zunge nach der Rechnung, knallte einen größeren Geldschein auf den Tisch und torkelte, ohne auf das Rückgeld zu warten, auf die Straße. Die Leinentasche musste ihm von einem aufmerksamen Gast zwanzig Meter hinterhergetragen werden. Charly hätte sie ihm beinahe um die Ohren geschlagen.

Jawoll, er hatte die Briefe gelesen. Er hatte gelesen, wie Rita, die schwangere Rita, aus der Schweiz an ihre Schwester schrieb und sie aufforderte, sie solle das erwartete Kind als ihr eigenes ausgeben. War Anna denn damit so ohne weiteres einverstanden? Natürlich nicht, also hatte Rita ein wenig nachhelfen müssen. Denn Anna, nach einer Blitzhochzeit mit dem Unteroffizier Friedrich Eisele allein in Stuttgart lebend, hatte sich auf ein Verhältnis mit einem Nachbarn eingelassen. Leichtsinnigerweise hatte sie sich ihrer Schwester anvertraut. Wie wohl streng katholische Eltern darauf reagieren würden? Überhaupt die Eltern, die durften von gar nichts wissen, denn einen französischen Offizier als Vater eines unehelichen Kindes zu akzeptieren, war aus naheliegenden Gründen undenkbar. Anna, schon immer ein schwacher Charakter, hatte schließlich zugestimmt. Die glücklichen Großeltern erfuhren nur per Brief von ihrem im fernen Schwabenland geborenen Enkel Karl. Sie lernten ihn allerdings nie kennen, denn Oma und Opa kamen im November 1944 bei dem Bombenangriff auf Freiburg ums Leben.

Das Arrangement der zwei Schwestern hatte später noch andere Vorteile. Anna bekam Witwen- und Waisenrente, so dass sie sich im Elternhaus ganz gut durch die Nachkriegszeit brachten. Und so zogen die beiden Frauen den Knaben Karl zusammen auf, bis die leibliche Mutter ihn aus dem Haus jagte.

Jetzt passte alles zusammen: Ritas Dominanz und Annas Schwäche. Das Familiengeheimnis der unehelichen Geburt, das durch den Tod der Großeltern sicher gewahrt blieb. Ritas brutale Entschlossenheit, den labilen Halbwüchsigen lieber weit wegzuschicken, als dass sie ihren Erfolg als angesehene Geschäftsfrau aufs Spiel setzte. Und auch das überraschende Angebot an den Sohn in der Ferne, möglicherweise doch noch ihr Erbe zu werden. Vielleicht ein schlechtes Gewissen. Es erklärte auch ihre maßlose Enttäuschung über sein – aus ihrer Sicht – erneutes Versagen. Sie hatte ihn zum zweiten Mal aufgegeben und abgeschrieben.

Zwei Flaschen Wein bringen auch einen sportlich trainierten Menschen zum Wanken. Charly wäre beinahe in einen prächtigen Strauch Philadelphus gestürzt, als er den Heimweg durch die schmalen Wege der Kleingartenanlage abkürzen wollte. Zum Glück verhinderten ein niedriger Jägerzaun und ein geistesgegenwärtiger Gärtner, dass es zu keinem nennenswerten Gartenfrevel kam. Der Mann hatte den taumelnden Charly schon eine Weile beobachtet. Nicht unfreundlich, aber energisch bot er an, ihn bis zur nächsten Straße zu bringen. Durch den kräftigen Griff des Helfers fand Charly die Sprache wieder und lehnte weitere Unterstützung ab. Bis zur Haustür seien es nur noch wenige Meter. Er brauche keine Hilfe, denn er sei völlig Herr seiner Sinne.

»Das behaupten alle«, grollte der abgewiesene Kleingärtner, »du bist nicht der erste, der hier durchs Gelände zieht. Geh nach Haus und schlaf dich aus.«

Genau das hatte Charly vor. Der Schock über die Lebenslüge seiner Mutter hatte zunächst Wut hervorgerufen und das Bedürfnis, irgendetwas kaputtzuschlagen.

Als er nun wieder vor Ritas Schreibtisch stand und auf die noch ungeöffneten Schubladen schaute, packte ihn urplötzlich ein fundamentaler Widerwille gegen alle Geheimnisse, die das Möbel noch verbergen mochte. Zum Teufel mit der *family* und all ihren Lügen! Er zielte mit der Stofftasche auf Ritas Bett. Der unkontrollierte Wurf schleuderte den Beutel gegen die Wand und traf das Bild, auf dem die beiden Schwestern mit den Eltern glücklich ins Zimmer lächelten. Es fiel zu Boden, Glasscheibe wie Bilderrahmen gingen zu Bruch. Charly sank auf die Knie und befreite mit ungeschickten Fingern den zersplitterten Holzrahmen von den Scherben. Er achtete nicht auf die Schnittwunden, die er sich bei dieser Operation zuzog.

So fiel Charly auch noch das letzte Puzzlestück seiner Herkunft buchstäblich in die Hände. Er starrte auf das Foto des hübschen jungen Mannes in französischer Uniform. Sein Vater.

»Wie aus dem Gesicht geschnitten, absolut identisch«,

murmelte er immer wieder und strich mit dem blutigen Zeigefinger der gezackten Kante des Fotos entlang. Dann verzog er sich in sein Zimmer, legte sich aufs Bett und hielt das ultimative Beweisstück vor die Augen, bis sie tränten. Denken konnte er nicht mehr richtig. Aber wozu auch denken? Es war ja alles klar, sonnenklar. Charly schloss die Augen.

Kapitel fünf

Am nächsten Tag erwachte er gegen Mittag mit einem äußerst unangenehmen Kater. Geklapper des Briefkastendeckels und kurzes Klingeln an der Haustür hatten ihn geweckt. Am liebsten hätte er sich umgedreht und weitergeschlafen, da überfiel ihn die Erinnerung an den Tag zuvor mit voller Wucht. Stöhnend raffte er sich auf, trabte lustlos durchs Treppenhaus und nahm die Post entgegen. Jede Menge Kondolenzbriefe, aber auch ein Brief von Elli.

Er setzte sich an den Küchentisch, auf dem noch das benutzte Geschirr vom Vortag stand, und riss den Brief mit zitternden Fingern auf. Sie bat ihn um ein Treffen noch am selben Tag, und zwar in der Buchhandlung, die sie – wie sie geschäftsmäßig versicherte – vorbehaltlich der Bestimmungen des Testaments zum 15. Juli wieder öffnen werde. Es sei einiges zu klären, vor allem, was die Beerdigung anginge. Sie habe die entsprechenden Verfügungen Ritas durchgesehen, wolle aber nicht ohne Rücksprache mit dem Neffen alles in die Wege leiten. Sie gehe davon aus, dass er ihren Terminvorschlag akzeptiere, andernfalls solle er sich telefonisch melden.

Der Brief war sehr sachlich, gleichzeitig ziemlich distanziert formuliert. Es war überdeutlich, dass Elli nur so viel Kontakt wünschte, wie es die aktuelle Situation nun einmal verlangte. Charly war verunsichert. Er konnte sich durchaus vorstellen, warum Elli verärgert war, und wünschte sich ebenfalls eine Aussprache. Aber dass sie dazu nicht ihre Wohnung anbot, in der ja noch einige seiner Habseligkeiten auf ihn warteten, ließ ihn nichts Gutes ahnen. Er hatte absolut keine Vorstellung davon, wie sie auf die Tatsache, dass Rita seine leibliche Mutter war, reagieren werde. Wahrscheinlich war es klüger, mit dieser Sensation erst einmal hinterm Berg zu halten. Ihn selber durchzuckte es jedes Mal, wenn das Bild der tot daliegenden Rita vor seinen Augen auftauchte. Lieber abwarten, wie sich alles entwickeln würde. Noch waren die polizeilichen Ermittlungen nicht abgeschlossen, wenn er auch – wie er fest überzeugt war – aus dem Kreis der Verdächtigen ausgeschieden war. Und dann die große Unbekannte, das Testament. Wer weiß, was da noch für Überraschungen warteten.

Charly vertrödelte die Stunden bis zum angegebenen Termin im Haus, ohne einen Schritt ins mütterliche Schlafzimmer zu setzen. Er suchte einige Kleidungsstücke zusammen, die er in die Wäscherei bringen wollte, warf eine Pizza in den Backofen und drehte das Radio abwechselnd laut und leise, eine genaues Abbild seiner Gemütslage. Die Kondolenzpost stapelte er ungeöffnet auf der Fensterbank im Wohnzimmer. Er ahnte, dass er mit einer weiteren Welle rechnen musste.

Das um einige bräunliche Flecken reichere Foto des Vaters Alain schob er in die Brieftasche, nicht ohne den ironischen Gedanken, dass dazu ja ein Bild seiner Mutter gehöre. Er stellte alles Geschirr der letzten Tage ungespült zusammen. Eigentlich sollte er sich um eine Zugehfrau kümmern, doch er konnte sich zu nichts aufraffen. Die Tageszeitung blätterte er flüchtig durch, vermied aber die Seiten mit den Stellenangeboten. Auch der Fernseher half ihm nicht weiter. Im Nachmittagsprogramm gab es nur Kinder- oder Tiersendungen. Lediglich die Übertragung eines Handballspiels vermochte ihn kurzfristig abzulenken. Mit dem Schlusspfiff überfiel ihn allerdings wieder die alte Unruhe. Schließlich setzte er sich ins Auto, fuhr auf den Autozubringer Nord, raste auf der A 5 zwei Ausfahrten lang Richtung Basel und kehrte dann in die Innenstadt zurück. Es war Zeit für das Meeting mit Elli. Sie erwartete ihn, dunkel gekleidet, unter der Eingangstür.

Im Erdgeschoss hatte jemand die ärgsten Spuren der Verwüstung beseitigt. Jedenfalls lagen keine Bücher mehr auf dem Boden, auch Ellis Hauptarbeitsplatz, die Theke mit der Kasse, sah einsatzbereit aus. Elli selbst wirkte in ihrem schwarzen Kostüm unnahbar und düster. Was ihn an ihr gefesselt hatte, nämlich eine ungeheuchelte Begeisterung für neue Erfahrungen, gepaart mit mädchenhaftem Charme, war völlig verschwunden.

Ohne lange Vorrede sagte sie:

»Ritas Leiche ist freigegeben worden. Die Beerdigung kann also stattfinden. Ich habe im Namen der Belegschaft in verschiedenen Tageszeitungen eine Todesanzeige aufgegeben. Ich hoffe, du bist damit einverstanden.«

»Meinst du, ich sollte ebenfalls …?«

»Das musst du selber wissen«, fiel ihm Elli kühl ins Wort, »ich handle hier nur nach dem, was Rita schon vor Monaten mit mir besprochen hat. Hier sind die Unterlagen. Wenn du also nichts anderes mit neuerem Datum gefunden hast, möchte ich mich an die mir bekannten Vorgaben halten.«

»Aber natürlich, ich meine ja nur …« Charly brach den Satz ab, denn eigentlich wusste er gar nicht, was er meinte.

»Rita hat schon vor vielen Jahren die Feuerbestattung festgelegt und ein Urnengrab auf dem Hauptfriedhof gekauft«, fuhr Elli geschäftsmäßig fort und schob ihm einige Papiere hin. »Sie hat ein paar Wünsche für die Feier in der Einsegnungshalle aufgeschrieben. Musik, Blumenschmuck und dergleichen. Wegen der anfallenden Kosten habe ich eine Vollmacht für das Geschäftskonto. Möchtest du Einzelheiten wissen oder gibt es noch besondere Wünsche von dir für die Gestaltung?«

»Nein, nein, es ist alles perfekt, so wie du es vorhast. Elli, ich möchte dir sagen, dass ich unendlich dankbar bin für alles, was du jetzt tust. Ich bin im Moment etwas angeschlagen. Es ist ziemlich viel, was ich erst einmal sortieren muss.«

Elli zog die Augenbrauen leicht nach oben. Ihr Gesichtsausdruck schwankte zwischen Herablassung und Ärger.

»Ich tu das nicht für dich, sondern für meine langjährige Chefin und Freundin.«

Und für die Mutter deines Liebhabers und die Beinahe-Schwiegermutter, schoss es Charly durch den Sinn. Jetzt wäre eine gute Gelegenheit gewesen, Elli ins Bild zu setzen. Aber sie war so feindselig, so unzugänglich, dass er es nicht wagte. Wahrscheinlich hätte sie empört alles hingeworfen und ihm die Verantwortung für die Beerdigung aufgedrückt. Das war das Letzte, was er jetzt brauchen konnte.

»Ja, sicher, es ist auch für dich nicht leicht«, beeilte er zu beschwichtigen, »sag mir einfach, was ich tun soll. Es wird wohl keine so große Beerdigung, bei den wenigen Verwandten. Ehrlich gesagt, ich weiß überhaupt nicht, ob da noch welche existieren.«

»Nach den vielen Anrufen, die mich erreicht haben, dürfte das Interesse eher gewaltig sein. Rita hatte viele Bekannte in der Stadtverwaltung und an der Universität. Und außerdem … Es kann dir ja nicht entgangen sein, dass die Umstände ihres Todes viele neugierig gemacht haben. Es würde mich nicht wundern, wenn sogar der Südwestfunk anrückt, ganz zu schweigen von der Presse.«

Charly nickte und schwieg. Er spürte die Herausforderung in Ellis Darstellung. Sie wollte ihn zu einer Stellungnahme provozieren mit der unausgesprochenen Frage hinter all ihren Ausführungen: *Und du, der du im Mittelpunkt des Interesses stehst, was hast du dazu zu sagen?*

Aber er konnte nichts sagen, nicht jetzt. Statt dessen deutete er auf eine dunkelblaue Reisetasche, die er schon einmal in Ellis Wohnung gesehen hatte.

»Willst du noch verreisen? Ich könnte dich im Auto zum Bahnhof bringen.«

Elli lachte. Es war ein freudloses Lachen.

»Oh nein, wirklich nicht. Es sind deine Sachen darin, die du bei mir vergessen hast. Ich hoffe, ich habe alles gefunden. Du hast ja wohl kein Ausweichquartier mehr nötig, jetzt, wo deine Tante dir im Haus nicht mehr im Weg ist. Und nun lass mich arbeiten. Ich habe noch eine Menge zu erledigen.«

Sie drehte sich um und ließ ihn einfach stehen.

Charly ergriff völlig konsterniert die Reisetasche und wandte sich zum Ausgang. Elli würdigte ihn keines Blickes mehr, sie schien völlig ins Telefonbuch vertieft.

Draußen holte Charly tief Luft. So war er noch nie von einer Frau abserviert worden. Meistens hatte er selber den Schlussstrich gezogen. Das eine oder andere Mal hatte er sich auch durch eine schnelle Flucht um eine tränenreiche Abschiedsszene gedrückt. Er war so verblüfft, dass die erlittene Kränkung nicht einmal wehtat. Es steckte mehr hinter Ellis radikaler Reaktion als der bloße Ärger über eine – zugegebenermaßen freche – Schwindelei. Das würde er schon noch herausfinden. Schließlich mussten sie sich noch mindestens zweimal über den Weg laufen: auf dem Friedhof und beim Notar. *Frauen sind nicht leicht zu verstehen,* dachte er in Umkehrung eines seiner Leitsprüche, nach dem Frauen ganz leicht zu durchschauen waren. Er war eben noch jung, und so viel hatte der selbsternannte Frauenversteher in den letzten Tagen kapiert, was das andere Geschlecht betraf, musste er noch viel, viel lernen.

Kapitel sechs

Elli behielt natürlich recht. Die Einsegnungshalle des Krematoriums war bis auf den letzten Platz gefüllt. Man hatte das Eingangsportal nicht schließen können, weil auch auf den Treppen und dem Vorplatz viele Menschen standen. Die beiden vorderen Reihen links und rechts des Mittelgangs waren wie üblich für die nächsten Angehörigen reserviert und für wichtige Leidtragende, wer immer sich dazu zählte. Daher waren die Bänke nur dünn besetzt.

Selbstverständlich gehörten Charly und Elli in die erste Reihe. Auch die Damen der Belegschaft hatten neben ihnen Platz genommen. Ute und Gesine führten ihre gedämpfte Unterhaltung fort, wobei Gesine immer wieder nach hinten schaute, um eventuell Franz zu erwischen und nach vorne zu lotsen. Elli hatte vergeblich versucht, den Platz neben Charly zu vermeiden. Nun saßen sie – für den Rest der Welt – als gemeinsam trauernde Hinterbliebene nebeneinander. Elli blickte starr nach vorne; zwischen ihr und Charly lag die Handtasche. Als letzter Spross der Familie Eisele/Bruder hatte sich Charly, dem Anlass entsprechend, in einen schicken dunkelblauen Anzug geworfen. Er sah ungewöhnlich solide, aber auch sehr attraktiv aus. Manches weibliche Mitglied der Trauergemeinde hätte gern den Platz mit Elli getauscht.

Der Sarg, über und über mit Margeriten und Bauern-pfingstrosen geschmückt, ruhte auf einem Gestell, das nach Beendigung der Feier per Knopfdruck auf den Weg in den Feuerofen geschickt würde. Mehrere prächtige Kränze lehnten links und rechts an dem schlichten Holzsarg. Die Bänder an den Gebinden mit den Emblemen der Stadt, der Universität und anderer Institutionen unterstrichen die Bedeutung und das öffentliche Ansehen der Verstorbenen. Immerhin gab es auch einen üppigen Strauß gelber Rosen. Man durfte rätseln, von wem er stammte. Auch er würde mitverbrannt werden.

Unter den Trauergästen stand, unauffällig an die Wand im hinteren Teil des großen Raumes gelehnt, Kommissar Haberstroh. Er war aus dienstlichen Gründen erschienen, aber nicht nur. Das lag vor allem an seiner neugierigen Mutter, die unbedingt einen umfassenden Bericht über das Ereignis haben wollte. Am liebsten wäre sie mit ihrem Sohn zusammen aufgetreten. Nur mühsam konnte er sie von einer Teilnahme abbringen.

»Aber wieso denn nicht? Wir sind doch Nachbarn gewesen. Und vielleicht treffe ich ja auch noch Bekannte von früher. Außerdem würde ich dich ganz gern mal bei der Arbeit sehen. Wer weiß, ob du den Karl verhaften musst.«

»Du spinnst, Mutter«, sagte der Sohn streng, »ich glaube, du schaust zu viele Krimis im Fernsehen an. Außerdem werden wahrscheinlich langweilige Reden gehalten. Und überhaupt: Ich kann mich absolut gar nicht um dich kümmern.«

Diesen Satz sagte er im Blick auf die Gehhilfe, die sie neuerdings benutzen musste. »Sei vernünftig, ich verspreche dir, ich werde dir alles genau erzählen.«

Sein Vater hatte sowieso abgewinkt. Sein Urteil über Rita

Bruder stand schon lange fest und deren Schicksal interessierte ihn nicht mehr.

Die Trauerfeier begann mit einem ungewöhnlichen Musikstück nach Ritas Anweisungen. Elli hatte sie kopfschüttelnd, aber gehorsam umgesetzt. Eine junge Studentin von der Musikhochschule sang, begleitet von einem Streichtrio, jeweils die erste Strophe mehrerer Volkslieder. Darunter waren so bekannte wie *Muss i denn, muss i denn zum Städtele hinaus* und *Wem Gott will rechte Gunst erweisen, den schickt er in die weite Welt.*

Die Trauergemeinde wurde angesichts der eher fröhlichen Weisen unruhig. Hier und da hörte man unterdrücktes Lachen. Charly suchte im Anzug nach einem Taschentuch, um sich den Schweiß von der Stirn zu wischen. Elli blickte weiterhin starr geradeaus, jedoch verrieten ihre zittrigen Hände, als sie in der Handtasche wortlos nach Papiertüchern für ihn fahndete, dass sie Charlys Reaktion richtig deutete. Diese Texte musste er als Anspielung verstehen.

Nun begann ein Redner nach dem anderen den herben Verlust zu beklagen, der die Stadt durch das Ableben der verehrten Verstorbenen getroffen habe. Es war viel von *Pionierin der Nachkriegszeit, beispielhafter Unternehmerpersönlichkeit, badischem Urgestein und Freundin der Kunst und Wissenschaft* die Rede. Man bedauerte, dass die Verstorbene so früh und während einer für die Stadt verheerenden Gewalteskalation ihr Leben verloren habe. In sehr allgemeinen Wendungen formulierte der Kulturbürgermeister die Hoffnung auf Weiterbestehen der Buchhandlung *Zum Eckstein,* die nun einmal unverkennbarer Teil des Stadtbildes sei.

Bei diesem Teil der Rede richteten sich alle Augen auf Charly, was er zum Glück nicht sehen konnte. Haberstroh jedoch beobachtete unentwegt die gesamte erste Reihe und erkannte an der Körpersprache, wie angespannt alle waren.

Nun begann das Defilee der Kondolierenden, und zwar unter den Klängen eines Trompetensolos, das entfernt an einen Zapfenstreich erinnerte. Damit war die Trauerfeier beendet und die Halle leerte sich allmählich.

Haberstroh gesellte sich unauffällig zu einer Gruppe von Trauergästen, die unbedingt ihre Beobachtungen austauschen mussten. Er wollte wissen, wie die Belegschaft auseinandergehen würde.

Im Schatten einer Trauerweide stand ein junger Mann. Haberstroh erkannte ihn, es war Franz Seeler, das abhanden gekommene Faktotum der Buchhandlung. *Abgerissene Kleidung, unsteter Blick, ein schäbiger Rucksack über einer Schulter, ein Mann auf der Flucht,* konstatierte der Kommissar. Als Elli und die andern auf der Treppe erschienen, machte er zaghafte Versuche, die Aufmerksamkeit auf sich zu lenken. Gesine reagierte zuerst. Sie sagte etwas zu Elli und sprang die Treppe hinab, um ihn zu umarmen. Haberstroh sah, wie sie auf ihn einredete, aber er stand zu weit weg, um etwas zu verstehen. Franz schüttelte mehrmals heftig den Kopf, dann ließ er sich doch zu den anderen hinziehen. Es begann eine lebhafte Diskussion, als deren Ergebnis Franz mit den Damen in die eine Richtung, Charly allein in die andere Richtung davongingen.

Haberstroh war zufrieden. Alle Tatverdächtigen und Zeugen, mit denen er unbedingt reden mussten, waren jetzt greifbar. Und Elisabeth Walter schien mit Karl Eisele abgeschlossen zu haben. Das – er gestand es sich nur in einem hinteren Winkel des Verstandes – gefiel ihm besonders gut.

Kapitel sieben

Die mit Spannung erwartete Testamentseröffnung fand in einer romantischen kleinen Villa älteren Datums statt. Das vor den Toren Freiburgs gelegene Notariat war bis unters Dachgeschoss mit wildem Wein berankt. Die obligatorischen Geranienkästen unterstrichen den gemütlichen und harmlosen Charakter des Hauses. Schwer vorstellbar, welche Dramen sich gelegentlich im Inneren abspielten. Das Büro des Notars war geräumig, die Einrichtung erlesen, in lichten Farben gehalten und mit breit ausladenden Ledersesseln bestückt. *Ein Notariat ist die Lizenz zum Geld drucken,* pflegte man in Juristenkreisen zu sagen. Als badischer Amtsnotar durfte der Justitiar auch richterliche Entscheidungen in Erbschaftsangelegenheiten treffen. Rita Bruder hatte sehr genau gewusst, warum sie sich für dieses Notariat entschieden hatte.

Insgesamt sechs Personen, die Sekretärin eingerechnet, saßen am späten Vormittag zusammen, um Ritas letzten Willen zu erfahren.

Charly war allein und so früh gekommen, dass er zur Beruhigung der Nerven noch eine Zigarettenlänge im Auto sitzenbleiben konnte. Elli kam in Begleitung der Hausanwälte Ritas, den betagten Herren Lutz und Frey. Man nickte sich knapp zu, vermied jedoch den Handschlag. Die

Rechtsanwälte, offensichtlich ortskundig, gingen zielstrebig voran. Charly hielt Elli die Tür auf, um ihr den Vortritt zu lassen. Sie streifte ihn mit eisigem Blick und brachte nur ein tonloses Danke über die Lippen. Im Büro setzte sie sich zwischen Lutz und Frey, ihre weißhaarigen Bodyguards.

Notar Merk grüßte freundlich in die Runde und verwies auf die bereitstehenden Getränke. Er schob einen Stoß Aktenordner abgezirkelt in die Mitte des ausladenden Schreibtischs und warf einen abwägenden Blick auf die angespannt dasitzende Klientel. Er beschloss, es kurz zu machen.

»Nehmen Sie bitte mein aufrichtiges Beileid entgegen«, begann er mit sonorer Stimme, »ich weiß, dass Frau Bruder eine schmerzliche Lücke hinterlassen hat. Leider können wir die leidigen Formalitäten nicht außer Acht lassen … Frau Bührer, bitte die Unterlagen.«

Die Sekretärin eilte mit einem versiegelten Umschlag aus dem Nebenzimmer und legte ihn vor den Notar. Er begann mit der Überprüfung der Personalien, was nicht viel Zeit in Anspruch nahm angesichts der geringen Personenzahl. Dann riss er den Umschlag auf, zog ein Blatt im DIN-A-vier-Format heraus und begann Ritas letzten Willen vorzulesen.

Die Verblichene hatte absolut emotionslos formuliert. Das Testament enthielt keinerlei persönliche Bemerkungen oder Botschaften. Trotz der Handschrift, die man durch das Papier erkennen konnte, weil gerade ein Sonnenstrahl auf das Blatt fiel, wirkte der Text wie ein Geschäftsdokument, vorgelegt auf der Vorstandssitzung eines Aufsichtsrats.

Karl Eisele, Neffe der Erblasserin, erbte das Haus, die bewegliche Habe und die privaten Konten.

Die Buchhandlung *Zum Eckstein*, sowie das gesamte

Geschäftskapital ging in eine neu zu schaffende Stiftung über. Die Stiftung sollte durch das Anwaltsbüro Lutz und Frey verwaltet werden. Frau Elisabeth Walter sollte als Geschäftsführerin der Buchhandlung einen Sitz ohne Stimmrecht in der Stiftungsverwaltung erhalten. Um die Gemeinnützigkeit der privaten Stiftung zu betonen, sollte eine jährliche Summe von zweitausend DM ausgesetzt werden für begabte Mädchen, die eine Buchhandelslehre absolvieren wollten. Genaueres dazu und weitere gemeinnützige Zwecke mussten noch in einer Satzung erarbeitet werden. Die Stiftung sollte Rita Bruders Namen tragen.

Der Notar legte eine kurze Pause ein, um zu sehen, ob die Erben noch bei guter Gesundheit waren. Besonders den Neffen Karl Eisele hatte er im Visier. Die Umstände von Ritas Tod waren ihm nicht unbekannt. Auch, dass polizeiliche Ermittlungen im Gang waren, wusste er.

Lutz und Frey saßen unbeweglich wie Ölgötzen in den Ledersesseln. Sie verzogen keine Miene. Natürlich waren sie bereits informiert, schließlich hatten sie ja an der Fassung des Testaments kräftig mitgewirkt.

Elli wurde abwechselnd rot und blass. Die Überraschung stand ihr ins Gesicht geschrieben. Sie schaute kurz zu Charly, aber es lag kein Triumph in den Augen, eher eine Art Mitleid.

Charly klang vor allem der eine Satz im Ohr: *Meinem Neffen Karl Eisele vermache ich …*

So war das also! Seine Mutter verleugnete ihn bis zuletzt, bewahrte das Geheimnis seiner Herkunft, um – wie er bitter erkannte – ihr Lebenswerk vor ihm zu schützen. Weil sie ihm nichts zutraute, ihn für einen Versager hielt.

Der Notar räusperte sich und wandte sich direkt an Charly:

»Da ist noch eine Zusatzklausel im Testament Ihrer Tante, Herr Eisele. Sie betrifft Ihre zukünftige Mitarbeit in der Buchhandlung. Frau Bruder hat verfügt, dass Sie sich aus allen Angelegenheiten der Stiftung heraushalten müssen, wenn Sie das Erbe annehmen.«

»Was bedeutet das genau?« Charly brachte kaum einen Ton heraus. Er kämpfte mit den Tränen.

»Nun, es bedeutet, dass Frau Walter Sie nicht beschäftigen darf. In keiner denkbaren Position, die die Buchhandlung bietet.«

Elli sprang auf.

»Aber das ist … das ist in höchstem Maß ungerecht! Das kann ich nicht glauben. Da ist das letzte Wort noch nicht gesprochen!«

Sie konnte sich nicht mehr zurückhalten. Bei allem Argwohn und Zorn über den verflossenen Liebhaber siegte doch ihr Gerechtigkeitssinn. Sie war entsetzt über Ritas erbarmungslose Härte.

»So sind die Bestimmungen des Testaments. Das gilt auch für Sie, Frau Walter. Es steht Ihnen frei, ob Sie dem Testament zustimmen wollen oder nicht. Hier haben Sie die Abschriften. In den Merkblättern finden Sie Einzelheiten über Fristen usw. Die Herren Lutz und Frey werden Ihnen sicherlich mit Rat und Tat zur Seite stehen. Ich darf Ihnen ein gute Heimfahrt wünschen.«

Damit erhob sich der Notar und gab so das Signal zum Aufbruch.

Auf dem Parkplatz zögerte Elli und ging dann ein paar Schritte auf Charly zu. Er versuchte gerade mit fahrigen Gesten, die Autotür aufzuschließen.

»Es tut mir so leid, wirklich, Charly. Das habe ich nicht erwartet. Ich denke, wir müssen reden. Wir werden reden. Versprochen. Aber erst muss ich mal zur Besinnung kommen. Ich muss nachdenken …«

»Nicht nur du. Nicht nur du. Glaub mir, ich habe auch was zum Nachdenken.«

Er drehte den Zündschlüssel und fuhr mit quietschenden Reifen davon. Zu Hause fand er eine neue Vorladung von Haberstroh im Briefkasten. Der heutige Tag ließ wahrhaft keine bösen Wünsche offen.

Achtes Kapitel

Ellis zwiespältige Gefühle wegen des Testaments drängten sie, mit Feuereifer an die Umsetzung heranzugehen. Schließlich war die Geschäftsführung der Buchhandlung immer ihr erklärtes Ziel gewesen. Die Idee mit der Stiftung gefiel ihr eigentlich ganz gut, obwohl sie sich noch nicht so recht ein Bild davon machen konnte. Öffentlich-rechtlich oder privat, über diese Feinheiten wusste sie nicht Bescheid. Vor allem die Eigentumsrechte bei Stiftungen waren ihr völlig schleierhaft; auf der Rückfahrt vom Notariat hatten die beiden Anwälte alles daran gesetzt, ihr die Segnungen ökonomischer und humanitärer Art dieser Rechtsform nahezubringen. Aber das war ja auch deren Sache. So viel hatte sie verstanden, dass weder sie noch Charly Eigentumsrechte beanspruchen konnten.

Für Charly war das zweifellos hart. Sie wusste genau, er hatte hundertprozentig auf die Erbschaft spekuliert. Für ihn hing nun alles in der Schwebe, noch immer lag der Verdacht in der Luft, er habe etwas mit Ritas Tod zu tun.

Inzwischen jedoch quälten Elli Zweifel, ob es richtig war, dem Kommissar ihre Vermutungen preiszugeben. Gewiss, Charly war ein Schluri, ein Schlitzohr, einer, der es mit der Wahrheit nicht so genau nahm. Aber war er deswegen gleich ein Mörder? Sie hatte noch nie Hinweise auf gewalttätige Neigungen bei ihm entdeckt, nicht einmal in entsprechenden Redewendungen, wie sie jedem im Alltag entschlüpfen konnten. Da war es schon Elli selber herausgerutscht, dass sie die Chefin am liebsten umbringen könnte. Hoffentlich kam der Kommissar bald zu einem Ergebnis und hoffentlich nahm es kein Ende mit Schrecken.

Noch auf dem Hauptfriedhof vor wenigen Tagen hatte Gesine darauf bestanden, in einem nahe gelegenen Café die Trauerfeier abzuschließen. Sie umklammerte Franz energisch am Arm. Es war das erste Mal seit Ritas Tod, dass die Belegschaft komplett war. Nur Elli und Ute stimmten spontan zu. Charly lehnte ab und verabschiedete sich. Das wunderte niemanden. Rosi war bereits auf dem Absprung, wie immer schützte sie eine sehr wichtige Verabredung vor. Franz hatte keine Chance, Gesines eisernem Griff zu entkommen. Sie schien sich ernsthafte Sorgen um ihn zu machen. Im Café traktierte sie ihn mit Sahnetörtchen und Pfefferminztee, dabei löcherte sie ihn mit Fragen nach seiner unerklärlichen Abwesenheit.

»Du hast wohl nicht in den Briefkasten geschaut, was? Ich habe dir mehrmals eine Nachricht reingetan«, sagte Gesine und legte ihm freundschaftlich den Arm um die Schultern, ungeachtet der Tatsache, dass es mit Franz' Sauberkeit nicht zum Besten stand. »Wahrscheinlich sind sie in dem ganzen Wust untergegangen. Wo warst du eigentlich?«

Franz stammelte etwas von Freunden, wollte aber nicht mit der Sprache herausrücken. Alles, was er sagte, klang zusammenhangslos und zeugte von tiefer Verwirrtheit. Den Kuchen stopfte er in sich hinein, bestimmt hatte er seit Tagen nichts Anständiges mehr auf dem Teller gehabt.

Elli beobachtete ihn aufmerksam. Erst jetzt fiel ihr auf,

wie sehr Franz sich in den letzten Monaten verändert hatte, und zwar nicht zum Guten. Schuldbewusst erkannte sie, dass sie sich hätte besser um ihn kümmern müssen. *Dem sind wir was schuldig,* dachte sie, *den haben wir alle nicht anständig behandelt.*

Sie nutzte die Runde, um die Wiedereröffnung der Buchhandlung anzukündigen.

»Wir machen zunächst einfach da weiter, wo wir aufgehört haben. Auch wenn wir – und das geht allen so – noch ziemlich erschüttert sind. Im Alltag wird sich zunächst nicht viel ändern. Dafür hat Rita ja gesorgt, wie ihr euch denken könnt. Es ist bestimmt ganz gut, wenn wir wieder in die gewohnte Routine kommen. Das gilt auch für dich, Franz. Ich kann doch mit dir rechnen?«

Franz sprang auf. »Ich … ich weiß noch nicht, ob ich das kann. Sie war so böse mit mir zuletzt, so böse.«

»Sie war mit allen böse«, sagte Gesine begütigend, »es war ihre Krankheit. Krank sein macht manchmal böse. Ich glaube, wir haben alle unter ihrer Krankheit leiden müssen. Aber das ist jetzt vorbei. Du brauchst keine Angst mehr zu haben.«

Gesine sprach behutsam wie mit einem Kind und drückte ihn wieder auf die Sitzbank, wo er wie ein Häufchen Elend zusammensank. Elli nickte in seine Richtung und fuhr fort:

»Herr Eisele wird wohl erst wieder erscheinen, wenn er seine Angelegenheiten geordnet hat. Wir müssen eventuell die Aufgaben umverteilen, um die Lücken zu schließen.«

Sie wählte betont sachliche Formulierungen, um die Truppe beieinander zu halten. Ute runzelte die Stirn, sagte aber nichts. Elli legte auch gar keinen Wert auf einen Kommentar. Schon gar nicht auf einen, der sich auf Charly bezog. Daher fuhr sie hastig fort, ihre Vorhaben für die allernächste Zukunft darzulegen. Dafür war sie bestens vorbereitet. Auch bei ihr lagen die Pläne dazu schon lange in der Schublade. Ute und Gesine tauschten Blicke. Aber sie äußerten keine Einwände, sondern signalisierten zu allen Vorschlägen Zustimmung.

Elli entspannte sich. Auf die beiden Frauen war Verlass, das konnte sie erkennen. Sie waren hoch professionell und zudem höchst motiviert, ihren Arbeitsplatz zu erhalten. Natürlich hatte auch Elli inzwischen registriert, dass Gesine schwanger war. Frauen blieb so etwas nicht lange verborgen. Nun, dafür würde sich eine Lösung finden. Flüchtig dachte sie an frühere Zeiten zurück, damals hatte ihr Rita aus der Bredouille geholfen. Heutzutage war ein außereheliches Kind kein Weltuntergang mehr. Gesine wirkte auch gar nicht sonderlich bedrückt. Man würde sehen.

Am Tag der Wiedereröffnung stand Elli lange vor dem Kleiderschrank und überlegte, was ihrer neuen Rolle am ehesten gerecht würde. Irgendwas Schwarzes, aber nicht zu düster, denn sie wollte nicht als trauernde Hinterbliebene wahrgenommen werden. Schließlich wählte sie einen engen schwarzen Rock mit einem dezent ausgeschnittenen Top, ebenfalls schwarz, und dazu ein lässiges topasfarbenes Leinenjackett, eine Errungenschaft vom Frühjahr. Sie erinnerte sich mit gemischten Gefühlen an diesen Kauf in Basel. Charly und sie waren verliebt von Geschäft zu Geschäft gezogen. Er hatte es für sie ausgesucht. Überhaupt verdankte sie ihm allerhand Hilfestellung bei der Verwandlung von einer grauen Maus in eine attraktive Business-Lady. Geschmack hatte er ja, und er verstand sich auf Komplimente, dem Wunderbalsam für eine unsichere Frau. Sie seufzte und legte das extravagante Collier aus geschwärztem Silber in die Schublade zurück. Ihr Begleiter hatte sie an diesem Tag zu allerhand unnötigen Ausgaben ermuntert, darin war er ebenfalls Spitze. Sie sollte lieber etwas Dezentes nehmen, zum Beispiel den geerbten Topasanhänger. Topas zu Topas, das wäre passend. Ihre Gefühlslage unterlag derzeit heftigen Schwankungen. *Ich mache es wie die Echternacher Springprozession,* schoss es ihr durch den Kopf, *drei vor, zwei zurück. Oder machten die neuerdings Seitensprünge? Mensch, Elisabeth, reiß dich zusammen, du hast eine Verantwortung übernommen!*

Der erste Arbeitstag lief wie erwartet. Natürlich musste sie die eine oder andere neugierige Frage von Stammkunden beantworten. Elli blieb freundlich, aber unbestimmt. Sie versteckte sich hinter Standardsätzen wie: *Ja, man hat mir die Geschäftsführung übertragen. Es wird vielleicht ein paar Veränderungen geben, vor allem bei der Einrichtung. Meine Kolleginnen und Kollegen werden Sie aber wie gewohnt zuverlässig beraten. Aber sicher, Sie können sich auf uns verlassen.*

Wenn jemand etwas über Karl Eisele wissen wollte, zum Beispiel Leute, die offensichtlich keine Zeitung lasen, sagte sie nur:

»Herr Eisele ist derzeit in der Buchhandlung nicht präsent. Vielleicht erreichen Sie ihn privat. Bitte haben Sie Verständnis, dass wir keine persönlichen Daten herausgeben.«

Sie glaubte nicht, dass er von Kunden Anrufe erhielt.

Auch für Ute begann ein neues Kapitel. Ritas Tod gab ihr neuen Schwung. Vielleicht hatte das Voodoo-Püppchen doch geholfen. Arnes endgültiger Auszug lief erstaunlich unkompliziert. Von den Möbeln beanspruchte er nur die Récamiere. Und natürlich seine Bilder. Über weitere Möbel wollte er noch nachdenken.

«Wo willst du die denn unterstellen?«, fragte die Noch-Ehefrau verblüfft.

»Na, du weißt doch, wo. Bei Eva natürlich. Wenn du es genau wissen willst: Eva hat das Dachgeschoss ausgebaut. Da ist jede Menge Platz und jede Menge Licht.«

»Und was sagt der Hauseigentümer zu diesem Arrangement?«

»Ach, richtig, das weißt du ja noch gar nicht. Das Haus gehört jetzt Eva. Cario ist übrigens ihr Künstlername. Sie malt ebenfalls. Wir ergänzen uns großartig. Und sie hat erstklassige Kontakte zur Kunstszene. Glaub mir, ich habe beste Aussichten.« Arne strahlte ungeniert über die glänzende Zukunft mit der neuen großartigen Liebe.

»Tja, dann kann deine Hausbesitzerin sicher auch deine Schulden bezahlen. Ich gehe davon aus, dass wir die Scheidung so schnell wie möglich durchziehen. Wie heißt dein Anwalt?«

»Mein Gott, hast du's eilig! Oder willst du vielleicht wieder heiraten?«

Arne lachte spöttisch. Ute wusste, dass er daran nicht wirklich glaubte, ganz im Gegenteil. Es war nur die kleine gemeine Stichelei, mit der er fast jedes Gespräch zwischen ihnen garnierte. Sie holte tief Luft.

»Wenn ich eines ganz bestimmt nicht will«, sagte sie und legte den Frust von vierzehn Ehejahren in die Antwort, »dann ist es, diesen Fehler zu wiederholen. Ich werde kein zweites Mal auf eine Niete wie dich hereinfallen. Männer sind nicht das Wichtigste im Leben.«

Arne grinste nur. Ute würde aufpassen müssen. Wer weiß, wie lange Evas Spaß an ihrer neuen Errungenschaft dauerte. Grässlich die Vorstellung, Arne stünde eines Tages mit dem tollen Möbel wieder vor der Tür. Sie musste schleunigst Nägel mit Köpfen machen. Scheidungsanwälte gab es in der Wiehre schließlich fast an jeder Straßenecke.

Dennoch beschlich sie ein unbehagliches Gefühl, wenn sie durch die weitläufige Wohnung wanderte. Für eine einzelne Person war sie einfach zu groß und auch zu teuer. Es half alles nichts, sie musste sich mit dem Gedanken anfreunden, eine Mitbewohnerin zu suchen.

Zum Glück war sie die Sorgen um den Arbeitsplatz los, das hatte Elli an der Beerdigung deutlich zu verstehen gegeben. Die Belegschaft, außer Karl Eisele, war zusammengerückt.

Die Erleuchtung über eine Lösung traf sie blitzartig, und zwar, als sie wieder einmal ihr wundervoll eingerichtetes Kinderzimmer aufsuchte. Wirklich ein Jammer! Sollte sie die Einrichtung jetzt verscherbeln oder einmotten bis zum Sankt Nimmerleinstag? In Gedanken prüfte sie ihren Bekanntenkreis. Da war zur Zeit niemand schwanger. Die meisten Frauen hatten die Kinderplanungsphase schon abgeschlossen oder zehrten von angehäuften, getauschten oder geschenkten Babysachen. Wenn sie ehrlich war, wollte sie sich überhaupt nicht von ihrem Babyparadies trennen. Aber den Raum ungenutzt als Sanktuarium verflossener Träume zu bewahren, kam selbst Ute ein wenig krankhaft vor. *Pass auf,* ermahnte sie sich, *dass du nicht vorzeitig ins Charakterfach ›sentimentale Alte‹ abdriftest. Das hat noch ein paar Jahre Zeit. Du bist doch sonst ein Organisationstalent mit Blick für Realitäten. Eine Untermieterin mit Kind wäre schon eine Möglichkeit. Natürlich müsste es jemand sein, der ein paar Prinzipien hat, was Stil und Ordnung betrifft.*

Was Kindererziehung anging, lief Ute durchaus mit offenen Augen durch den Stadtteil Wiehre. Im Supermarkt staunte sie immer wieder über die Machtkämpfe zwischen gestressten Müttern und endlos quengelnden Zwergen. Auf den Spielplätzen ging es gelegentlich rau zu.

Man muss einem Kleinkind schon ab und zu die Grenzen aufzeigen, dachte sie, *liebevoll natürlich, aber mit fester, wenn auch nicht mit schlagender Hand. Konsequenz ist alles.*

Das galt übrigens auch für Ehemänner. Um deren Erziehung sollten sich aber jetzt gefälligst andere kümmern.

Die einzige schwangere Frau, die Ute derzeit kannte, war Gesine. Ute begann die Kollegin unter neuen Kriterien ins Auge zu fassen.

»Es scheint Ihnen wieder besser zu gehen«, sprach sie die zunehmend rundlichere junge Frau an, nachdem der Alltag in der Buchhandlung eingezogen war, »ist alles in Ordnung?«

»Das Schlimmste war die Müdigkeit in den ersten Wochen. Es ist furchtbar, wenn man keinen klaren Gedanken fassen kann und tagsüber einfach nicht in die Gänge kommt. Aber jetzt bin ich wieder die Alte. Wenn es so bleibt, kann ich bis Dezember arbeiten.«

»Haben Sie schon eine Vorstellung, wie es danach weitergeht? Und haben Sie Hilfe von Ihrem Freund?«

Ute vermutete stark, dass auf den Studenten nicht allzu viel Verlass war. Sie hätte natürlich direkt fragen können, aber das getraute sie sich nicht. Gesine tat ihr den Gefallen und gab unbefangen Auskunft über ihre derzeitige Situation.

»Jochen studiert in Berlin weiter. Eine Familie gründen kam für ihn nicht in Frage, bei ihm stehen andere Interessen im Vordergrund. Ganz ehrlich, ich brauche ihn nicht. Ich kann mein Kind auch allein großziehen.«

»Aber können Sie denn in Ihrer WG bleiben? Ich meine …. Studenten mit so unregelmäßigem Tagesablauf sind für ein kleines Kind nicht unbedingt förderlich.«

»In der WG bleiben will ich sowieso nicht, das ist schon klar. Nein, ich will eine eigene kleine Wohnung. Ich habe schon mal für das Schwarze Brett in der Mensa einen Aushang entworfen. In der Badischen möchte ich auch annoncieren. So ungefähr, sehen Sie?«

Gesine holte ein Blatt aus einem Schnellhefter und hielt es Ute hin.

»Dass es nicht ganz einfach wird, weiß ich schon. Meine Eltern wollen mir helfen. Die sind ganz begeistert über die Aussicht auf ein Enkelkind. Am liebsten wäre es ihnen natürlich, wenn ich nach Bremen zurückkäme. Auch wegen der Betreuung. Meine Mutter bastelt schon an ganz konkreten Plänen.«

Gesine schüttelte energisch den Kopf. Sie trug neuerdings einen Kurzhaarschnitt, einen *Bob,* der ihr ausgezeichnet stand.

»Aber das kommt nicht in Frage. Das ginge nicht gut. Und überhaupt … Freiburg und die Umgebung gefallen mir. Auch meine Arbeit hier.«

Ute nickte, sie fand es bemerkenswert, wie locker Gesine den fahnenflüchtigen Freund *ad acta* gelegt hatte. Herumjammern gehörte wohl nicht zu ihren Fehlern. Und eine

Schlampe war sie auch nicht, das konnte Ute auf Grund der bisherigen Zusammenarbeit gut einschätzen. Dazu hatte das schwangere Mädchen sogar noch Energie übrig, um sich um den bedauernswerten Franz zu kümmern. Irgendwie beeindruckend. Das Sympathiebarometer für Gesine machte einen gewaltigen Sprung nach oben.

In der Mittagspause wagte sich Ute ins Foyer der Mensa, um am Schwarzen Brett zu studieren, was denn so auf dem studentischen Wohnungsmarkt gang und gäbe war. Vor allem die Formulierungen interessierten sie. Sie merkte schnell: Das war nicht ihre Welt. Jetzt, zu Beginn der Semesterferien, waren die Tafeln überfüllt mit Angeboten und Nachfragen. Beliebt waren WGs in allen Variationen, gesucht waren auch sturmfreie und möglichst preiswerte Zimmer. Bei den meisten Angeboten warteten auf die Kandidaten regelrechte Vorstellungsgespräche mit Verhörcharakter. Soweit sie den Texten entnahm, ging es dabei mehr um politische Gesinnung der künftigen Mitbewohner, weniger um Hausordnungen oder Putzpläne. Alleinerziehende Mütter oder Väter kamen als Wunschkandidaten nicht vor. Hier jedenfalls stand es schlecht um Gesines Chancen. Ute konnte ihrerseits aber auch keine geeignete Kandidatin unter den vielen flotten Studentinnen ausmachen, die zum Tagesablauf einer schwer arbeitenden Buchhändlerin passte. Leben in der Bude, vor allem nachts, brauchte sie nicht.

Zwei Tage später stand ihr Entschluss fest. Sie würde Gesine ein Angebot machen. Am besten gleich mit einer Ortsbegehung im Rahmen eines gemütlichen Plauderstündchens, was ja auch im Kontext der Ereignisse um die Buchhandlung nicht verkehrt schien.

Gesine nahm die Einladung zum Tee am Sonntagnachmittag nur zu gern an. In der WG fühlte sie sich nicht mehr zu Hause. Ihr Zimmer war schon lange verplant, niemand hatte sie zum Bleiben aufgefordert. Seit Jochens und Wolfs Verschwinden zeigte sich deutlich, wie wenig Gesine in der WG verankert gewesen war. Mitunter verspürte sie sogar feindselige Strömungen. Ihre sozialen Antennen reagierten seit der Schwangerschaft besonders empfindlich.

»Eine tolle Wohnung«, lobte Gesine neidlos, »und ein herrliches Wohngebiet. In einem ähnlichen Stadtteil wohnen meine Eltern in Bremen.« Gesinde lachte. »Allerdings ist ihre Wohnung viel kleiner und vollgestopft mit Möbeln.«

Ute servierte den Tee im Salon, der geradezu tanzsaalartig wirkte, seitdem Arne mit seiner Beute von dannen gezogen war. Auch das Biedermeiertischchen gehörte dazu. Es tat Ute nicht besonders weh. Sie nahm allmählich Abschied von einer allzu edlen Einrichtung. Wenn Kinder durch die Wohnung tobten – und das war es ja, was sie sich wünschte –, wollte sie sich nicht dauernd ärgern müssen.

»Und da wohnen Sie jetzt ganz allein«, fragte Gesine ihre Gastgeberin. Ute hatte kurz von der geplanten Scheidung berichtet.

»Ja. Das bringt uns auf das Thema, das ich gerne mit Ihnen besprechen möchte. Sind Sie mit der Wohnungssuche weitergekommen?«

»Bis jetzt nicht, aber ich fange ja erst an. Eine Zwei-Zimmer-Wohnung habe ich schon besichtigt. Sehr weit vom Zentrum, in Lehen. Da müsste ich dann ein Auto haben. Und die Vermieterin … Sie hat gleich misstrauisch nach einem Ehemann gefragt. Ich hasse es, lügen zu müssen.«

»Ja, so eine Vermieterin kann einem das Leben schon

schwer machen. Da habe ich auch recht ungute Erinnerungen. Ich selber möchte nur ungern hier ausziehen.« Ute machte eine kurze Pause und wagte dann den entscheidenden Satz:

»Könnten Sie sich denn vorstellen, bei mir einzuziehen?«

Wenn Ute einen Jubelschrei erwartet hatte, wurde sie enttäuscht. Gesine rührte erst einmal im Tee, bevor sie vorsichtig sagte:

»Im Prinzip schon, aber haben Sie sich das gut überlegt? Ich meine ... hier ist alles so perfekt. Ich weiß nicht so recht, ob ein Kind hierher passt.«

»Kommen Sie mit, ich muss Ihnen etwas zeigen!«

Ute stand entschlossen auf und eilte durch den langen Flur über das wunderbar glänzende Parkett zum bisher gut gehüteten Geheimnis, dem Kinderzimmer. Sie riss die Tür auf und trat beiseite. Gesine blieb völlig überwältigt in der Türöffnung stehen.

»Ja, aber«, stammelte sie, »Sie haben nie etwas von einem Kind erzählt, ich ... ich verstehe nicht ...«

»Das muss ich Ihnen erklären, bitte setzen Sie sich doch.«

Beide Frauen ließen sich nieder, Gesine im Schaukelstuhl, Ute auf dem Sitzpolster mit den lustigen Tiermotiven.

Und dann kam Utes große Lebensbeichte, zum ersten Mal mündlich und zusammenhängend artikuliert, dazu noch einer relativ Fremden gegenüber, für Ute eine gewaltige Leistung. Sie sprach über den langgehegten Kinderwunsch, von enttäuschten Hoffnungen, von dem Gefühl, ausgenutzt worden zu sein, und schließlich über den Wunsch, einen Neuanfang ohne Illusionen zu wagen.

»Ich weiß, dass Sie jetzt befürchten, ich wolle mir sozusagen Ihr Kind unter den Nagel reißen, Aber das ist es nicht. Ich fände es nur wahnsinnig schade, wenn dies alles auseinandergezerrt würde. Und die Wohnung ist wirklich groß genug, dass jede ihren eigenen Bereich haben kann. Es gibt genug Rückzugsmöglichkeiten.« Bitter setzte sie hinzu: »Das habe ich schließlich schon die ganze letzte Zeit praktiziert.«

Gesine hörte stumm zu und betrachtete das Riesenangebot an Spielzeug. Da blieb kein Wunsch offen, aber auch keinerlei Spielraum für eine junge Mutter, selber etwas zu gestalten. Überhaupt die Überfülle. Gesine hatte andere Vorstellungen von dem, was ein Kind unbedingt braucht. Andererseits ..., einige Sorgen wäre sie los, und das Platzangebot war wirklich beeindruckend, ganz zu schweigen von anderen Vorteilen, die ihr spontan einfielen.

Ute deutete Blicke und Miene der Kollegin ganz richtig.

»Es muss natürlich nicht so bleiben. Sie könnten Ihr Kinderzimmer auch ganz anders einrichten. Ich wollte Ihnen nur zeigen, Kinder sind hier ganz bestimmt willkommen.«

Sie gingen wieder zurück in den Salon, nachdem Gesine noch einen kurzen Blick in die geräumige Küche und die doppelt vorhandenen Sanitärräume geworfen hatte. Ja, man könnte tatsächlich zwei relativ unabhängige Wohnbereiche einrichten. Allmählich begann sie sich für die Sache zu erwärmen.

»Das mit der Miete dürfte kein Problem werden. Und da wir denselben Arbeitgeber haben, könnte man sich sicher leicht absprechen, wenn es mal Probleme wegen der Betreuung geben sollte.«

Ute geriet richtig in Fahrt. Organisation war schließlich ihr Haupttalent. Sie entwickelte ein Szenario, in dem es von Vorteilen nur so wimmelte. Gesine ließ sich vorsichtig abwägend darauf ein, immer unter dem Vorbehalt, sie müsse sich alles noch gründlich durch den Kopf gehen lassen. Sie wollte sich nicht überfahren lassen, auch wenn oder gerade weil das Angebot so verlockend war. Immerhin trennten sich die beiden Frauen in angeregter Stimmung und nach der Devise *Nichts ist unmöglich. D*ie Entscheidung musste ja auch nicht von heute auf gestern fallen.

Kapitel neun

Charly saß zu Hause und erholte sich vom Schock der Testamentseröffnung. Seine Coolness war wie weggeblasen. Die doppelte Kränkung durch seine Mutter nahm ihn dermaßen in Beschlag, dass er es zunächst nicht fertigbrachte, seine verbliebene ökonomische Basis zu bilanzieren. Auch die erneute Vorladung von Haberstroh munterte ihn nicht gerade auf. Was wollte der blöde Kommissar eigentlich noch von ihm? Er hatte seine Mutter nicht umgebracht, verdammt noch mal! Es war ein Unfall, nichts anderes. Und die Öffentlichkeit wusste ja auch von ihrer schweren Krankheit.

Als einzigen Lichtblick der letzten Wochen empfand er Ellis empörte Reaktion, als die Sache mit der Stiftung auf den Tisch kam. Aber in der Einsegnungshalle hatte sie ihm ziemlich deutlich die kalte Schulter gezeigt. Charly wusste überhaupt nicht mehr, woran er war bei ihr. Normalerweise hätte er in einer solchen Situation seine sieben Sachen gepackt und das Weite gesucht. Normalerweise. Diesmal lag die Sache etwas anders. Es war ihm nicht gleichgültig, was Elli von ihm dachte. Sie sollte ihn nicht für einen gewissenlosen Lump halten.

Zur eigenen Überraschung hatte er gerade ein paar Würzelchen geschlagen und sich mit dem Gedanken angefreundet, wenigsten für ein paar Jährchen sesshaft zu werden. Elli war nicht ganz unbeteiligt daran. Zwar war sie nicht gerade seine Traumfrau, aber – wenn er ehrlich war – musste er zugeben, dass sie ihm doch ein ordentliches Quäntchen Geborgenheit vermittelte. Das hatte er bei seinem unsteten Wanderleben bisher nicht gefunden. Sicher lag es daran, dass sie ihm offensichtlich mehr Positives zutraute als seine bösartige Mutter. Nun litt er unter Ellis Zurückweisung und dem Verlust von Nähe. *Was man nicht kennt, vermisst man nicht,* dachte er und starrte trübselig auf das Bündel Beileidsbriefe auf der Fensterbank. Auch hier hätte er Ellis Rat gebraucht. Sie war in solchen Dingen viel versierter als er. Vielleicht sollte er einfach in der Buchhandlung vorbeischauen, am besten gleich. Er hatte schließlich kein Hausverbot. Ja, diesmal wollte er nicht flüchten, sondern standhalten.

Nach diesem tapferen Entschluss fühlte er sich deutlich besser, und zwar so gut, dass er sogar einen Zwischenstopp beim Friseur einlegte.

Von der gegenüberliegenden Straßenseite aus beobachtete Charly erstaunt, zu welcher Normalität der *Eckstein* schon zurückgefunden hatte. Am späten Nachmittag bezog er vor der Edelsteinschleiferei Stellung. Er wollte erst einmal aus sicherer Entfernung die Lage peilen. Die demolierten Schaukästen waren alle ersetzt und die meisten schon neu dekoriert. Lehrling Rosi hatte offensichtlich den Auftrag, Kreativität zu beweisen. Neben ihr stand auf einem Rollwagen ein Karton mit den neuesten Taschenbüchern, aus dem sie mit deutlicher Unlust und gefährlich unbeholfener Jonglierkunst einige Exemplare fischte und sie hinter das Schaukastenglas bringen wollte.

»Kann mir mal jemand helfen?«, rief sie durch die offene Eingangstür. Gerade noch konnte sie verhindern, dass die Kiste von einem eiligen Passanten weggefegt wurde. »Ich schaff das nicht allein.«

Gesine streckte den Kopf durch die Tür, sie arbeitete neuerdings im Erdgeschoss.

»Mensch, Mädchen«, sagte sie halb amüsiert, halb unwirsch, »so wird das nichts. Lass mal sehen. Wo hast du denn deine Skizze?«

Beide Frauen beugten sich über ein Körbchen mit aus farbiger Pappe ausgeschnittenen Buchstaben und einigen hingekritzelten Entwürfen.

»Da ist dir aber nicht viel eingefallen. Hast du keinen Klebstoff? Mit Tesa sieht das Ganze ziemlich schlampig aus.«

»In der Schule nehmen wir immer Tesa.«

»Ich schicke dir Franz hoch mit dem Kleber. Er kann dir helfen. Aber schau, dass du heute noch fertig wirst. Du siehst ja, was drinnen los ist.«

In der Tat war in der Buchhandlung ein ständiges Kommen und Gehen.

Charly überquerte die Straße. Er nickte Rosi leutselig zu, ignorierte deren offenen Mund und betrat die Buchhandlung gerade in dem Moment, als Franziskus oder – wie er neuerdings korrekt angesprochen wurde – Franz die Treppe heraufkam. Bei Charlys Anblick wurde er kreideweiß und ließ alles fallen, was er gerade zu Rosi bringen sollte. Schere, Klebstofftube und Kartonagen rutschten die Treppe hinunter zwischen die Füße einer Kundin. Die stieß einen spitzen Schrei aus und sprang erschreckt zur Seite. Das wiederum veranlasste andere Kunden, sich neugierig auf der Treppe zu einem Spalier aufzustellen, um ja den Gang der Ereignisse nicht zu verpassen.

Mit einem solch dramatischen Empfang hatte Charly nicht gerechnet; er wusste nicht so recht, wie er damit umgehen sollte. Schnell warf er einen Blick in die Runde, konnte aber Elli nirgends entdecken. Zu dumm, er hätte sie lieber hinter dem Tresen angetroffen, sie dahinter und er davor. Das wäre in gewisser Weise eine neutrale Konstellation gewesen für ein erstes Sondierungsgespräch.

Nun bin ich schon einmal hier, dachte er mannhaft, *da kann ich auch schauen, ob sie im Büro ist, nur nicht kneifen!*

Er begann, zwischen den gaffenden Kunden die Treppe hinunterzugehen. Franz hatte sich halb hingesetzt und klammerte sich ans Geländer. Als er Charly auf sich zukommen sah, breitete er die Arme aus und kreischte:

»Nicht Sie, nicht Sie, Sie dürfen da nicht runter!«

Er machte Anstalten, sich auf Charly zu stürzen. Einige Zuschauer lachten, andere wandten sich peinlich berührt ab oder tuschelten miteinander. Ute und Gesine drängten sich von oben und unten durch die Kunden und nahmen den wimmernden und um sich schlagenden Franz in die Mitte. Mit vereinten Kräften schoben sie ihn in Richtung Personalraum. Vom Lärm aufgescheucht, kam Elli aus dem Büro. Sie erfasste die Situation auf den ersten Blick, das kämpfende Trio ebenso wie das feixende Publikum, und mittendrin, auf halber Treppe, den ziemlich verstörten Charly.

»Es ist alles in Ordnung«, sagte sie souverän lächelnd und schwebte die Treppe hinauf, »es ist nur ein kleiner Schwächeanfall unter Kollegen. Entschuldigen Sie bitte. Ich stehe Ihnen oben zur Verfügung.«

Als sie an Charly vorbeikam, streifte sie ihn mit einem kurzen, jedoch nicht allzu strengen Blick.

»Nicht jetzt, auch heute nicht, Charly«, sagte sie halblaut, »momentan habe ich einfach zu viel um die Ohren. Nächstes Wochenende klappt es bestimmt, spätestens übernächstes. Ich verspreche es. Ist ja auch in meinem Interesse.«

Oben ließ sie sich, immer noch zuvorkommend lächelnd und staunenswert gelassen, von den Kunden in Beschlag nehmen.

Was immer das bedeuten mochte, ihr angekündigtes Interesse musste Charly erst einmal zufrieden stellen. Also machte er sich wieder auf den Heimweg, verfolgt von neugierigen Blicken. Zuhause genehmigte er sich sofort einen tüchtigen Schluck Whiskey. Neuerdings hatte er immer eine Flasche in der Nähe stehen. Vielleicht war es sinnvoll, sich auf das Gespräch mit Elli vorzubereiten, innerlich und äußerlich. Sie würde ihn sicher fragen, was für Zukunftspläne er habe. Ja, es war Zeit, Bilanz zu ziehen.

Sein Blick fiel auf Haberstrohs Vorladung, die unheilvoll neben den Kondolenzbriefen auf dem Fensterbrett lag. Wenn er nur schon den verdammten Kommissar vom Hals hätte.

Was meinte der durchgeknallte Franziskus bloß mit seinem hasserfüllten Auftritt? Charly hatte bisher nur wenig mit ihm zu tun gehabt, schon gar keinen Streit. Er fand ihn zwar unappetitlich, hatte sich aber der mitleidigen Fraktion in der Belegschaft angeschlossen. Schließlich war er während der ersten Jahre in den USA und Mexiko auch nicht immer wie aus dem Ei gepellt aufgetreten. Dass Franz auf Rita nicht gut zu sprechen war, wunderte Charly überhaupt nicht bei der miesen Behandlung und Bezahlung, die sie dem armen Tropf hatte angedeihen lassen. Ob sich seine Wut einfach auf den Neffen verlagerte, weil er in ihm den zukünftigen Chef sah? Aber dann wäre es doch schlauer, sich dessen Wohlwollen zu sichern.

Charly hatte Zweifel an dieser Erklärung. Tief im Bauch spürte er Unbehagen. Da war noch etwas, aber er kam nicht drauf. Vielleicht wollte er es auch gar nicht so genau wissen. Lieber beschäftigte er sich wieder mit dem Inventar des Hauses. Er merkte, wie ihn die alte Lust, in Kisten und Kästen zu wühlen, gefangen nahm. Da waren doch noch diese interessanten Konten in der Schweiz, mit denen musste er sich endlich genauer befassen. Und eine Liste anlegen von Gegenständen im Haus, die sich leicht zu Geld machen ließen. Ja, und die Zwanzigtausend auf dem Sparbuch waren eindeutig ein Silberstreifen am Horizont. Charly schenkte sich nochmals großzügig ein. Seine Stimmung begann sich ganz allmählich aufzuhellen.

In der Buchhandlung dagegen herrschte große Bestürzung und Hektik. Nur mit Mühe konnte der Geschäftsbetrieb aufrechterhalten werden. Für kurze Zeit spielte Elli mit dem Gedanken, den Laden früher zu schließen. Aber ihr Ehrgeiz ließ es nicht zu, so kurz nach Wiederbeginn Schwäche zu zeigen. Mit Rosi zusammen bemühte sie sich im Erdgeschoss um die Kunden, während Ute und Gesine im Souterrain abwechselnd versuchten, den völlig zusammengebrochenen Franz zu beruhigen.

»Nun trink mal einen Schluck, du bist ja völlig nass geschwitzt.« Gesine schob ihm fürsorglich ein Glas Mineralwasser hin. »Du kannst dich beruhigen, Franz, Herr Eisele ist weg. Frau Walter hat ihn weggeschickt.«

Franz umfasste mit zitternden Händen das Glas. Er hätte

es fallen lassen, wenn Gesine es ihm nicht zum Mund geführt hätte.

»Er darf hier nicht runterkommen«, wiederholte er wieder und wieder. »Er ist an allem schuld!«

»Kannst du nicht sagen, woran Herr Eisele schuld sein soll?«

Franz schüttelte störrisch den Kopf. Mehr war ihm nicht zu entlocken. Aber selbst ein Blinder und Tauber hätte merken können, dass Franz ein großes, schweres Geheimnis auf der Seele lastete.

Gesine und Ute berieten sich. Es war eindeutig: Franz wusste etwas, das man dem Kommissar mitteilen musste. Aber wie konnte man die beiden zusammenbringen? Gesine schlug vor, Franz zu dem ohnehin angesetzten Termin aufs Kommisariat zu begleiten. Elli verabschiedete derweil die letzten Kunden und schickte Rosi nach Hause. Die Azubi war enttäuscht. Heute wäre sie gern länger geblieben, jetzt, wo es spannend wurde.

»Was ist denn mit Franz?«, fragte sie neugierig und spähte nach unten.

»Das geht dich nichts an, schau lieber zu, dass du noch deinen Zug kriegst. Du könntest ja in Bleibach was verpassen!«

Rosi trollte sich, einmal mehr in ihrer Auffassung bestärkt, dass sie ihre Lehre hier nicht zu Ende führen werde. Sie würde ihre Eltern schon noch herumkriegen, dass sie die Kündigung unterschrieben. Brauchte sie überhaupt die Zustimmung der Eltern? Verdammt, sie hätte besser in Wirtschaftskunde aufpassen sollen.

So standen also die drei Frauen um Franz herum und versuchten ihm einzureden, dass es ihm viel besser gehen werde, wenn er mit dem Kommissar gesprochen habe.

»Herr Haberstroh ist ein ganz netter Mann, du kannst ihm vertrauen«, sagte Elli, die sich mit einem warmen Gefühl an ihr eigenes Gespräch auf dem Präsidium erinnerte. »Und es wäre gut, wenn die Untersuchungen endlich abgeschlossen würden. Wir können alle ein wenig Ruhe brauchen.«

»Es stimmt, was Frau Walter sagt. Je früher du deine Aussage machst, desto schneller geht es dir wieder besser.«

Gesine beschwor ihn mit sanftem Händedruck auf beiden Schultern.

»Morgen ist doch dein Termin, nicht wahr? Wir können zusammen gehen, von hier aus. Es ist bestimmt das Beste. Du wirst mir hinterher Recht geben. Und wer weiß, vielleicht kannst du dann wieder an deiner Doktorarbeit weitermachen«, versuchte Gesine ihn zu locken, »wir helfen dir alle dabei, nicht wahr?«

Sie warf den zwei Kolleginnen einen beschwörenden Blick zu, beide nickten wohlwollend.

Vielleicht war es dieser Hinweis auf sein erklärtes Lebensziel, was Franz schließlich umstimmte. Vielleicht war er aber auch nur müde und konnte dem vereinten weiblichen Druck nicht mehr standhalten. Ja, er werde morgen seine Aussage machen, Ja, er werde mit Gesine zusammen hingehen.

»Versprochen?«

»Versprochen«, murmelte er und richtete den Blick in unbestimmte Fernen. Gesine begleitete ihn in seine schäbige Unterkunft. Nun musste man nur noch abwarten, ob Franz am morgigen Tag überhaupt auftauchen würde.

Gesine kam am nächsten Tag allein vom Präsidium zurück.

»Sie haben ihn dabehalten«, sagte sie nervös, »ich weiß

nicht genau, was passiert ist. Ich durfte bei der Vernehmung gar nicht dabei sein und sollte auch nicht länger auf ihn warten. Als ich aus dem Gebäude kam, fuhr gerade ein Krankenwagen mit Blaulicht vor. Keine Ahnung, ob der etwas mit Franz zu tun hatte. Aber Franz war schon sehr merkwürdig drauf, irgendwie abwesend und gleichzeitig total angespannt ... Ich habe kein gutes Gefühl. Vielleicht hätten wir ihm doch nicht so massiv zusetzen sollen«, fügte sie hinzu, »ich werde jedenfalls später nochmal anrufen.«

Am Nachmittag erfuhr Gesine Folgendes: Herr Seeler war bei der Vernehmung kollabiert und musste in ein psychiatrisches Krankenhaus gebracht werden. Nein, man konnte ihn derzeit nicht besuchen. Man werde der Buchhandlung später Genaueres mitteilen.

Am folgenden Tag – vom Münster schlug es gerade zwölf Uhr – lehnte sich Haberstroh entspannt und weitgehend zufrieden in seinem Schreibtischsessel zurück, nachdem er eine geschlagene halbe Stunde in den Unterlagen zum Tod Rita Bruders geblättert hatte. Der Fall stand kurz vor der Klärung. Da sein junger Kollege als Protokollant nicht zur Verfügung stand, ließ der Kommissar ein Band mitlaufen. Vor ihm saß Charly wie auf Kohlen; diesmal war er pünktlich erschienen. Er seinerseits sah überhaupt nicht entspannt aus. Das leichte Grinsen war wie weggewischt aus dem hübschen Gesicht. Unruhig rutschte er auf dem Stuhl hin und her.

»Tja, Herr Eisele«, begann der Kommissar gedehnt, »Sie hätten es sich und uns erheblich einfacher machen können, wenn Sie bei der Wahrheit geblieben wären.«

»Wieso? Ich verstehe nicht ...Ich habe doch schon alles

gesagt.« Charly wischte sich verstohlen die Handflächen an den Jeans trocken.

»Sie haben alles gesagt, meinen Sie? Nun, dann machen wir es kurz, Herr Eisele. Also, Sie sind am Todestag in der Buchhandlung gewesen, und zwar genau in der Zeitspanne, in der Frau Bruder von der Leiter gestürzt ist. Dafür gibt es verschiedene Zeugen, die Sie gesehen haben. Jemand, der Sie zur fraglichen Zeit vor der Buchhandlung stehen sah, und jemand, der mitbekommen hat, wie Sie sich über die Leiche gebeugt haben. Dieser Jemand hat Sie auch beobachtet, wie Sie anschließend im Erdgeschoss die Verwüstungen angerichtet haben, um die Polizei auf die Spur der Demonstrationschaoten zu lenken.«

Er machte eine kleine Pause. Vielleicht glaubte er, Charly wolle etwas einwenden. Charly schwieg.

»Die Zeugen sind übrigens über jeden Zweifel erhaben«, fuhr Haberstroh fort, »Sie werden es aber verstehen, wenn ich Ihnen jetzt keine Namen nenne. Also, ich höre. Was hat sich an jenem Spätnachmittag im Souterrain abgespielt?«

Charly ließ die Schultern hängen. Als sportlich geschulter Mensch wusste er, wann ein Spiel verloren war. Jetzt kam es nur noch darauf an, dass aus der Niederlage kein endgültiger K.O. wurde. Er erinnerte sich wieder an das unbehagliche Gefühl bei dem peinlichen Auftritt mit Franz. Natürlich, es musste Franz gewesen sein, der ihn heimlich beobachtet hatte. Aber wenn Franz sich im Souterrain herumgetrieben hatte, dann musste doch er …? Es wurde ihm heiß und kalt.

»Ich warte, Herr Eisele, Ihre Version bitte.« Haberstroh schaute auf die Uhr. Um eins wollte er dem Staatsanwalt Bericht erstatten. Es gäbe wieder einmal keine Zeit für ein vernünftiges Mittagessen.

»Ich habe meine … meine Tante nicht umgebracht, Herr Kommissar, glauben Sie mir. Sie lag schon auf dem Boden, als ich die Treppe hinunterging. Ich konnte wirklich nichts mehr für sie tun. Und jemand hat mich dabei beobachtet? War es Franz Seeler? Oh Gott, womöglich war ich selbst in Gefahr. Ja, ich erinnere mich, dass da so ein komisches Geräusch war.«

Haberstroh ging auf diesen letzten Satz nicht ein, sondern hakte nach.

»Warum sind Sie überhaupt hineingegangen? Sie waren doch offiziell verreist?«

»Das … das ist mir erst eingefallen, als ich die Scherbenhaufen vor dem Laden gesehen habe. Ich wollte nachschauen, ob innen alles in Ordnung ist.«

»Das haben Sie ja dann auch hervorragend hingekriegt.« Der Kommissar lächelte grimmig. »Für einen Moment habe ich wirklich an die Version mit den Randalierern geglaubt. Wenn es stimmt, dass Ihre Tante schon tot war, warum haben Sie nicht die Polizei verständigt und statt dessen dieses abstruse Ablenkungsmanöver inszeniert?«

»Aber verstehen Sie doch, das war ja gerade meine Angst, dass man mir nicht glauben würde!« Charly beugte sich nach vorne und hob beschwörend die Stimme. »Wissen Sie, in der letzten Zeit verstanden wir uns nicht mehr so besonders. In ihren Augen war ich sowieso nur ein Versager, der für ihr feines Unternehmen nicht gut genug war. Meine Tante neigte zu drastischen Maßnahmen, wenn sie jemanden auf dem Kieker hatte.«

»Was meinen Sie denn damit?«

»Also, sie konnte einen ganz schön herunterputzen, in aller Öffentlichkeit. Und vermutlich hat sie sich auch entsprechend anderen gegenüber geäußert. Wer weiß, was sie in ihren geheimnisvollen Tagebüchern alles zusammengeschrieben hat. Ich sag es ja nicht gern. Aber ihre Krankheit hat sie ganz unberechenbar gemacht. Zuletzt hat sie sich mit jedem angelegt, auch mit engsten Mitarbeitern und Freunden.«

Auch dazu äußerte sich Haberstroh nicht weiter. Bisher deckten sich Charlys Aussagen haargenau mit denen der Zeugen.

»Aber dann sind Sie nach Hause gefahren und haben darauf gewartet, dass irgendjemand Ihre Tante findet? Sie waren verdammt schnell am Telefon, als ich anrief.«

»Aber damit musste ich doch rechnen. Es war doch klar, dass die Polizei nach dem Mongolensturm ermitteln würde, überall, wo es Schäden gegeben hatte. Ist ja auch passiert«, setzte Charly trotzig hinzu.

»Und wenn Frau Walter die Tote gefunden und Sie angerufen hätte? Schließlich war ja nicht auszuschließen, dass auch sie auf einen kurzen Sprung nach dem Rechten sehen wollte. Sie hat es ja nicht weit.«

»Frau Walter hätte mich unter dieser Nummer nie und nimmer angerufen. Ich wohnte ja gar nicht mehr bei meiner Tante. Und außerdem hat sie mich auf dem Heimweg aus Frankfurt vermutet.«

Nun trat wieder eine Pause ein. Charly knetete die Hände, den Blick ängstlich gesenkt. Haberstroh fand sich in seiner Einschätzung bestätigt: Karl war ein aalglatter Bursche, auf alles hatte er eine Antwort. Der verlor nie seinen Vorteil aus den Augen und konnte sich dazu gut als Opfer verkaufen. Erneut wunderte er sich darüber, dass eine Frau wie Elisabeth Walter sich mit so einem Typen eingelassen hatte.

Haberstroh stellte umständlich das Band ab und nahm es aus dem Aufnahmegerät, räumte ein wenig auf dem Schreibtisch herum, erhob sich dann und schaute eine Weile schweigend zum Fenster hinaus. Auf einmal ließ er sich viel Zeit.

»Das wäre dann alles«, sagte er beinahe beiläufig. Er hatte Charly nach allen Regeln der Kunst zappeln lassen. »Sie können jetzt gehen.«

Charly blieb überrascht sitzen.

»Sie meinen, ich kann wirklich gehen? Heißt das, ich werde nicht mehr verdächtigt?«

»Nein, Sie stehen nicht unter Mordverdacht. Ich habe Ihnen ja schon einmal gesagt, dass Sie es als Erster erfahren, wenn das der Fall sein sollte. Aber erlauben Sie mir eine Anmerkung. Als besonders rühmlich möchte ich Ihre Rolle in diesem Drama allerdings nicht bezeichnen.« Diesen kleinen Seitenhieb konnte er sich nicht verkneifen.

Im Taumel der Erleichterung wollte Charly dem Kommissar beide Hände schütteln und wäre ihm beinahe um den Hals gefallen. Conny, sein großer Bruder, hatte ihn wieder einmal aus dem Schlamassel gerettet! Haberstroh machte sich jedoch bereits an den Unterlagen für die Staatsanwaltschaft zu schaffen und übersah geflissentlich die euphorische Entgleisung. Das fehlte noch: gerissen und sentimental, eine widerliche Mischung!

Als Charly endlich verschwunden war, konzentrierte sich Haberstroh auf den anstehenden Vortrag beim Staatsanwalt. Zuerst die Fakten:

Franz Seeler war tatsächlich am Nachmittag, während die Demonstration im Gange war, durch die Brandschutztür in die Buchhandlung gekommen. Diesen Weg benutzte er häufig. Für die Hausmeister der Universität war es ein vertrauter Anblick, wenn Franz durch die Kellerräume des KG II huschte. Sie kannten auch seine Gewohnheit, in einem der vielen Winkel zu übernachten. An dem besagten Nachmittag hatte Franz davon Wind bekommen, dass die Chaoten etwas planten. Franz hatte sich daher mit seiner Rohrzange bewaffnet und sich in einem Kellerraum verschanzt. Als das Geschrei und Geklirr von der Straße her immer lauter wurde, hielt er es nicht mehr aus und er schaute in den unteren Verkaufsraum. Da sah er die Chefin auf der Leiter stehen und über dem Kopf einen Stapel Bücher balancieren. Vor Schreck über den unerwarteten Anblick ließ er die Rohrzange fallen.

Frau Bruder sei mit einem Schrei herumgefahren, gestand Franz stammelnd und immer wieder nach Luft schnappend. Sie habe ihn, als sie ihn erkannte, wüst beschimpft.

»Franz, du Kanaille«, habe sie geschrien, »du bist doch der dümmste Hosenträger, den ich kenne. Wie kannst du mir so einen Schrecken einjagen! Was hast du überhaupt hier zu suchen? Verdammt nochmal! Wenn man dich braucht, bist du nicht da. Jetzt scher dich weg!«

Sie habe ihn immer weiter beschimpft. Da habe er die Rohrzange wieder aufgehoben und ein ganz klein wenig gegen die Leiter geklopft, damit sie endlich mit ihrem Geschimpfe aufhörte. Aber sie habe nicht aufgehört. Und der Lärm von der Straße sei immer näher gekommen. Und dann habe die Chefin sich plötzlich an die Brust gefasst und sei von der Leiter gestürzt. »Hilf mir, Franz«, habe sie ein paarmal geröchelt und dann habe sie nichts mehr gesagt.

Warum er keine Hilfe geholt habe?

Er sei vor Angst wie gelähmt gewesen. Er habe keinen

klaren Gedanken fassen können. Er wisse nicht, wie lange er neben der toten Chefin gesessen habe.

Als oben die Eingangstür aufging, habe er sich hinter der offenen Kabufftür versteckt. Es sei der Neffe von Frau Bruder gewesen. Der habe der Toten nur geschwind den Puls gefühlt, aber sich sonst nicht weiter umgesehen. Das sei ein eiskalter Hund! Geht hin und schmeißt im Erdgeschoss alles durcheinander, die schönen Tische der Frau Elli!

Er solle doch einmal genauer beschreiben, wie stark und wie oft er mit der Rohrzange gegen die Leiter geschlagen habe.

Hier sei die Vernehmung des armen Herrn Seeler jäh zu Ende gewesen, denn nach dieser Frage habe er nur noch geschrien und um sich geschlagen. In diesem bedrohlichen Zustand sei er in die Psychiatrie eingeliefert worden.

Soweit der Bericht für den Staatsanwalt. Kommissar Haberstroh glaubte nicht, dass man gegen Franz Seeler vorgehen würde. Und wenn doch, wem würde es nützen, wenn diesem armen Teufel im Namen des Volkes der Prozess gemacht würde? Aber man konnte nie wissen. Staatsanwälte waren eigen. Immerhin, der Fall Rita Bruder war in trockenen Tüchern. Als Kommissar durfte Konrad Haberstroh mit sich zufrieden sein.

Kapitel zehn

Elli erfuhr von Haberstroh höchst persönlich, was sich mit Franz auf dem Präsidium abgespielt hatte. Er kam dafür extra in der Buchhandlung vorbei, nicht ohne Hintergedanken. Die Staatsanwaltschaft sei noch unentschlossen, ob sie Klage erheben solle, berichtete er. Es eile nicht, Franz sei derzeit ohnehin nicht in der Lage, einen Prozess durchzustehen. Die Ärzte vermuteten Schizophrenie, leider in fortgeschrittenem Stadium; die Prognose für eine erfolgreiche Behandlung sei nicht allzu optimistisch.

Elli hatte sich mit dem Kommissar ins Büro zurückgezogen. Das waren schlimme Nachrichten und sofort meldeten sich ihre Schuldgefühle.

»Oh Gott, und wir sind schuld an seinem Zustand. Wir hätten es doch merken müssen. Der arme Kerl.«

»So eine Erkrankung kann bei Jungen schon während der Pubertät oder noch früher anfangen. Leider reagiert das familiäre Umfeld selten angemessen. Herr Seeler stand wohl nicht in Kontakt mit seiner Familie?«

»Oh je, da stand es nicht zum Besten. Er hat mir einmal erzählt, seine Familie sei bitter enttäuscht, weil er mit dem Studium nicht vorankam.«

Haberstroh nickte. »Ja, das passt ins Krankheitsbild. Wissen Sie, in meinem Kollegenkreis gibt es eine ähnliche Geschichte. Ein guter Freund von mir kämpft seit Jahren um seinen Sohn. Wenn Sie wollen«, fügte er nach kurzem Zögern hinzu, »können wir uns einmal länger darüber austauschen. Ich darf von mir behaupten, dass ich mich inzwischen etwas auskenne.« Elli merkte nichts von diesem zarten Wink.

»Ja, das wäre nicht schlecht. Sobald es geht, möchte ich Franz besuchen. Ich kann es immer noch nicht fassen. Er wird uns hier fehlen. Wir spüren an allen Ecken und Kanten, dass er uns doch sehr viel Unangenehmes abgenommen hat.« Sie seufzte. »Die Belegschaft schrumpft zusehends. Heute hat unsere Azubi gekündigt. Na ja, das hat mich nicht so sehr überrascht. Für den Buchhandel hatte sie ohnehin nicht die richtige Einstellung.«

Über den anderen Personalschwund, nämlich den Neffen Karl, sagte sie kein Wort, und Haberstroh hütete sich, ihn zu erwähnen.

»Sie können mich jederzeit im Büro anrufen, wenn Ihnen nach einem Gespräch zumute ist.« Er lächelte schüchtern, »Und wenn ich mich nicht irre, haben Sie meine private Nummer in Ihrer Kundenkartei.«

Mehr konnte und wollte er nicht sagen. Erst musste er abwarten, ob und wie die Sache zwischen ihr und Karl Eisele weiterging. In der nächsten Zeit würde er jedenfalls ein sehr fleißiger Leser werden. Es gab hervorragende Neuerscheinungen auf dem Gebiet der Science-Fiction-Literatur.

Ellis Gedanken waren, trotz der gewaltigen Herausforderungen durch ihre neuen Aufgaben, unentwegt von Charly besetzt. Sie musste mit ihm ins Reine kommen.

Längst hatte sie vor sich selbst zugegeben, dass sie ihm mit dem Mordverdacht Unrecht getan hatte. Nicht vergessen konnte sie allerdings, dass er sie belogen und hintergangen hatte. An eine Fortsetzung der Beziehung dachte sie keinen Moment. Wenn man seinem Liebhaber einmal unterstellt hatte, dass er zu einem Mord fähig sei, gab es keine Basis mehr für Vertrauen. Das, glaubte sie, werde Charly genau so sehen. Aber sie mussten sich aussprechen. Da waren unbedingt noch einige Punkte zu klären.

Sie verabredeten sich im Stadtgarten am Kinderspielplatz. Ein kurzes, aber heftiges Sommergewitter hatte die Touristen und die Rentner aus den Seniorenheimen in der Nähe fürs Erste vertrieben, am Spielplatz aber ging es bereits wieder hoch her. Kaum hatte der Regen die Sandkästen in kleine Tümpel verwandelt, stürzten sich die mutigsten Knirpse kreischend hinein und bewarfen sich gegenseitig mit Matschbomben. Charly steuerte eine etwas abgelegene Parkbank an. Fürsorglich wischte er die nasse Sitzfläche ab. Elli blieb unentschlossen stehen. Sie hatte hinter einem der prächtig blühenden Rosensträucher ein heftig knutschendes Pärchen entdeckt. Das konnte sie nun wirklich nicht brauchen.

»Lass uns ein paar Schritte gehen. Hier ist es mir zu umtriebig«, sagte sie knapp und ließ Charly keine Chance zu einem Einwand. Zielstrebig eilte sie auf einen efeubewachsenen Torbogen zu. Hier ging es zum Alten Friedhof, einer veritablen Oase mit uralten Platanen und, obwohl recht zentral gelegen, nur wenigen Besuchern. Charly folgte ihr ergeben. An der Art der Begrüßung hatte er schon gemerkt, dass Elli sich weiterhin reserviert gab.

»Bei der Kapelle können wir ungestört reden. Dort gibt

es auch Sitzplätze im Trockenen.« Sie warf einen prüfenden Blick zum Himmel. »Es kommt sicher nochmal ein Guss.«

Die Kapelle besaß an der Außenmauer des Portals die eindrucksvolle Darstellung eines Totentanzes. Charly betrachtete die Malerei einige Augenblicke aufmerksam. Hatte Elli ihn mit einer bestimmten Absicht hierher geführt? Dann kramte er in der Innentasche seines Sakkos.

»Wir können uns anscheinend nur noch auf Friedhöfen treffen«, eröffnete er den Dialog mit dem angestrengten Versuch, die Spannung etwas zu lockern. »Ich hoffe nicht, dass dies ein Omen für unsere Zukunft ist.«

»Ich weiß nicht, ob es ein Omen ist, aber ganz unpassend scheint es mir nicht.«

Auch Elli vertiefte sich ins Studium der Totentanzszenen. So konnte sie Charlys Blicken ausweichen.

»Hör, Elli«, sagte Charly jetzt drängend, »ich muss dir etwas zeigen. Bitte schau dir das Bild genau an.« Er hielt Elli das Foto seines schwarzgelockten Vaters in der schmucken Uniform hin. »Fällt dir daran nichts auf?«

Elli betrachtete das vergilbte und fleckige Bild reserviert.

»Nun ja, es gibt da eine gewisse Ähnlichkeit zwischen dir und dem Offizier. Ein Verwandter von dir?«

»Das kann man wohl sagen. Der Mann ist mein Vater. Dreh das Foto mal um!«

Elli brauchte nicht lang, um die Zusammenhänge zu begreifen. Sie starrte Charly an. Für einen Augenblick gaben die Beine unter ihr nach und sie musste sich an der Mauer abstützen.

»Heißt das, Rita ist … war deine Mutter und gar nicht deine Tante? Und Anna …? Seit wann weißt du es?«

»Ich habe es ein paar Tage nach ihrem Tod erfahren. Es stand in einem Briefwechsel zwischen ihr und ihrer Schwester. Er lag in ihrem Sekretär zuhause, zwischen anderer alter Post. Ich hatte null Ahnung. Das Foto habe ich nur per Zufall entdeckt. Es war hinter einem anderen Bild in ihrem Schlafzimmer versteckt. Rita hat an mir kein gutes Haar gelassen. Nicht mal nach ihrem Tod sollte jemand erfahren, dass ich ihr Sohn bin.«

»Aber warum bist du dann an dem schrecklichen Freitag in die Buchhandlung gegangen? Du warst doch schon am Donnerstag dort, oder?

In seinem Bekennerdrang entging Charly, dass Elli davon gar nichts wissen konnte.

»Ich wollte endlich herausfinden, was Sache ist mit der Buchhandlung und dem Testament. Sie sollte endlich mal Klartext reden. Aber da war sie schon tot.«

»Ich verstehe immer noch nicht ganz. Warum bist du denn wieder verschwunden, ohne einen Arzt zu rufen? Die eigene Mutter einfach liegen lassen!«

Elli schüttelte den Kopf. Sie hatte sich inzwischen hingesetzt. Beinahe hätte Charly ausgerufen: *Aber das wusste ich doch gar nicht!* Wahrscheinlich hätte er trotzdem nicht anders gehandelt.

»Ich habe es ja schon gesagt. Ich war ziemlich wütend. Du wärst es auch gewesen, wenn du gelesen hättest, was für Gemeinheiten sie über dich geschrieben hat. Da wusste ich ja auch noch nicht, dass sie meine Mutter ist. Und Angst hatte ich auch. Wie du weißt, nicht ohne Grund. Haberstroh hat mich die ganze Zeit für den Mörder gehalten. Ich weiß inzwischen selbst, es war eine ziemliche Dummheit, das Tohuwabohu oben anzurichten.«

»Das warst du? Du hast das Durcheinander produziert? Und ich habe immer geglaubt …!«

»Ich dachte, der Kommissar hätte dir die ganze Geschichte erzählt, wie Franz mich beobachtet hat. Der gute Conny hat wohl eine Schwäche für dich.«

»Kommissar Haberstroh hat mir gar nichts über dich erzählt!« Elli errötete wieder einmal. »Er ist ein sehr korrekter Beamter. Darf ich das Foto noch einmal sehen?«

Elli hätte nie geglaubt, dass man ein ganzes Leben lang ein solches Geheimnis für sich behalten konnte, schon gar nicht der besten Freundin gegenüber. Aber waren Rita und sie überhaupt Freundinnen gewesen? Ihre Zweifel bekamen neue Nahrung. *Und beinahe wäre sie meine Schwiegermutter geworden,* schoss es ihr plötzlich durch den Kopf. *Ach du lieber Gott! Was für ein Gedanke!* Vielleicht war Rita deshalb so aufgebracht, weil es zwischen Elli und Charly ernster geworden schien.

»Viel zugetraut hat sie mir ja wohl mein ganzes Leben lang nicht«, setzte Charly seine Verteidigungsrede fort, »dabei hat sie mir anfangs, als ich zurückkam, das Blaue vom Himmel herunter versprochen. Gut, das mit der Stiftung ist vielleicht ganz in Ordnung. Aber sie hätte mich als Sohn anerkennen können. Dann hätte ich ja vielleicht ein Mitspracherecht.«

»Wirklich, das tut mir leid, Charly. Und jetzt erst recht, wo du eigentlich einen Anspruch auf das gesamte Erbe hättest. Wirst du das Testament anfechten?«

Diese Frage hatte sich Charly in den letzten Tagen immer wieder gestellt. Er schüttelte den Kopf.

»Ich weiß noch nicht genau. Wenn ich ganz ehrlich bin, graust es mir vor der Aussicht, durch einen Prozess mit ungewissem Ausgang womöglich Jahre hier festzusitzen. Ich weiß nicht, was so ein Foto wirklich beweist. Und mehr habe ich nicht. Den Briefwechsel mit Anna, sicher, aber dann würden wieder andere juristische Probleme auftauchen. Ich habe ja so eine Art Pflichtteil bekommen. Und überhaupt: Wie könnten denn wir zwei zusammenarbeiten in der Buchhandlung? Das ist doch alles ziemlich verfahren. Ich müsste dir ja deine Stellung streitig machen. Und das will ich nicht.«

Elli blieb stumm. Darauf hatte sie in der Tat keine Antwort. Aber eine Sache beschäftigte sie noch immer.

»Du hast vorhin die Tagebücher erwähnt. Meines Wissens hatte Rita sie im Büro deponiert. Im Rollschrank. Und der war abgeschlossen. Wie bist du denn daran gekommen? Du hast doch keinen Schlüssel fürs Büro? Oder doch?«

»Ja, also das war so …« Charly wand sich ein wenig, entschloss sich aber doch, nun auch noch die letzte Leiche aus dem Keller umzubetten. »Ich habe dir einmal den Schlüsselbund entführt und einen Nachschlüssel anfertigen lassen. Ich wollte unbedingt das Testament sehen, von dem Rita immer wieder angefangen hat. Dabei war es schon längst beim Notar, statt dessen habe ich ihr Tagebuch gefunden. Es lag offen auf dem Schreibtisch. Das war am Donnerstag, wo ich angeblich in Frankfurt war. Es tut mir leid, Elli, aber du hättest den Schlüssel niemals aus der Hand gegeben. Und meine Mutter … aber das weißt du ja selbst. Aber eins möchte ich doch von dir wissen: Warum hast du denn geglaubt, dass ich den Tod meiner Mutter verursacht habe? Wieso hast du mir so sehr misstraut? Es hat mich sehr verletzt.«

»Ich habe dir misstraut, weil ich die Sache mit dem

Schlüssel zufällig entdeckt habe. Du erinnerst dich vielleicht. Am Mittwoch hast du den Koffer für Frankfurt gepackt. Dein Schlüsselbund war dir im Flur wohl aus der Jacke gerutscht. Ich habe ihn aufgehoben und wieder zurückgesteckt. Weißt du, den Büroschlüssel hätte ich aus tausenden wiedererkannt, an seinem unverwechselbaren Bart. Erst recht, wenn er wie ein neues Geldstück blitzt. Und dass du in Frankfurt Freunde treffen wolltest, habe ich keine Sekunde geglaubt.«

So endete also ihre Liebschaft. Für den Augenblick war alles gesagt. Immerhin hatten sie reinen Tisch gemacht. Beide hatten Blessuren davongetragen. Es war auch nicht eindeutig auszumachen, wer mehr gelitten hatte. Stumm gingen sie nebeneinander den Weg zurück, vorbei an den teilweise zerbrochenen Grabtafeln einstiger lokaler Berühmtheiten, beide in Gedanken versunken. Charly registrierte trübsinnig, wie oft ein Karl hier die letzte Ruhe gefunden hatte. Elli bemerkte deprimiert, dass auf dem berühmten Grab der Caroline Walter – einer Namensschwester, mit der sie allerdings nicht verwandt war – frische Blumen lagen. Dieses Mädchen war 1867 siebzehnjährig dahingerafft worden. Seitdem fand sich in den steinernen Armen der schlafenden Schönen immer eine einzelne Blume oder ein zartes Sträußchen. *Von wegen heimliche Verehrer, die sind bestimmt von der Friedhofsverwaltung,* dachte Elli gallig. Derzeit stand ihr der Sinn nicht nach Romantik. Jetzt hieß es erst einmal Abstand halten.

Kapitel elf

Franz Seelers Zustand besserte sich nicht. Im Gegenteil. Nachdem seine Mutter und der älteste Bruder – ein arrivierter Rechtsanwalt – ihn endlich in der Psychiatrie besucht hatten, sprach er mit niemandem mehr außer dem Klinikpersonal. Gesine und Elli hatten – jede für sich – mehrmals versucht, zu ihm vorzudringen, und zwar im wörtlichen als auch übertragenen Sinn.

»Der Patient muss mitarbeiten wollen, anders können wir nichts bewirken. Mit der medikamentösen Behandlung allein kommen wir momentan nicht weiter. Herr Seeler hat dieses Stadium leider schon erreicht«, erklärten die Ärzte und legten ihnen nahe, auf weitere Besuche zunächst zu verzichten. Man werde sich wieder melden, wenn der Patient selbst den Wunsch nach Kontakten äußerte.

Speziell Gesine tat sich schwer damit, einfach zur Tagesordnung überzugehen.

»Man kann ihn doch nicht einfach abschreiben«, sagte sie empört, als sie zum dritten Mal erfolglos aus Emmendingen zurückkam, wohin Franz verlegt worden war, »ich verstehe die Familie nicht. Wie kann man sein eigenes Kind aufgeben?«

Ute betrachtete Franz' Schicksal aus größerer Distanz.

»Wir sind wahrscheinlich nicht die richtigen Gesprächspartner. Wenn er uns sieht, wird er automatisch an das schreckliche Ereignis im Keller erinnert. Dadurch wurde doch alles ausgelöst. Und es ist ja auch anzunehmen, dass er Schuldgefühle hat, egal, was nun tatsächlich passiert ist. Schuldgefühle und Verfolgungswahn zusammen, das ist schon eine schwere Hypothek.« Mit Blick auf Gesines gewölbten Bauch ergänzte sie: »Du solltest dich nicht übernehmen. Schließlich musst du ja für dein eigenes Kind Sorge tragen.«

Die beiden Frauen waren seit einiger Zeit zum Du übergegangen, obgleich Gesine sich für Utes Angebot mit der Wohnung noch nicht entschieden hatte. Bemerkungen wie diese ließen bei ihr Warnlämpchen aufblinken. Immerhin hatte sie sich selber einen Termin gesetzt, an dem sie hü oder hott sagen musste. Es lag nicht in ihrem Sinn, dem Baby eine zweite Mama anstelle eines Papas zu bescheren.

»Keine Angst, ich fahre am Wochenende nach Bremen. Meine Mutter lässt mir keine Ruhe. Wenn ich nicht komme, steht sie nächstens vor der Tür und schlägt die Hände über dem Kopf zusammen.« Gesine spielte auf die zunehmend unwirtlicheren Zustände in der WG an.

»Aber das wäre doch prima, dann könnte sie mit dir bei mir vorbeikommen und …«

»Ute, bitte, ich habe dir versprochen, dass ich mich bis Mitte September entscheide. Dann muss ich sowieso das Zimmer räumen. Die Zeit brauche ich einfach noch. Und jetzt lass uns hier die Planung für nächste Woche festzurren. Wer ist dran mit Päckchen machen?«

Elli betrachtete das mögliche Arrangement ihrer beiden Spitzenkräfte mit gemischten Gefühlen. Im Augenblick konnte sie diese Melange aus Privatem und Beruflichem nicht besonders klug finden. Hatte sie doch selbst sich gerade eine blutige Nase geholt. Was, wenn die beiden sich in die Haare kriegten, wegen des Kindes oder anderer Unwägbarkeiten der gemeinsamen Haushaltsführung? Im Gegensatz zu Gesine und Ute hatte Elli allerdings bis auf die kurze Episode mit Charly keinerlei Erfahrungen im Zusammenwohnen. Sie hatte daher Skrupel, sich einzumischen.

Überhaupt plagten sie ganz andere Sorgen. Es musste unbedingt Ersatz für Franz gefunden werden. Auf Dauer konnte seine Arbeit nicht von ihrem Rumpfpersonal geleistet werden. Vielleicht sollte sie mal beim Studentenwerk nachfragen. Das suchte immer wieder Jobs für die Semesterferien. Es gab ja auch Studenten, die in vernünftigem Umfang neben ihrem Studium her arbeiten wollten. Aber bloß kein zweiter Franz! Sie würde sich eventuelle Bewerber gründlich anschauen und klare, faire Absprachen treffen, was Arbeitspensum und Bezahlung anging.

Außerdem kam sie nicht daran vorbei, sich um eine zusätzliche ausgebildete Kraft zu kümmern. Erst recht, wenn sie expandieren wollte. Ihr Nachbar, der Tabakladen, hatte grünes Licht signalisiert. Gesines Mutterschaftsurlaub musste natürlich auch berücksichtigt werden.

Und dann war da noch die Sache mit der Stiftung. Auch hier wartete ein Berg Arbeit auf sie. Lutz und Frey hatten ihr bereits einen Terminplan geschickt.

Der Mensch wächst mit seinen Aufgaben, dachte sie mit einer Spur Galgenhumor, *was beklagst du dich, Elisabeth? Du hast es ja nicht anders gewollt!*

Außerdem fand sie Gefallen daran, dass man sie im Kreis der etablierten Konkurrenz allmählich ernst nahm. *Ihr kriegt mich nicht!*, dachte sie kämpferisch, ganz im Stil der verblichenen Chefin. *Ihr werdet schon noch sehen!*

Ellis und Charlys drittes Zusammentreffen nach Ritas Hinscheiden fand tatsächlich wieder auf einem Friedhof statt, und zwar auf dem für Urnengräber reservierten Areal des Hauptfriedhofs. Ritas Urne sollte unter die Erde gebracht werden. Elli verständigte Charly per Telefon. Sie habe außerdem noch etwas Wichtiges mit ihm zu besprechen. Daher schlage sie vor, nach dem Urnenbegräbnis eine Tasse Kaffee in der Nähe des Friedhofs zu trinken.

An der winzigen Grube standen nur vier Personen. Ein Angestellter der Friedhofsverwaltung übergab die Urne an Rechtsanwalt Lutz als dem Vertreter der Stiftung. Im Hintergrund wartete der Totengräber mit einer Schaufel. Blumenschmuck gab es keinen. Die vier verharrten schweigend einige Minuten, nachdem die Urne versenkt war. Der Rechtsanwalt drückte Elli wortlos die Hand und schickte ein Kopfnicken zu Charly. Er hatte es eilig, auf ihn wartete ein wichtiger Klient.

Das Paar, das nun keines mehr war, ging, vorbei an stattlichen Gräbern und dem Rasengrab für die Opfer des Bombenangriffs, langsam zum Haupteingang. Gegenüber befand sich das von Elli vorgeschlagene Café.

»Danke, Elli, dass du mir alles mit der Beerdigung abgenommen hast. Ich habe schon befürchtet, ich müsste die Urne mitnehmen und zuhause auf den Kachelofen stellen.«

»Das lässt die deutsche Friedhofsordnung gar nicht zu«, erwiderte Elli trocken, »im Übrigen hat Rita selbst für alles gesorgt. Die Stiftung übernimmt auch die Grabpflege und alles, was damit zusammenhängt.«

Sie sah sich um, das Café war ziemlich leer. Offensichtlich war an diesem Vormittag noch keine der angesetzten Beerdigungen beendet.

»Im Büro liegen für dich Ritas Tagebücher bereit. Ich glaube nicht, dass man sie zum Geschäftsvermögen zählen muss. Also gehören sie dir. Ich möchte aber nicht, dass sie in falsche Hände kommen, jetzt, wo Ritas Ansehen in der Öffentlichkeit so enorm gestiegen ist. Womöglich gibt es einen eifrigen Doktoranden, der an der Nachkriegsgeschichte Freiburgs arbeitet und bestimmt ganz scharf auf zeitnahe Quellen ist.«

Es hatte einige sehr freundliche Nachrufe in der lokalen Presse gegeben, auch im Börsenblatt des deutschen Buchhandels war Ritas Stiftung lobend erwähnt worden.

»Vielleicht wird ja eine Straße nach ihr benannt, oder meine Mutter wird posthum Ehrenbürgerin der Stadt.« Charly ließ nicht erkennen, ob er seine Bemerkung ironisch meinte. »Hast du darin gelesen?«

Elli nickte. »Deine Mutter war eine sehr gewiefte Geschäftsfrau, mit großem Verhandlungsgeschick. Ich kann viel von ihr lernen.«

»Ach Elli«, seufzte Charly melancholisch und legte für einen flüchtigen Augenblick seine Hand auf die ihre, als sie nach der Kaffeetasse griff, »lern lieber nicht zu viel von ihr. Es wäre schade. Ich würde dich gern in Erinnerung behalten, so, wie wir uns zuerst begegnet sind. Im Frühling meine ich. Meine Mutter ist nicht gerade ein gutes Vorbild für ein glückliches Leben, egal wie geschäftstüchtig sie war.«

Elli errötete wieder einmal und senkte überrascht den Blick. Philosophische Anwandlungen bei Charly waren neu.

»Wie auch immer, bitte hol die Hefte bald ab. Heute Abend wäre gut. Ich bin bestimmt bis acht Uhr noch im Geschäft.«

Punkt acht stand er vor der Buchhandlung. Elli wartete schon.

»Es ist ein Karton voll. Ich habe ihn unten stehen.

Beklommen stieg er hinter Elli die Treppe hinab. Diesen Gang hätte er sich gern erspart. Zum Glück war sonst niemand da. Der Karton war mit einem Stück Packpapier abgedeckt. Er war nicht allzu schwer. Charly hätte jetzt gehen können. Statt dessen zögerte er und blickte sich um. Es hatte ein paar Veränderungen gegeben. Die an die Kellerräume unter dem Tabakladen grenzende Wand war leer geräumt. Gerade an dieser Wand war Rita von der Leiter gestürzt. Das Kabuff war umfunktioniert worden. Auf dem Tisch lagen jetzt Baupläne und Prospekte von Baufirmen.

»Und? Kommst du gut zurecht?«, fragte Charly mit echter Anteilnahme.

»Wie du siehst, wollen wir erweitern. Das geht aber ohne Umbau nicht. Wir bräuchten einen direkten Zugang innerhalb des Hauses zu den Räumen des Tabakladens. Aber das wird teuer. Und die Uni muss erst noch zustimmen. Wenn es klappt, könnten wir die Zeitschriften nach nebenan verlagern. Sozusagen ein Kiosk innerhalb der Buchhandlung, vielleicht mit einer kleinen Café-Bar.«

Charly spürte den Elan und die Begeisterung in Ellis Ausführungen.

»Klingt nicht schlecht, aber dann brauchst du bestimmt mehr Personal.«

Vielleicht hörte Elli aus dieser Bemerkung eine indirekte Frage heraus, denn sie sagte hastig:

»Und du, was hast du für Pläne?«

»Ich werde meine Zelte hier abbrechen, Elli. Ich habe das Haus einem Makler übergeben. Was soll ich damit? Es ist alt und unbequem und muss dringend renoviert werden. Anscheinend gibt es aber doch eine Nachfrage für solche Häuser, junge Familien, die selber Hand anlegen wollen. Es ist ja auch ein Garten dabei. Der Makler ist ganz zuversichtlich.«

»Und dann? Du hast gesagt ›Zelte abbrechen‹.

»Ich werde fortgehen, erst einmal in die Schweiz, nach Luzern. Wie es aussieht, habe ich tatsächlich noch ein paar entfernte Verwandte dort. Und dann …Ich möchte über die Alpen, in den Süden. Nach Italien oder in die Provence. Elli, weißt du, dass ich noch nie das Mittelmeer gesehen habe? Vielleicht kann ich auch etwas über meinen Vater herausfinden. *Back to the roots,* sozusagen.« Charly grinste gequält. »Ganz schön verrückt für einen Globetrotter und Einzelgänger wie mich.«

Auch Elli musste lächeln. Für einen kurzen Moment sah sie sich mit Charly an der Côte d‹Azur entlangbrausen, rechts blühende Rosen- und Lavendelfelder, links das tiefblaue Meer mit weißen Schaumkronen. Sie verbannte das Bild aus dem Kopf und wurde wieder streng sachlich.

»Nun, dann wünsche ich dir viel Erfolg bei deiner Suche. Kommst du finanziell zurecht?«

»Mit dem Hausverkauf und dem Spargroschen kann ich erst einmal leben. Und dann … meine Mutter hatte nicht nur Verwandtschaft in der Schweiz.«

Mehr sagte Charly nicht, aber Elli verstand auch so. Sie kannte ja das Geschäftsgebaren der verstorbenen Chefin. Und sie hatte inzwischen die Tagebücher gelesen. Ein Grund mehr, sie möglichst schnell loszuwerden.

»Also dann … ich habe zu Hause noch einiges zu tun.« Es fiel ihr kein richtig passendes Abschiedswort ein. Charly auch nicht. So gingen sie einmal mehr fast wortlos auseinander.

Nach ein paar Tagen stolperte Charly ins Wohnzimmer, beladen mit dem Karton aus der Buchhandlung, den er im Treppenhaus deponiert hatte. Alle Zeichen deuteten auf Aufbruch. Er hatte nicht vor, sich bei seiner Fahrt in den Süden mit allzu viel Gepäck zu belasten. Der Makler wollte für ihn auch den Hausrat und Ritas wertvollen Sekretär vermarkten. Er hatte einige Firmen zur Hand, die sich auf Haushaltsauflösungen verstanden. Charly war es ziemlich gleichgültig, wie viel er für den Plunder bekäme, wenn er ihn nur möglichst schnell loswurde. Der alte Wandertrieb hatte ihn wieder gepackt.

Im Haus war es kalt. Der Herbst hatte sich mit einem plötzlichen Wetterumschwung gemeldet. Charly fröstelte. Missmutig starrte er auf die schriftliche Hinterlassenschaft seiner Mutter. Die Tagebücher lagen jetzt einzeln nebeneinander auf dem alten Couchtisch, der komplett damit bedeckt war. Was sollte er nun damit anfangen? Er griff sich eines der Hefte und blätterte darin. Als sein Blick auf den Namen Elli fiel, setzte er sich und begann zu lesen.

27.Februar 1968.
Heute habe ich mich mit Elli gestritten. Mein Gott, stellt sich das Mädel an! Was verlange ich denn schon von ihr? Sie soll sich in den Zug setzen, dort in die Bank gehen und ein paar größere Scheine auf das Konto einzahlen. Das ist alles. Und dann kann sie sich ein paar schöne Stunden gönnen, ins

Kunstmuseum gehen oder im ›Globus‹ einkaufen. Praktisch ein bezahlter Urlaubstag. Es muss ja nicht jeden Monat sein, zwei- oder dreimal im Jahr reicht völlig. Sie wollte wissen, warum ich nicht selbst fahre und um was für Geld es sich handelt. Als ob ich ihr darüber Rechenschaft schuldig wäre! Ich musste sie ziemlich deutlich daran erinnern, dass ich vor Jahren bei dem Trip nach Holland auch keine unnötigen Fragen gestellt habe. Das hat wohl gewirkt. Na, sie wird sich schon wieder beruhigen.

Der Handel läuft übrigens erstaunlich gut. Man braucht kein akademisches Studium, um eine Buchhandlung erfolgreich zu führen. Fürs Literarische habe ja meine Fachleute. Auch wenn ein paar Wichtigtuer in der Stadt die Nase über mich rümpfen. Die sollen bloß aufpassen! Es war eine glänzende Idee, neben den wertvollen Klassikerausgaben auch die braune Bibel und andere Nazi-Schreiberlinge aus den Trümmern zu retten. Damals waren viele froh, als ich sie davon befreit habe. Ich hätte nie gedacht, dass sich der Schwarzmarkt dafür so toll entwickeln würde. Wenn man darin einmal Fuß gefasst hat, kann man sich vor der Nachfrage kaum retten. Angeblich alles zu Studienzwecken. Ha! Dass ich nicht lache! Die braune Vergangenheit ist noch ganz schön gegenwärtig. Und manches Rotschwänzchen ist eher ein Braunkehlchen. Mir kann es letztlich egal sein, wenn sie nur bezahlen. Geld stinkt nicht. Und die Schweiz ist ein freies Land.

Charly legte dieses weitere Charakterzeugnis seiner Mutter angewidert zurück. Die Frau war von Geld besessen gewesen. Und ohne jeden moralischen Skrupel. Aber dass sie auch Elli in die illegalen Transaktionen einbezogen hatte, stimmte ihn melancholisch. Er wusste nicht viel über Ellis Vergangenheit; von sich aus hatte Elli kaum etwas verraten. Sie gehörte eben zu den stilleren Naturen. Und sie war eine, die nicht so schnell Vertrauen fasste. Jetzt spielte es ohnehin keine Rolle mehr.

Am besten, er zog einen Schlussstrich unter Ritas fragwürdige Vergangenheit. Charly öffnete den Kachelofen und fegte den Rost frei, knüllte ein paar alte Zeitungsseiten zusammen und zündete sie an. Als das Papier aufloderte, legte er ein paar Holzscheite oben drauf. Gleich würde es warm werden, vor allem, wenn er die Kälte auch von innen vertrieb. Er trank schnell hintereinander zwei Gläser Rotwein und wartete, bis sein Scheiterhaufen die nötige Glut hatte. Der Wein – auf nüchternen Magen genossen – versetzte ihn rasch in einen sarkastischen Rausch. Diese verdammten Tagebücher! In welcher Reihenfolge sollte er vorgehen? Er entschied sich dafür, dem Lauf der Zeit rückwärts zu folgen. Also hinein ins Feuer mit dem laufenden Jahrgang, in dem so schreckliche Dinge über ihn standen! Die Seiten krümmten sich in der Glut, die Flammen warfen flackernde Schatten an die Wand. Je weiter er in die Vergangenheit zurück schritt, desto leichter wurde ihm ums Herz. Beim letzten Heft, dem fünfzehnten, murmelte er so lange »Asche zu Asche«, bis nur noch einzelne winzige Funken aufstiegen. Dann schloss er die Ofentür und leerte die Rotweinflasche bis auf den letzten Tropfen. Unversehens sank er in eine bodenlose Müdigkeit. Er ließ alles liegen und stehen, warf sich auf sein Bett und schlief – wie schon seit vielen Wochen nicht mehr – tief und traumlos bis in den späten Vormittag.

Kapitel zwölf

Mitten in der hektischen Vorweihnachtszeit überraschte Haberstroh Elli mit einer Einladung ins Theater. Er habe die Karten gewonnen. Im Präsidium gebe es nämlich bei der jährlichen Weihnachtsfeier eine Tombola zugunsten der Münsterbauhütte.

»Sie spielen *Dürrenmatt, Besuch der alten Dame. Die Kritiken sind sehr gut, aber das können Sie natürlich besser beurteilen als ich.«

Elli amüsierte sich im Stillen über sein ebenso eifriges wie schüchternes Werben um ihre Zustimmung. Warum auch nicht? Es war bestimmt nicht verkehrt, wenn sie sich nach den vielen Wochen der Schufterei einmal etwas gönnte. Ausgehen, am gesellschaftlichen Leben der Stadt teilnehmen war ja auch aus anderen Gründen ratsam. Das Stadttheater, ein teures Hätschelkind des Gemeinderats, war ein exzellenter Ort, um die Honoratioren der Stadt zu treffen. Dazu Haberstroh als höchst respektabler, grundsolider Begleiter, den bestimmt viele Freiburger kannten. Ja, sie hatte Lust, sich in schicken Kleidern der Welt zu zeigen. Seht her, hier ist die überaus erfolgreiche Geschäftsführerin der Buchhandlung *Zum Eckstein!*

Am Abend vor dem Theaterbesuch nahm sich Elli Dürrenmatts Drama vor. Selbstverständlich besaß sie eine

Exemplar des berühmten Schweizer Autors. Es war seltsam: Irgendetwas an dem Stück betraf sie ganz persönlich, eine Art Parallelität, ohne dass sie genau sagen konnte, worin diese bestand. Vielleicht war es die Rückkehr eines Menschen, der unfreiwillig nach Amerika ausgewandert war und zurückkehrte. Vielleicht war es die unheilvolle Rolle, die Geld in den zwischenmenschlichen Beziehungen spielte.

Elli nahm noch einmal Charlys Postkarte in die Hand. Erst vor ein paar Tagen war sie eingetroffen. Sie zeigte ein verträumtes Fischerdorf an der französischen Riviera, Sanary-sur-Mer, ein Ort, in dem bedeutende deutsche Schriftsteller Zuflucht vor den Nazis gesucht hatten.

Hier ist es wunderbar, schrieb Charly, *ich sitze in der milden Wintersonne und genieße meinen Pastis. Es kommt mir vor, als wäre ich endlich nach Hause gekommen. Im Frühjahr werde ich in einem Ferienclub als Animateur arbeiten, vielleicht sogar in Nordafrika. Bis dahin lerne ich fleißig französisch. Au revoir, ma chère (und das meine ich ehrlich!), Charly*

Der gute alte Charly. Sie war über ihn hinweg. Jetzt hatte sie einen neuen Mann an ihrer Seite. Vielleicht sogar eine neue Liebe.

Am vierten Januar schob Gesine ihren Kinderwagen die Kaiser-Joseph-Straße entlang. Sie wohnte jetzt in der Wiehre. Sie wollte das milde Winterwetter benutzen, um den Kolleginnen in der Buchhandlung ihren Nachwuchs vorzustellen und sich über die Baufortschritte zu informieren. Noch war sie ein paar Tage im Mutterschutz und Tag und Nacht gefordert. Aber sie freute sich darauf, wieder über anderes zu reden als über Windeln, Fläschchen und Bäuerchen. Gott sei Dank erwies sich Ute als wirklich großartiges Organisationstalent. Für Gesines Neustart in der Buchhandlung hatte sie ein hervorragendes Netzwerk geknüpft und dabei auf ihre langjährigen Bekannten in der Wiehre zurückgreifen können. Was die Babypflege anging, hielt sie sich dezent zurück und half nur, wenn sie ausdrücklich darum gebeten wurde.

Gesines Mutter, eine äußerst pragmatische und erfahrene Frau, hatte Recht behalten, als sie ihrer Tochter vergangenes Jahr energisch zugeraten hatte, Utes Angebot anzunehmen.

»Du wärst verrückt, wenn du diese Chance nicht ergreifen würdest. Allein in einer Wohnung schaffst du Kind und Beruf nie und nimmer.« Als Pastorenfrau hatte sie genügend Einblicke in die Schwierigkeiten alleinerziehender Mütter. »Und glaube mir, es ist ganz nützlich, ein paar *essentials,* so sagt ihr doch heutzutage, schriftlich zu fixieren. Das hat sich bei uns in der Gemeinde ganz gut bewährt.«

»Und wenn nicht?«

»Tja, Mädchen, eine Garantie gibt es nicht, das müsstest du doch inzwischen wissen. Hast du mal was von Jochen gehört?«

Bei diesem Thema litt Gesine an Gehörverlust. Die Mutter ließ sie ziehen, ohne zu insistieren. Sie vertraute darauf und betete dafür, dass eines Tages die Vernunft zu ihrer Tochter zurückkäme.

Gesine bahnte sich mühsam einen Weg durch die Fußgängerzone. Sie war nur kurz in der Buchhandlung geblieben. Heute wurden überall Gutscheine eingelöst und ungeliebte Weihnachtsgeschenke umgetauscht. Es herrschte fast so viel Betrieb wie vor Heiligabend. Unter den Arkaden beim Kaufhaus Schneider stieß Gesine mit einer jungen Frau zusammen, die sich empört umdrehte und abrupt stehen blieb, als sie Gesine erkannte. Sie beugte sich über den Kinderwagen.

»Mein Gott, Zwillinge«, schrie sie entsetzt, »gehören die beide Ihnen?«

Einige Passanten drehten sich um und grinsten.

»Ja, beide gehören mir, das ist meistens so. Und wie geht es dir?«

Beinahe hätte sie Rosi nicht erkannt. Das breite Bauernmädchengesicht war jetzt ein wahres Aushängeschild der dekorativen Pflegeindustrie.

»Ich bin zur Zeit in der Schreibwarenabteilung«, verriet Rosi treuherzig und wies auf das Kaufhaus hinter sich, »aber ich war auch schon in der Kosmetik.«

»Ja, das ist nicht zu übersehen. Aber sonst geht es dir gut?«

»Mir geht es prima, viel besser als im *Eckstein*, wir sind da drinnen eine richtig große Clique.« Taktgefühl war auch im zweiten Lehrjahr noch nicht Rosis Stärke. »Wir machen heute Inventur, genau wie vor einem Jahr. Aber das muss ich ehrlich sagen: Damals haben wir besseres Essen gekriegt.«

»Nun ja, man kann nicht alles haben. Viel Glück, Rosi.«

Gesine winkte freundlich und machte sich auf den Heimweg. Ihre Zwillinge schliefen friedlich. Für diese beiden war die Welt vorläufig noch in Ordnung.